"VOUS N'ETES PAS LA FEMME QU'IL FAUT A MIGUEL"

Raphaël lui parlait sur un ton méprisant. "Vous n'êtes pas assez forte pour faire partie de notre famille."

Liona tressaillit devant l'arrogance de cet homme. Sa voix tremblait d'indignation. "Comment suis-je censée réagir ? En vous giflant pour vos insultes ? Cela vous plairait, n'est-ce pas ? Vous pourriez ainsi me prouver votre supériorité toute masculine ! "

"Je n'ai rien à prouver," répondit-il avec flegme. "Mais vous, si. Miguel a besoin d'une épouse courageuse."

"Eh bien c'est devant lui que je prouverai mes qualités, et non devant vous ! Dites-moi, Don Rafaël, pourquoi tenez-vous tant à empêcher mon mariage avec votre frère ? "

"N'avez-vous jamais pensé," lui dit-il doucement, "que je voudrais vous avoir pour moi-même ? "

AUX JARDINS DE L'ALKABIR

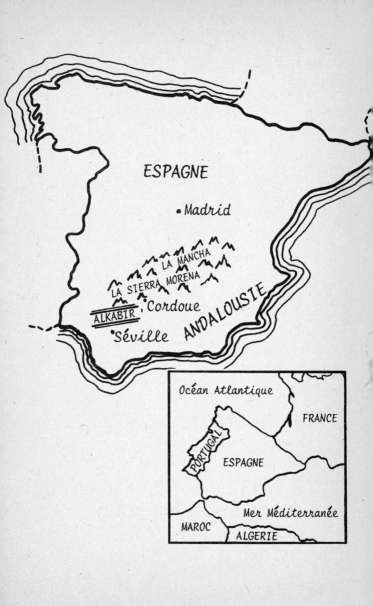

ABRA TAYLOR

AUX JARDINS DE L'ALKABIR

HARLEQUIN SEDUCTION

PARIS • MONTREAL • NEW YORK • TORONTO

Publié en septembre 1982

Deuxième impression janvier 1983

ISBN 0-373-45000-1

Dépôt légal 3e trimestre 1982
Bibliothèque nationale du Québec et Bibliothèque nationale
du Canada.

Imprimé au Canada—Printed in Canada

1

S OL Y SOMBRA. Soleil et ombre. Liona, qui grâce à sa
carte de presse avait pu s'introduire dans l'arène
avant la corrida, se mit à prendre des photos de
la Plaza de Toros de Madrid, encore déserte, avec son
étonnant partage d'ombre et de lumière. Déjà elle
élaborait dans sa tête le début de son article : « L'âme
de l'Espagne est contenue tout entière dans l'arène.
Pour comprendre la tauromachie, il faut d'abord
comprendre l'Espagne, terre de cruels contrastes,
mélange de richesse et de pauvreté, avec son soleil
torride, impitoyable, qui laisse si peu de place à
l'ombre. Au cœur même de l'arène, le soleil préside à
l'ordonnance du monde. Les pauvres s'assoient au
soleil, les riches à l'ombre ; ainsi les places sur les
gradins sont-elles divisées entre *sol y sombra,* soleil et
ombre... »

El Sol. C'était également le surnom de Miguel de los
Reyes célèbre matador dont les exploits avaient conduit
la jeune journaliste anglaise en Espagne, en quête d'un
grand reportage. Pendant un mois, sa vie avait tourné
autour d'El Sol ; elle l'avait suivi de corrida en corrida,
glanant des renseignements et des photos pour son
article. Elle n'avait toutefois pas encore pu vendre son
reportage, car la plupart des grands magazines hési-
taient à financer les projets de reporters-photographes

débutants. Un rédacteur lui avait cependant laissé
entendre qu'il serait intéressé par la publication d'un
article de fond critiquant la tauromachie. Cette petite
lueur d'espoir, alliée à un goût prononcé de l'aventure,
avait suffi à Liona pour boucler ses valises et se mettre
en route. Elle jouissait d'une certaine autonomie finan-
cière grâce à la modeste rente que lui avait léguée son
père et aux revenus tirés d'un précédent reportage.

Mais une complication imprévue avait surgi, dévastatrice : Liona s'était éprise de celui dont elle voulait
dénoncer le métier. Et, une semaine plus tôt, Miguel lui
avait demandé sa main.

El Sol... Ce surnom donné au torero par les *aficionados* lui allait comme un gant. La jeune fille, qui
pourtant ne prisait guère les combats de taureaux, avait
immédiatement été subjuguée par ses yeux bleus, si
téméraires, son corps souple et élancé, qui bravait la
mort avec audace, ses cheveux d'or, plus blonds encore
que les siens. Comment pouvait-on aimer un homme et
haïr son métier ? Ferait-elle un jour partie des *aficionados,* les amateurs de tauromachie ? Elle avait peine à le
croire.

Pour le moment, Miguel se trouvait encore dans sa
chambre d'hôtel. La cérémonie qui consistait à revêtir
l'habit de lumière relevait d'un protocole assez
complexe, et nécessitait la présence de l'assistant du
matador, ainsi que de toute une ribambelle de suivants.
Liona avait préféré ne pas y assister, aussi s'était-elle
rendue plus tôt à Las Ventas, les arènes de Madrid.

Les places exposées au soleil ne tarderaient pas à se
remplir de monde. Tous les billets avaient été vendus
longtemps à l'avance, en raison de l'importance de la
corrida. Une main au-dessus des yeux afin de se
protéger, la jeune fille repéra les sièges officiels,
réservés aux personnalités ; c'était là que prendrait
place la mère de Miguel. Liona nageait dans le bonheur, mais il y avait une ombre au tableau : sa future

belle-mère, Isabela de los Reyes, plus connue sous le nom de « la Marquise », n'avait pas encore été avertie des fiançailles de son fils. Présente à chaque combat, sa haute et fière silhouette était devenue familière aux yeux de la jeune Anglaise. Elle semblait promener sur le monde un regard hautain, et son port altier trahissait sa haute naissance. Comment accepterait-elle le mariage de Miguel avec la fille d'un modeste scientifique britannique, qui ne lui avait pas encore été présentée ?

— Quelqu'un désire vous parler, señorita.

Liona se retourna et vit Paco Carmona, le jeune étudiant espagnol qui, moyennant une honnête rémunération, lui servait de guide, d'assistant et d'interprète. Elle ne possédait en effet que des rudiments d'espagnol ; heureusement Miguel parlait anglais couramment, ainsi que sa mère, lui avait-on dit.

— Qui est-ce, Paco ?

Il haussa les épaules et accompagna sa mimique expressive d'un geste évasif. C'était un jeune homme de taille moyenne, au physique agréable, au teint basané ; il avait vingt et un ans, un an de moins que la journaliste. Ils avaient sympathisé dès leur rencontre, à la suite d'une annonce passée dans un journal, et leur collaboration s'était révélée aussi plaisante que fructueuse, tout à fait amicale.

— Il ne s'est pas présenté, expliqua Paco. Il est là-bas, à l'ombre, près de la barrière, et vous prie de le rejoindre. Je suis navré de vous le dire, mais sa demande avait l'air d'être un ordre !

Liona suivit le regard de son assistant et aperçut un homme brun, de haute stature, accoudé à la *barrera* qui entourait l'arène. Les bras croisés, la tête fièrement rejetée en arrière, il dégageait une indéniable autorité teintée d'un certain mépris pour les lieux environnants. Il portait un costume de lin clair, qui faisait admirablement ressortir ses cheveux bruns et le hâle de son visage émacié.

La jeune fille, qui n'était pas dépourvue d'orgueil, envisagea un instant de ne pas se soumettre à l'exigence de cet inconnu. Mais puisqu'elle s'apprêtait de toute façon à aller se mettre à l'ombre, le soleil dardant ses rayons sur sa tête nue, elle se ravisa. D'ailleurs cet homme venait peut-être lui transmettre un message de la part de Miguel... Il aurait pu en effet passer lui-même pour un matador, avec cette grâce empreinte d'arrogance, ces longues jambes, interminables, et cette totale confiance en soi qui émanait de lui. Il se tenait parfaitement immobile, et pourtant l'on sentait tous ses sens en alerte. Cette apparente nonchalance n'était pas due à un caractère passif, mais dénotait au contraire une parfaite maîtrise de soi et une singulière absence de nervosité.

— Bon, je vais le trouver, Paco. Mais venez avec moi : j'aurai sans doute besoin d'un interprète. Auriez-vous la gentillesse de porter mon appareil-photo ?

Suivie de son assistant, Liona, vaguement agacée, traversa l'arène sablonneuse. Lorsqu'elle se fut rapprochée de l'inconnu, elle remarqua avec surprise que ses traits lui étaient familiers. Il était loin d'être un Apollon, et pourtant il avait un visage inoubliable, anguleux, étrangement géométrique, avec un nez droit, des pommettes saillantes, une bouche dure et arrogante. Sous un front barré d'un pli dédaigneux, deux sourcils d'un noir de jais se rejoignaient. Mais le plus remarquable était ses yeux, bordés de longs cils épais : l'iris, extrêmement sombre, était piqué de paillettes dorées...

— *Si, señor?* demanda la jeune fille. *No hablo español.*

Elle se tourna vers Paco, mais l'inconnu renvoya son compatriote d'un geste de la main.

— Nous n'avons pas besoin d'un interprète, expliqua-t-il dans un anglais irréprochable. J'ai vécu plusieurs années en Angleterre.

Seule une note légèrement rauque dans sa voix trahissait son ascendance hispanique. Paco s'éloigna discrètement de quelques pas.

— Permettez-moi de me présenter, poursuivit l'étranger. Je m'appelle Rafael de los Reyes. Sans doute Miguel vous aura-t-il parlé de moi ?

C'était le frère de Miguel, bien sûr ! Ce lien de parenté expliquait la vague familiarité de ses traits : non qu'il ressemblât au célèbre torero, sauf par la longueur athlétique de ses membres, mais il avait le visage, si souvent entrevu, de la Marquise.

Liona se départit de son agressivité, tout en restant sur la défensive. Souriante, elle répondit d'un ton affable :

— J'ai en effet entendu parler de vous, Don Rafael.

En vérité Miguel s'était toujours montré peu loquace au sujet de son frère : dans une famille passionnée de tauromachie, celui-ci faisait figure d'original, presque de paria. « Dire qu'un homme aussi dur que mon frère a fini par s'attendrir devant les taureaux ! » s'était un jour exclamé Miguel ; « *Madre de Dios !* Comme s'ils comptaient plus que les humains ! Il va même jusqu'à refuser d'assister aux corridas. »

Ainsi, elle s'était trompée. En dépit de son étonnant physique, cet homme n'était pas un matador.

— Comment saviez-vous qui j'étais ? s'enquit-elle avec curiosité.

— J'ai vu votre photo dans le journal. Señorita... Heath, c'est bien cela ? Oui, les amies de Miguel font souvent la une des colonnes à sensation : les Espagnols raffolent de détails sur leurs idoles de l'arène. A ce propos, je constate que ce cliché vous desservait quelque peu.

Liona le remercia avec un sourire méfiant pour ce compliment détourné. Sa beauté lui avait valu maints éloges, et plus d'un avait loué ses yeux d'ambre, sa chevelure d'un blond vénitien, sa bouche pulpeuse et généreuse, ainsi que les courbes harmonieuses de sa haute silhouette. Ce jour-là, elle était particulièrement ravissante dans sa tenue de travail toute simple, qui soulignait sa minceur élancée ; son pantalon noir, légèrement moulant, et sa chemise de soie crème, ne dissimulaient en rien ses formes gracieuses.

Mais ce qui lui avait d'abord semblé être un compliment se transforma bientôt en une insulte à peine voilée.

— Enfin, je n'arrive pas à comprendre comment vous avez pu aveugler mon frère à ce point, poursuivit Rafael de los Reyes d'un ton acide. Il lui arrive rarement de perdre la tête pour les femmes qui lui plaisent.

Stupéfaite, la jeune fille eut du mal à retrouver l'usage de la parole.

— Je ne vois pas où vous voulez en venir, risposta-t-elle enfin.

— Vraiment ? railla son interlocuteur avec insolence. Depuis le début de la saison, vous n'avez pas quitté mon frère d'une semelle, vous le suivez à la trace ! Je suis venu vous prier de cesser de lui courir après.

Liona écarquilla les yeux. Elle n'en revenait pas.

— Lui courir après ? Vous faites erreur ! Je le suis dans ses déplacements, en effet, mais je suis loin d'être la seule : il a dans son sillage une centaine de personnes. Et sachez que je suis venue en Espagne à titre professionnel, dans le but de faire un reportage sur l'un des plus grands matadors de ce pays.

— Je sais que vous êtes journaliste, reconnut Rafael de los Reyes avec un rictus plein de mépris. Je sais également que l'année dernière vous avez exercé vos talents de reporter sur le circuit du Grand Prix. Vous

deviez suivre les coureurs de rallye en rallye, je
suppose ?

— J'en suivais un en particulier : mon frère, qui fait
partie de l'équipe britannique Lotus.

Il ne perdit rien de son mépris hautain, mais son œil
s'alluma.

— Ah, Graham Heath, naturellement... Je n'avais
pas fait le rapprochement. Votre intimité avec votre
frère a dû vous ouvrir toutes les portes, surtout en
coulisses, et vous aider à vendre votre article ! Je
comprends mieux à présent votre obstination à talonner
Miguel.

Liona se mordit la lèvre pour s'empêcher d'exploser.

— Sachez pour votre gouverne qu'il m'a fallu infiniment de patience et de persuasion pour réussir à placer
mon article. Et pourquoi ma présence aux côtés de
Miguel vous importune-t-elle à ce point ? Il a toujours
été entouré d'admiratrices ! En quel honneur vous
servirais-je de bouc émissaire ?

— La raison en est simple : c'est à cause de vous,
j'en ai la conviction, qu'il prend depuis quelque temps
des risques inconsidérés. Son style s'est modifié. Oh, il
s'agit de détails à peine perceptibles pour un œil non
exercé : un retard d'un quart de seconde avant de se
cambrer, un geste un peu trop large ici et là...
Manifestement il essaie d'éblouir quelqu'un : vous, à
mon avis.

— Vous vous trompez, Don Rafael ! Miguel a toujours pris davantage de risques que les autres matadors,
c'est d'ailleurs la raison de son immense popularité. Et
si vous aviez assisté aux dernières corridas, vous sauriez
que son style n'a pas changé.

— J'ai regardé ses récents combats à la télévision,
comme la moitié de mes concitoyens. Je connais le
courage de Miguel. Mais il existe une différence entre
la bravoure et la témérité.

— Personne ne semble avoir remarqué ce changement de style dont vous parlez, répliqua sèchement la jeune fille. Pas même les critiques les plus avertis ! Voulez-vous insinuer que s'il lui arrivait quelque chose j'en serais responsable ?

— Non, ce serait excessif, admit-il d'un air sombre. Les toreros sont souvent blessés au cours des combats. En revanche je peux vous affirmer que les risques pris par Miguel pour vos beaux yeux ne peuvent que lui porter préjudice ; il en prend assez pour séduire les foules. J'étais déjà inquiet, mais je le suis encore plus aujourd'hui, depuis que j'ai assisté au tirage au sort des taureaux. Celui que doit affronter Miguel souffre, je crois, de troubles visuels : c'est ce qu'on appelle un *burriciego*. De par leur mauvaise vue, ces bêtes sont infiniment plus dangereuses et imprévisibles que les autres, ce qui promet un combat difficile.

— En quoi sont-ils plus dangereux que les autres ? s'étonna Liona, oubliant sa colère.

— Il leur arrive de ne pas voir la cape, et de transpercer le matador de leurs cornes au lieu de se laisser leurrer par la muleta.

— Dans ce cas, les responsables empêcheront certainement ce taureau de pénétrer dans l'arène !

— Mais non, s'impatienta Don Rafael, car ils ne remarqueront rien.

— Si les spécialistes ne sont pas au courant, comment pouvez-vous être aussi sûr de ce que vous avancez ?

— Appelez cela l'intuition, ou l'instinct. Je connais bien ces bêtes : ma mère a un élevage de taureaux dans sa propriété, près de Séville. Croyez-moi, Miguel aura besoin aujourd'hui de toute sa concentration.

— Mais enfin qu'attendez-vous de moi ? s'énerva la journaliste. Miguel n'annulera pas cette corrida, même si je le supplie d'y renoncer. Et s'il acceptait, le public serait furieux !

— Je vous demande simplement de ne pas assister au

combat, et de prévenir mon frère que vous ne serez pas
sur les gradins. Ainsi il ne sera pas sans arrêt en train de
loucher dans votre direction pour voir si vous le
regardez. Croyez-moi, il était moins concentré ces
temps-ci. Il devrait penser davantage aux yeux du
taureau, et non aux vôtres !

Quelle insupportable arrogance, quelle détestable
supériorité ! songea Liona, exaspérée par ce désagréable entretien.

— Ecoutez, je suis navrée mais il m'est impossible
d'accéder à votre demande. Miguel m'a spécialement
priée d'assister à cette corrida, et a obtenu pour moi
une place près de la tribune d'honneur. Il compte sur
moi.

Pendant quelques instants, il parut réfléchir à cette
réponse. Liona en profita pour l'observer. Il n'avait pas
le charme de Miguel, c'était évident, et pourtant son
corps félin, souple et musclé, était assez attirant, elle
dut se l'avouer. Il devait avoir trente-six ans environ,
huit ans de plus que son frère. Il comptait manifestement des grands d'Espagne parmi ses ancêtres, peut-
être même des conquistadors du Nouveau Monde ;
mais son père, aujourd'hui décédé, était un paysan
andalou qui avait acquis gloire et fortune dans l'arène :
Juan Montanés était devenu El Sevillano. De cette
passionnante saga, la jeune journaliste avait retenu un
détail frappant : les fils du célèbre matador portaient le
nom de leur mère, car la Marquise avait toujours refusé
d'épouser celui qu'elle aimait. Bravant les conventions
et les préjugés de l'époque, faisant fi du scandale, elle
avait fièrement, ouvertement porté les enfants de cet
homme et l'avait suivi à travers le pays, tout au long de
sa carrière et de son ascension. Et cependant elle s'était
refusée à l'épouser... Liona aurait aimé savoir pourquoi, mais Miguel s'était toujours arrangé pour détourner la conversation lorsqu'elle avait abordé ce sujet. Et
aujourd'hui, elle décelait dans le visage du fils aîné de

cette femme extraordinaire le même orgueil, le même
dédain pour le reste du monde qu'arborait la Marquise
Isabela de los Reyes.

Enfin, la réponse vint, péremptoire.

— Je regrette, je vous demande quand même de ne
pas assister à cette corrida.

— Ecoutez, mon absence risque fort de mécontenter
Miguel, déclara-t-elle sans chercher à dissimuler davantage son irritation.

Elle brûlait de dire la vérité à cet individu si arrogant,
mais son fiancé lui avait fait promettre de garder le
secret jusqu'à ce qu'il ait prévenu la Marquise de ses
projets. Pouvait-elle compter sur la discrétion de Don
Rafael ? Son intuition prit le pas sur la raison.

— Peut-être comprendrez-vous mieux ma réticence
si je vous dis que Miguel a l'intention de m'épouser...
très bientôt.

Elle lut dans le regard sombre et brûlant de son
interlocuteur une certaine surprise teintée de désapprobation.

— Vous prenez sans doute vos désirs pour des
réalités, laissa-t-il tomber d'un ton cassant.

— Je suis mieux placée que vous pour connaître les
véritables intentions de Miguel. Et je vous précise tout
de suite qu'il vaut mieux ne pas parler de ce mariage
avant l'annonce officielle de nos fiançailles.

— Ce jour n'arrivera pas, je vous le certifie : la
Marquise ne donnera jamais son accord. Vous ne savez
rien de ma mère, je suppose ? Un sang de rois et de
martyrs coule dans ses veines, c'est l'une des raisons
pour lesquelles elle a toujours refusé d'épouser mon
père. Pensez-vous réellement qu'elle consentira à
l'union de son fils avec une petite opportuniste comme
vous ?

— Opportuniste ! Oh... Eh bien sachez que je n'ai
que faire de son consentement, et que Miguel s'en

moque également ! S'il est capable d'affronter un taureau, il saura tenir tête à sa mère !

Un sourire de dérision se dessina sur les lèvres de Don Rafael.

— Vous avez l'air bien sûre de vous, railla-t-il.

Elle ne l'était guère, mais pour rien au monde elle n'aurait voulu l'admettre. Plutôt que de perdre la face, elle rétorqua d'un ton cinglant :

— Je crois comprendre que vous détestez la tauromachie, Don Rafael. Est-ce par esprit humanitaire... ou parce que vous enviez votre frère pour sa bravoure ?

Cette provocation fut accueillie par un court silence, uniquement ponctuée par une exclamation étouffée de Paco. Toutefois Don Rafael ne réagit pas. Aucun muscle de son visage ne tressaillit. Peut-être son œil de jais brilla-t-il d'une lueur plus moqueuse...

Il finit par esquisser un sourire cynique.

— Mon frère n'est pas le seul à avoir des œillères, si l'amour l'a rendu aveugle... Pourquoi ne regagnez-vous pas *el sol ?* Il semble exercer sur vous un attrait irrésistible...

Vexée de se voir congédier de la sorte, Liona pivota sur ses talons et s'éloigna sans riposter. Paco lui emboîta précipitamment le pas.

— Vous venez de traiter Don Rafael de lâche, murmura-t-il d'un ton presque accusateur.

— Et alors ? Il s'est montré à mon égard d'une grossièreté inouïe !

— Mais Rafael de los Reyes... Il s'est contenté de sourire, vous avez eu de la chance, croyez-moi !

Le jeune homme était blême, manifestement ébahi.

— Que pouvait-il faire ? rétorqua la journaliste. Me gifler ?

— Je l'ignore, on dit que...

A cet instant, ils furent interrompus par l'arrivée d'un employé de Las Ventas, qui demanda à la jeune fille son laissez-passer. Elle se mit à fouiller dans son sac, et, en tendant sa carte, elle remarqua que l'on venait de hisser la bannière blanche, annonciatrice de la parade d'ouverture. Le spectacle allait commencer.

Au son d'une trompette, les grandes portes de l'arène s'ouvrirent ; le flot des spectateurs impatients se déversa sur les gradins, tandis que les participants de la parade faisaient leur entrée par la *puerta de arraste,* une arche en ciment réservée au passage des toreros. Les trois matadors, héros de la journée, resplendissaient dans leurs costumes rutilants, brodés d'or et d'argent. D'autres les suivaient, vêtus d'ocre, de pourpre, de noir, de vert ou de bordeaux. Au rythme d'un *pasodoble* martial, ils se déployèrent dans l'arène, sous les applaudissements et les vivats de la foule en délire.

El Sol, pensa Liona avec fierté, était le plus éblouissant de tous. Dans son habit de lumière moulant, scintillant de mille feux, il évoquait l'image d'un jeune faune, d'un dieu blond. Son costume, crème et marron sous les broderies de fil précieux, lui collait au corps, afin de ne pas donner prise aux cornes du taureau qui, bientôt, allaient le frôler. Sa haute stature lui conférait un avantage certain lorsqu'il faudrait, au moment de la mise à mort, dominer la bête...

Mais la jeune fille préférait ne pas songer à cet instant fatidique, dont la seule évocation l'emplissait de malaise. Ne se réconcilierait-elle donc jamais avec cette coutume barbare, même lorsqu'elle serait devenue la femme d'un célèbre matador ? Apprendrait-elle à vivre avec cette peur qui la tenaillait lors de chaque combat ? Bien sûr, son frère était coureur automobile, elle s'était familiarisée avec le danger, le flirt avec la mort. Elle craignait encore pour sa vie, cependant, même si elle avait appris, par la force des choses, à tenir ses terreurs secrètes. Graham était sa seule famille, car leurs parents étaient décédés depuis six ans, et lors de chaque rallye elle craignait de le perdre. Elle avait d'ailleurs compris qu'elle aimait Miguel quand, en admirant ses prouesses, elle avait soudain été saisie d'une angoisse incommensurable, et avait senti son estomac se nouer, comme à l'époque où elle suivait les courses du Grand Prix.

Il existait toutefois une différence fondamentale, essentielle, entre le sport automobile et la tauromachie : c'était la mise à mort d'une bête innocente. La même question la torturait de nouveau, alors que la corrida allait commencer : comment pouvait-on détester les combats de taureaux et aimer un matador ?

— Vous vous sentez bien, señorita ? demanda à ses côtés la voix pleine de sollicitude de Paco.

— Oui, ça va, mentit-elle avec un pâle sourire.

En réalité, elle se sentait tiraillée par une appréhension plus grande que de coutume. Etait-ce à cause de cette absurde scène avec Don Rafael ?

— Si vous devez épouser un torero, il vous faudra apprendre à rester de marbre, comme la Marquise, observa gentiment son compagnon. Regardez-la... C'est à croire qu'elle a de la glace dans les veines !

Liona, qui avait obtenu avec son assistant une place à l'ombre, non loin de la tribune d'honneur, n'eut qu'à se pencher légèrement pour distinguer nettement le visage noble et austère de la Marquise. Elle frissonna à l'idée de devoir faire bientôt la connaissance de son impressionnante future belle-mère.

Isabela de los Reyes arborait en effet un masque impassible, inébranlable, alors que déjà l'arène se vidait pour le lâchage du premier taureau, destiné à Miguel. Elle gardait en toute occasion un port altier, et sa bouche était marquée d'un pli dédaigneux, autoritaire, comme celle de son fils aîné. Celui-ci avait également hérité d'elle ses traits aquilins et son regard de braise. Mais à la différence de Don Rafael, elle avait un teint incroyablement clair : sa peau lisse, tendue sur son visage anguleux, osseux, possédait la couleur de l'ivoire.

Cette étrange pâleur était mise en valeur par la teinte extraordinaire de sa chevelure : son chignon bas, d'un noir de jais, était presque éclipsé par une grande mèche blanche, ramenée au-dessus du front. La vieille dame ne semblait nullement gênée par ce caprice de la nature ; elle aurait pu avoir recours à l'artifice de la teinture, mais avait sans doute préféré assumer pleinement cette marque léguée par les ans et les épreuves de la vie. En guise de parure, elle portait simplement deux larges anneaux d'or qui rehaussaient la délicatesse de ses oreilles dégagées.

De la glace dans les veines ? Liona en doutait. Peut-être la Marquise avait-elle l'habitude de souffrir seule, dans la dignité, et de cacher ses émotions en public. Elle assistait régulièrement à tous les combats de son fils, et n'avait jamais trahi aucun émoi, même lorsque Miguel avait été blessé. D'où lui venait cette force intérieure, qui lui permettait de tout supporter avec autant de calme ? Don Rafael lui-même ne s'était-il pas montré inquiet pour son frère ? Il avait cependant choisi de ne pas être présent...

— J'y pense, Paco, vous aviez commencé à me parler de ce que l'on disait de Don Rafael...

— Ah, oui ! Naturellement, je suis trop jeune pour avoir suivi l'affaire en détail, mais...

Le jeune homme s'interrompit soudain. Au même moment, les murmures excités de la foule se turent, et Paco se mit au diapason pour chuchoter :

— Je vous en parlerai plus tard, señorita, ce n'est pas le moment. Regardez, le Portail de la Peur va s'ouvrir...

Liona tourna son regard vers le lieu où convergeaient à présent vingt-trois mille paires d'yeux anxieux. Tous les spectateurs retenaient leur souffle, tendus vers un seul point : une simple porte de bois, dont les gonds étaient rouillés par les ans. Un frémissement parcourut l'assemblée, fondue dans une même communion, puis ce fut le silence.

Deux *alguaciles*, montés à cheval et parés de costumes du seizième siècle, conformément à la tradition, traversèrent l'arène au galop. Ils détenaient les clefs qui allaient ouvrir le portail. Leurs capes de velours noir flottèrent au vent, leurs montures se cabrèrent devant l'obstacle. Dans un large geste, ils entrouvrirent chacun un battant de la porte. Le son clair et perçant d'une trompette retentit de nouveau dans l'arène. A ce signal, l'animal fit son apparition. Il était né et avait été élevé uniquement pour cette heure de gloire et de souffrance : l'heure de sa mort au soleil de l'arène.

C'était une bête énorme, douze cents livres de fureur noire, au pelage lustré. Il pouvait charger plus vite qu'un cheval de course, déraciner un arbre, encorner un matador ou le projeter dans les airs.

Miguel, *El Sol*, disposait de quinze minutes pour avoir raison de cette force de la nature, pleine de courage et d'intelligence. Le seul atout du matador était son adresse, l'habileté avec laquelle il maniait sa cape et créait l'illusion. Son but ultime consistait à planter une épée dans un petit muscle particulier de la bête, entre ses épaules ; plus d'un s'étaient foulé le poignet en assenant ce coup mortel, qui requérait une force hors du commun.

Les battants du portail s'ouvrirent complètement, et la mort noire chargea, telle une furie..

Le premier à tester l'ardeur de l'animal fut le *bandillero* de Miguel, qui avança au milieu de l'arène afin de procéder à quelques passes préliminaires. Puis ce fut au tour d'*El Sol* d'entrer en lice. Liona sentit que son plexus n'était plus qu'une pierre dure au creux de sa poitrine. Miguel avait des mouvements du poignet agiles, experts ; sa cape, jaune et bordeaux, s'ouvrait et s'enroulait autour d'elle-même telle une fascinante fleur exotique, comme au ralenti. Le taureau chargea à plusieurs reprises, tête baissée, et à chaque fois s'arrêta, enfonçant ses sabots dans le sable poudreux. Le matador ne bougea pas d'un pouce, sûr de lui et de ses nerfs d'acier, la distance entre lui et la mort symbolisée par la longueur de son bras, au bout duquel se déployait la muleta.

— *Ole !* hurlait la foule pour ponctuer chaque figure.

Dérouté par le caractère fuyant de son objectif, le taureau finit par s'immobiliser sur place, les naseaux écumants. Sans même prendre la peine de jeter un coup d'œil par-dessus son épaule, Miguel s'écarta d'un pas nonchalant, après avoir plié la cape sur son bras.

— Bravo, *bravisimo !* cria-t-on du haut des gradins.

— Il a vraiment un jeu de poignet extraordinaire ! commenta Paco avec enthousiasme. Sa performance devrait clouer le bec des critiques qui l'accusent de faire de l'esbrouffe. Quelle technique !

Au beau milieu des clameurs enfiévrées, les trompettes annoncèrent la deuxième phase du combat, marquée par l'arrivée des picadors. Deux lanciers montés sur des chevaux caparaçonnés firent leur entrée dans l'arène. Ils portaient un boléro et un chapeau à large bord. Un rôle ingrat leur était assigné, qui ne leur valait guère l'estime du public : munis de quatre piques, ils devaient planter les pointes acérées dans le cou de l'animal afin d'affaiblir ses muscles. Mais les Espagnols avaient un grand respect pour le taureau, et n'aimaient pas le voir souffrir dans une lutte aussi inégale.

Les picadors réussirent à enfoncer deux piques dans la nuque puissante de la bête écumante lorsque Miguel les pria de s'arrêter là, sans planter les deux piques restantes. Ce noble geste lui valut la bruyante approbation de la foule.

— Cette bête est loin d'être épuisée, commenta Paco à voix basse. Miguel n'est pas raisonnable…

Vinrent ensuite les *bandilleros,* dans leurs habits de

lumière moins rutilants que ceux des matadors. Ils étaient trois, chacun allait planter dans la bosse du taureau deux banderilles colorées, hérissées de pointes, afin de l'affaiblir davantage. Ce rituel n'était en réalité guère efficace, mais faisait partie du cérémonial dont raffolait le plus le public.

Ce jour-là, un murmure de surprise parcourut l'assemblée quand la bête tourna la tête à l'improviste et déchira de sa corne la veste de l'un des *bandilleros*. Parmi les commentaires qui fusaient de toutes parts au beau milieu du brouhaha général, Liona saisit distinctement le mot *burriciego*. Son cœur se glaça. C'était le terme employé par Don Rafael pour expliquer ses craintes. Avait-il donc raison ?

— Sa vision n'est pas nécessairement défectueuse, la rassura Paco, qui avait lui aussi entendu. Certains taureaux privilégient une corne plutôt que l'autre. *El Sol* peut remédier à ce handicap en choisissant bien ses figures.

La jeune fille dut faire appel à toute sa volonté pour ne pas se cacher le visage dans les mains. D'après Don Rafael, Miguel guettait les réactions de sa fiancée, était à l'affût du moindre signe d'approbation de sa part. Elle se força donc à garder les yeux rivés sur l'arène.

C'était maintenant le moment de la *faena,* le troisième acte ou *tercio* de la corrida, le plus dangereux ; on l'appelait souvent « l'instant de vérité », car le matador, lorsqu'il portait à la bête le coup fatal, s'exposait entièrement, l'artère fémorale de sa cuisse offerte aux cornes pointues, menaçantes.

Liona sentit un frisson lui parcourir l'échine. Comment aurait-elle le courage de vivre sans cesse cette peur ?

Miguel saisit la muleta de laine rouge qu'on lui tendit, écarta de son front une mèche dorée, puis, dans un large geste en arc de cercle, jeta son chapeau sur le sable de l'arène, dans la direction de sa fiancée. Il lui dédiait le sacrifice du taureau. Pourquoi ne lui avait-elle jamais avoué ce qu'elle pensait de ce rituel barbare ? Elle ne voulait pas que la mise à mort se fît en son honneur, pas plus qu'elle n'aimait voir Miguel risquer sa vie.

Le matador entama une série de brillantes figures, ponctuées alternativement par les exclamations et les silences de la foule, qui déferlaient dans l'arène comme les vagues se fracassent sur la grève pour venir mourir aux pieds du dieu-soleil, *El Sol*. Celui-ci s'agenouilla à même le sol, le taureau souleva la cape dans un tourbillon, et s'arrêta, décontenancé, furieux. Le matador, le dos tourné, provoqua de nouveau la bête écumante, dont les flancs se couvraient de sueur. La muleta écarlate virevolta sous le soleil de plomb, l'animal fit une rotation sur lui-même, tourna autour de la cible-pivot que constituait le corps agile, puis...

Tout à coup, les vingt-trois mille spectateurs se levèrent comme un seul homme, un hurlement d'horreur emplit les gradins. Ce que l'on craignait, le pire, venait d'arriver. Bouleversée, chancelante, Liona parvint elle aussi à se redresser.

— *Por Dios, por Dios*, gémit une voix derrière elle.
— Il va l'éventrer de ses cornes ! s'écria Paco.

En quelques secondes, l'arène s'était remplie de toreros courant dans tous les sens pour venir au secours de Miguel. Liona ne voyait plus que leurs habits rouges, jaunes, bordeaux, et partout du sang, le sang de Miguel...

Pétrifiée, elle jeta un regard désespéré en direction de la Marquise, comme pour se donner du courage en cet horrible instant. La vieille dame n'avait pas bougé. Son profil de marbre se découpait, immobile, sur le ciel implacablement bleu, indifférent à l'agitation extérieure. Seules les ailes délicates de son nez aquilin avaient frémi.

2

D ANS la cohue qui s'ensuivit, Liona se trouva dans l'incapacité de se frayer un passage jusqu'à la petite infirmerie de Las Ventas. Des journalistes à l'affût du sensationnel, des équipes de télévision, des spectateurs de bonne volonté offrant leur sang pour une éventuelle transfusion, des imprésarios inquiets, sans compter les curieux attirés par l'aspect morbide du drame : toute cette fébrilité contribuait à créer une atmosphère de panique. Des policiers armés de matraques contenaient avec peine le flot des spectateurs, parmi lesquels se trouvaient Paco et la jeune journaliste. On ne la crut pas lorsqu'elle affirma être une amie personnelle de Miguel, car ce subterfuge avait déjà été employé et éventé par des « fans » aux abois.

Une heure plus tard, l'attroupement des badauds était loin d'être dispersé. Liona et son assistant avaient toutefois réussi à s'approcher de la porte du poste de secours. Des bruits couraient selon lesquels le docteur avait pu étancher le sang de la blessure, arrêtant l'hémorragie.

— Ils vont emmener Miguel à l'hôpital des Toreros, traduisit Paco.

La porte de l'infirmerie s'ouvrit enfin. Des ambulanciers en sortirent, portant sur une civière le corps inerte et livide d'El Sol. Et derrière eux Liona reconnut le visage fermé et arrogant de Don Rafael, qui les dominait d'une tête. Ainsi il avait assisté à la corrida... Avait-il été mû par son intuition, une prémonition ? Précédé de sa mère, que l'on avait escortée au chevet de son fils blessé, il se perdit bientôt dans la foule, aidé des policiers qui leur dégagèrent un passage. Au moment où les badauds s'écartaient, la jeune Anglaise eut le temps d'apercevoir aux côtés du frère de Miguel une jeune femme extraordinaire, belle, très grande. Son abondante chevelure, ramenée en un chignon bas sur la nuque, était d'un noir d'ébène ; de jolies boucles d'oreilles mettaient en valeur son cou gracile et la délicatesse de son teint mat. Elle se mouvait avec la grâce d'une danseuse ; Don Rafael la tenait par la taille, comme pour la soutenir, et elle penchait vers lui sa belle tête brune. Elle devait être de la famille, ou au moins être une amie très proche, pour avoir été admise dans l'enceinte de l'infirmerie. Or Miguel n'avait pas de sœur... Etait-ce l'épouse de Don Rafael ? Mais après tout, était-il marié ?

*
**

Ce fut seulement le lendemain, vers midi, que Liona fut autorisée à voir Miguel à l'hôpital des Toreros. Ce privilège lui fut octroyé uniquement parce que le matador, dans son délire, avait à plusieurs reprises prononcé son nom. Une religieuse vint la chercher parmi les aficionados groupés devant le portail de l'hôpital, et qui tous attendaient depuis la veille des nouvelles de leur idole. A l'appel de son nom, la journaliste se présenta et fut rapidement introduite dans une chambre aux murs passés à la chaux. Les rideaux étaient tirés, la pièce plongée dans une demi-pénombre.

Le visage de Miguel était blanc comme un linge, aussi

blanc que les draps ; ses cheveux d'or retombaient mollement sur l'oreiller. On l'alimentait artificiellement : des tubes introduits dans son bras le maintenaient en vie. Lorsque le regard de Liona se détacha lentement de ce pathétique spectacle, elle s'aperçut qu'elle n'était pas seule.

Don Rafael, plus grand et sombre que jamais, se tenait immobile dans un coin de la pièce. Sa compagne de la veille n'était pas là ; la Marquise, en revanche, était assise au chevet de son fils telle une statue de marbre, les mains croisées sur les genoux. Elle portait une robe de soie noire qui lui conférait un air grave et solennel. La jeune journaliste éprouva soudain une irrésistible envie de fuir, et de revenir seulement quand Miguel aurait repris connaissance.

Mais Rafael s'avança et prit l'initiative des présentations.

— Liona Heath, l'amie de Miguel. Elle ne parle pas espagnol.

Il ne s'étendit pas davantage sur la nature exacte des relations de son frère avec la jeune Anglaise, sans doute parce que cette dernière lui avait demandé le secret. Cette discrétion semblait cependant presque futile à la lumière des tragiques événements de la veille...

La Marquise inclina gravement la tête, ses boucles d'oreilles oscillèrent à peine.

— Miguel a demandé à vous voir, expliqua-t-elle dignement. J'ai cru comprendre que vous attendiez dehors, parmi la foule.

— Oui, je suis restée toute la nuit devant l'hôpital, avoua Liona.

— Vous devez être lasse, asseyez-vous.

La vieille dame fit un signe de la main, et Don Rafael présenta une chaise à la jeune fille. Leur antagonisme semblait momentanément oublié, ou passait du moins au second plan.

— Vous avez l'air épuisée, murmura-t-il. Avez-vous mangé ?

— Je n'ai pas faim, répondit-elle en baissant les yeux. Comment va Miguel ?

Rafael lui fit part du bulletin de santé de son frère. Le torero souffrait d'une grave blessure à l'estomac. Bien qu'il fût dans un état critique, les médecins conservaient toutefois un bon espoir de le sauver.

— Il va devoir abandonner l'arène, à présent, hasarda Liona.

A peine venait-elle de prononcer ces paroles qu'elle sentit la Marquise se raidir ; la réponse tomba, glaciale, comme un couperet.

— Miguel n'abandonnera jamais la corrida, vous devriez le savoir si vous êtes l'une de ses amies intimes, señorita. Le père d'*El Sol* lui-même est redescendu dans l'arène vingt-neuf jours après avoir été blessé bien plus grièvement encore que mon fils. Vous semblez avoir une piètre opinion de la tauromachie, señorita...

— *Mamà*, intervint Don Rafael d'une voix affable mais ferme.

« Une main de fer dans un gant de velours », songea immédiatement Liona en l'entendant exhorter de la sorte sa mère à la patience. Elle se sentit soudain tiraillée entre ces deux êtres également intimidants : Isabela de los Reyes d'un côté, qui la détaillait avec une réprobation manifeste, et de l'autre son fils aîné, qui la mettait silencieusement au défi de mentir, de nier ses convictions profondes. La jeune fille se trouvait dans un tel état d'épuisement nerveux qu'elle choisit d'être parjure plutôt que d'affronter les foudres de la vieille dame.

— Je ne demanderai jamais à Miguel de choisir entre son métier et moi. J'ai commencé à m'intéresser de très près à la tauromachie, bien que j'aie encore beaucoup à apprendre. Miguel m'a expliqué les différentes figures et...

— C'est curieux, l'interrompit la Marquise, vous ne paraissez pas douter une seule seconde de votre influence sur mon fils. Auriez-vous l'amabilité de m'expliquer d'où vous vient cette confiance en votre pouvoir ?

L'état critique de Miguel poussa Liona à la franchise ; si elle ne clarifiait pas la situation, au nom de quoi pourrait-elle prétendre rester à son chevet ?

— Miguel et moi allons nous marier, déclara-t-elle d'une voix étranglée.

Elle sentit converger sur elle le regard stupéfait de la Marquise et celui, plus cynique, de Rafael. Dans le lourd silence qui suivit cet aveu, la vieille aristocrate finit par prendre la parole.

— Il n'en saurait être question, décréta-t-elle avec une indéniable autorité. Impossible.

La jeune journaliste serra plus fort la bandoulière de son sac, comme pour se donner du courage.

— Je suis navrée de vous apprendre moi-même la nouvelle, s'excusa-t-elle. Miguel avait l'intention de vous mettre bientôt au courant.

— Quand donc ?

La question avait fusé, sarcastique, de la bouche de Don Rafael. Ils se mesurèrent du regard.

— Miguel attendait que je prenne quelques cours d'instruction religieuse. Il m'a laissé entendre que cette formalité serait indispensable à notre mariage.

— Vous n'aurez pas à vous donner tant de mal, trancha la Marquise, puisque naturellement ce mariage n'aura pas lieu.

— Mais Miguel et moi...

Isabela de los Reyes balaya les faibles protestations de la jeune Anglaise.

— Cessons là cette discussion stérile. Miguel ne se mariera jamais sans mon consentement.

— Permettez-moi de vous rappeler, mère, que la señorita suit assidûment les corridas depuis plus d'un mois. La cérémonie du mariage ne viendrait sans doute que consolider une union déjà consommée : vous devriez interroger plus avant cette jeune personne...

— Veux-tu insinuer qu'ils ont couché ensemble ? Allons, Rafael, il faut appeler un chat un chat ! Je m'attends à plus de franchise de ta part !

— Marquise, je n'ai pas... balbutia en vain l'intéressée.

— Alors je ne mâcherai pas mes mots, l'interrompit Don Rafael. Miguel n'est pas réputé pour sa chasteté, vous en conviendrez. Peut-être s'est-il vu contraint de demander sa main à la señorita, pour les raisons que vous devinerez aisément.

— C'est faux, protesta la journaliste, atterrée.

— Mais alors cette jeune femme n'est qu'une vulgaire dépravée, une... une traînée !

— Dans ce cas, qu'étiez-vous de plus ? lâcha froidement son fils, en réponse aux insultes proférées par sa mère.

Celle-ci en resta coite. Sans ciller, elle essaya pourtant d'obliger son fils à baisser les yeux ; mais il n'abdiqua pas, et soutint son regard de braise. Soufflée par cette gifle magistrale, il fallut un certain temps à la Marquise pour retrouver ses esprits.

— Mais enfin, Rafael, tu ne peux tout de même pas soutenir cette... cette femme ? rétorqua-t-elle enfin.

— Non, je n'approuve pas le choix de Miguel, répondit-il dédaigneusement. Elle n'est pas la femme qu'il lui faut. De toute façon, vous connaissez mon opinion à ce sujet : elle n'a pas changé ! Vous devriez cependant demander à la señorita si elle attend un enfant. A moins que vous n'optiez pour une alternative plus... draconienne.

Liona se sentait complètement exclue de cette incompréhensible querelle, dont les sous-entendus lui échappaient. La vieille dame finit par tourner ses regards vers la forme endormie de Miguel, et murmura d'une voix lasse :

— Attendez-vous un enfant de mon fils, señorita ?

Les joues de la jeune fille s'empourprèrent de colère et d'indignation.

— Non ! Et je me demande de quel droit Don Rafael ose insinuer une chose pareille !

— Mais alors pourquoi Miguel vous a-t-il proposé de vous épouser ?

— Parce qu'il m'aime ! C'est du moins ce qu'il affirme, et je n'ai aucune raison de douter de son amour.

La Marquise parut sceptique, mais s'abstint de tout commentaire désobligeant. Elle entreprit toutefois de questionner la jeune Anglaise.

— Parlez-moi de votre famille, señorita.

— Il s'agit d'une famille très ordinaire...

— J'en déciderai moi-même. Commencez par vos grands-parents, je vous prie.

Liona hésita, réticente. Mais comment s'opposer à cette femme hors du commun, au visage autoritaire, au front couronné d'une mèche neigeuse ? Elle s'exécuta donc, et commença par mentionner les noms et qualités des plus respectables de ses ancêtres ; ce monologue, accueilli froidement par la Marquise, parut emplir Don Rafael d'ennui, voire de mépris.

De plus en plus mal à l'aise, la jeune Anglaise dépeignit brièvement sa paisible vie familiale à la campagne. Elle parla de son frère, de sa mère, dont le violon d'Ingres était l'aquarelle, de son père, contraint à prendre une retraite anticipée.

— Un accident de voiture l'a laissé partiellement paralysé, expliqua-t-elle. Nous ne roulions pas sur l'or, mais nous avions suffisamment d'argent pour vivre confortablement.

— Votre père était-il coureur automobile, lui aussi ? s'enquit la vieille dame avec indifférence.

— Non, il était bactériologiste. Dans sa jeunesse, au lendemain de la guerre, il avait fait de la recherche sur la pénicilline, développé des cultures, mis au point de nouvelles souches…

L'attention de la Marquise se galvanisa soudain. Le buste penché vers l'avant, une vive lueur brillant dans ses yeux d'onyx, elle paraissait vivement intéressée, pour la première fois depuis leur entretien.

— Il travaillait sur la pénicilline ?

— Oui, comme beaucoup d'autres à son époque. Oh, il ne s'agissait de rien d'extraordinaire ; son travail est d'ailleurs resté dans l'ombre, alors que d'autres ont été décorés.

— Ah… soupira la vieille dame avec satisfaction.

Elle baissa ses paupières transparentes, veinées de bleu, réfléchit un moment, puis demanda à brûle-pourpoint :

— Quand doit commencer votre instruction religieuse ?

— Dès que j'aurai entrepris les démarches nécessaires, répondit la jeune journaliste, stupéfaite par ce brusque changement d'attitude. Je peux y songer dès maintenant, puisque je vais rester à Madrid. Et cela m'occupera pendant que Miguel sera à l'hôpital…

— Vous n'allez pas rester à Madrid, décréta sèchement la Marquise. D'ici quelques jours, dès que Miguel sera tiré d'affaire, je vous emmènerai à Séville avec moi. Mon aumônier vous préparera au mariage : il parle très bien anglais.

— Je ne veux pas m'éloigner de Miguel, protesta Liona, prise de court par la tournure que prenaient les événements.

La vieille dame, manifestement, avait décidé de l'accepter comme belle-fille, mais ce brusque revirement, inexplicable, la déconcertait.

— Vous vous marierez dans la plus stricte intimité, poursuivit Isabela de los Reyes. Vos fiançailles ne seront pas annoncées dans les journaux, car je ne porte pas la presse dans mon cœur. Du reste, vous m'obligerez, señorita, en vous abstenant de défrayer la chronique. Nous nous contenterons de publier les bans une fois que la cérémonie aura été célébrée.

— Mère, je vous trouve un peu trop…

Mais Don Rafael laissa sa phrase en suspens, car au même instant Miguel bougea sous les draps blancs, avant d'émettre un faible gémissement. Tous les regards convergèrent sur lui.

La Marquise se leva aussitôt, se pencha vers son fils, et lui annonça avec une évidente satisfaction :

— Miguel, ta fiancée est là…

— Qui ? articula-t-il d'une voix pâteuse.

— Ta fiancée…

— Liona ? Liona…

Une main exsangue s'accrocha à la couverture. Tout engourdi par les médicaments, le jeune homme essayait de retrouver sa lucidité.

— *Por Dios,* laissa-t-il échapper dans un souffle.

— Tranquillise-toi, Miguel, intervint Rafael, debout au pied du lit. *Mamà* a jugé bon d'approuver ton choix.

Le malade gémit de nouveau, puis aperçut la jeune fille ; il semblait faire des efforts désespérés pour comprendre la situation. Quand Liona s'approcha de lui, il écarquilla les yeux comme pour mieux la voir.

— Liona… ?

— Je suis là, Miguel, murmura-t-elle en serrant entre ses doigts la main crispée sur les draps. Je leur ai tout dit, après qu'ils m'aient fait entrer. Tu avais demandé à me voir…

— Liona, ma mère… ne permettra… jamais…

— Calme-toi, Miguel, ta mère s'est montrée très compréhensive.

— Oui, intervint la Marquise d'une voix pleine d'indulgence, je donnerai mon consentement à votre mariage.

Le jeune homme paraissait complètement désorienté sous l'effet des médicaments, mais il s'apaisa peu à peu.

— Tu vois, Miguel ? chuchota sa fiancée. Tu m'avais promis que tout finirait par s'arranger, et c'est arrivé.

A cet instant, un médecin entra dans la chambre, suivi de deux infirmières. Il prit la peine d'expliquer en détail l'étendue de la blessure dont souffrait son patient ; à la demande de Don Rafael, il répéta en anglais l'essentiel de son diagnostic, afin d'en informer Liona. Il administra ensuite à Miguel une injection de calmant, et le malade sombra de nouveau dans l'inconscience.

Avant de quitter la pièce, le médecin se tourna vers la journaliste et la dévisagea d'un air soupçonneux.

— Vous devriez regagner votre pays sur-le-champ, jeune demoiselle ! *El Sol* a besoin d'un repos absolu, et non de jolies visiteuses. Vous risquez d'ailleurs de voir se flétrir votre charme, si vous ne prenez pas soin de vous : vous avez l'air épuisée.

— J'ai la migraine, reconnut Liona. Le manque de sommeil, sans doute...

Le docteur émit un petit claquement de langue réprobateur.

— L'infirmière va vous donner quelques cachets, déclara-t-il avec autorité. Vous en prendrez deux dès que vous serez chez vous. A quand remonte votre dernier repas ?

— Oh, je ne sais plus... Hier midi, je crois...

— Dans ce cas, je vous prescris un solide déjeuner, et vous conseille de passer le reste de la journée au lit. Don Rafael, je compte sur vous pour veiller à ce que mademoiselle exécute mes ordres. Emmenez-la au restaurant, et ne la laissez pas revenir ici avant demain. Quant à vous, Marquise, il est inutile que vous restiez à l'hôpital. Votre fils sera sous calmants toute la journée.

— Je tiens néanmoins à rester à son chevet, décréta la vieille dame d'un ton qui n'admettait pas de réplique.

Le médecin n'insista pas, car l'intransigeance d'Isabela de los Reyes était de notoriété publique. Il prit congé, et, quelques instants plus tard, une infirmière revint et tendit à la jeune Anglaise une enveloppe contenant quelques cachets.

Presque aussitôt, après avoir dit au revoir à la Marquise, Liona se retrouva propulsée hors de l'hôpital par son futur beau-frère. Elle connaissait cet homme depuis vingt-quatre heures à peine, et en ce laps de temps il avait réussi à se rendre odieux à ses yeux, l'emplissant tour à tour d'un sentiment de rage, d'humiliation, d'impuissance, de gêne et de profonde antipathie. Elle n'avait aucune intention d'aller déjeuner avec lui, et refusa tout net de se laisser conduire par le bras. Il fronça les sourcils, une lueur d'interrogation dans le regard, mais n'insista pas.

Au moment où ils franchirent les grilles de l'hôpital, la poignée de journalistes attroupés devant le portail reconnut Don Rafael. Tous se précipitèrent en grappe autour de lui, et les badauds suivirent le mouvement. En l'espace de quelques secondes, Liona et son compagnon se trouvèrent noyés dans la foule, assaillis de questions, harcelés par les flashes des photographes aux abois. En dépit de ses fermes résolutions, la jeune fille ne protesta pas lorsqu'une main de fer s'empara de son poignet pour la guider à travers ce grouillement humain. Tout en se frayant un passage jusqu'à sa voiture, Don Rafael rassura les journalistes sur la santé de son frère, sans toutefois cesser d'avancer.

Chancelante, à bout de souffle, Liona fut trop heureuse de se laisser tomber sur le confortable siège d'une luxueuse Lamborghini. Le sang affluait à ses tempes ; était-ce le contact de la foule, ou celui, infiniment plus troublant, du corps viril de son compagnon ? Elle n'avait qu'une hâte : avaler les médicaments donnés par le médecin afin de soulager sa migraine. Les yeux clos, elle se laissa aller contre l'appuie-tête.

— Auriez-vous l'obligeance de me raccompagner jusqu'à mon hôtel ? demanda-t-elle avec lassitude. Il se trouve non loin d'ici.

— J'ai l'intention de suivre à la lettre les instructions du docteur. Je vous emmène au restaurant.

Furieuse, Liona rouvrit les yeux et lui jeta un regard courroucé.

— Ce ne sera pas nécessaire, je peux déjeuner à l'hôtel.

— Alors je resterai avec vous, pour vous obliger à être raisonnable. Où se trouve votre hôtel ?

Elle comprit que l'on ne tenait pas tête à Rafael de los Reyes, et lui donna l'adresse de la modeste *pensión* où elle était descendue.

— Mais j'aimerais me rafraîchir un peu avant de déjeuner, précisa-t-elle dans l'espoir de gagner quelques moments de répit.

— Tiens, ce n'est pas un hôtel très chic, pour un célèbre torero, observa son compagnon d'un ton sarcastique.

— Sachez, Don Rafael, que Miguel et moi n'avons pas pris nos chambres dans le même hôtel, riposta-t-elle avec humeur. Je n'ai pas pour habitude de tomber dans le lit de tous les beaux matadors.

Il lui jeta un regard sceptique, tout en manœuvrant habilement son véhicule dans les rues étroites du vieux quartier de Madrid. Des paillettes d'or s'allumèrent dans ses yeux sombres, et sa bouche prit un pli moqueur, délibérément cruel.

— Vous protestez trop de votre ingénuité, murmura-t-il avec une fausse douceur. Me croyez-vous donc si naïf ? Je sais très bien qu'aucune femme ne résiste à Miguel.

Liona se mordit la lèvre, au bord des larmes. Le martèlement de sa tête était devenu insoutenable.

— Oh, oh... Allez au diable ! explosa-t-elle, les poings serrés. Je ne vous donnerai pas le plaisir de me justifier ! Vous pouvez penser ce que vous voulez, cela m'est égal. Miguel a un peu plus confiance en moi que vous, heureusement !

— Ah ! reprit-il avec un calme exaspérant, je comprends à présent pourquoi il vous a demandé de l'épouser. Je m'étais posé la question... Il n'y a rien qu'un homme ne désire plus obtenir que ce qui ne lui est pas donné, ce qui lui résiste. Finement manœuvré... Très bien joué ! Si, si, admirable ! La vertu d'une femme est le plus précieux des atouts ! Votre séjour sur le circuit du Grand Prix a dû vous donner une grande expérience des hommes. Avez-vous appris qu'ils ont tendance à rejeter une femme trop offerte et à poursuivre de leurs assiduités celle qui se refuse ? Vous avez certainement compris que Miguel n'avait aucune intention de parler à notre mère de ces... fiançailles. Il a beau faire preuve d'un immense courage dans l'arène, quand il s'agit d'affronter la Marquise, c'est une autre histoire. Miguel ne comptait pas vraiment vous épouser, il voulait simplement s'octroyer le droit de faire l'amour avec vous. Sans doute pensait-il qu'il lui suffisait de vous faire miroiter une promesse de mariage...

— Il m'a demandé ma main il y a une semaine, rétorqua vertement la jeune fille.

— Vraiment ? Et vous le faites encore attendre ? Vous n'êtes peut-être pas très sûre de vos sentiments à son égard. Pauvre Miguel ! Il doit devenir fou d'impatience !

Ces paroles machiavéliques étaient un peu trop proches de la vérité, et le mensonge sortit tout seul de la bouche de Liona.

— Non, je ne ne l'ai pas fait attendre ! Et malgré tout il n'a pas rompu nos fiançailles. Comme vous l'avez dit, cette cérémonie sera une simple formalité. Etes-vous disposé, maintenant, à me laisser en paix ?

— La cérémonie n'aura pas lieu, dans ce cas, poursuivit Don Rafael, imperturbablement cynique. Vos fiançailles dureront jusqu'à ce qu'il se lasse de vous.

La jeune fille tremblait d'indignation.

— Vous n'arrivez pas à croire que Miguel soit amoureux de moi, n'est-ce pas ? Que cherchez-vous au juste ? Essayez-vous de détruire notre mariage avant qu'il n'ait lieu ? Voulez-vous me séparer de votre frère ?

— Exactement, vous avez deviné. Vous n'êtes pas la femme qu'il lui faut. S'il vous épouse, ce sera uniquement parce que sa mère l'y poussera. Vous avez vu comme elle est dominatrice.

— Vous l'êtes tout autant !

— C'est un fait, mais nos méthodes diffèrent. Ma mère privilégie la manière forte, écrase tout le monde, alors que je préfère avoir recours à l'arme de la vérité.

— Mais enfin pourquoi n'acceptez-vous pas l'idée de mon mariage avec Miguel ? questionna Liona en désespoir de cause. Vous pensiez que votre mère s'y opposerait, or elle a donné son consentement.

— Vous avez fait vibrer en elle une corde sensible en prononçant le mot magique : la pénicilline. Les antibiotiques ont transformé la vie des familles de matadors. Avant la découverte de la pénicilline par Sir Alexander Fleming, savez-vous combien de toreros mouraient de leurs blessures ? Des milliers ! Dans notre pays, ce savant a été haussé au rang d'idole : son portrait trône dans le hall de l'hôpital des Toreros. Et lorsque sa veuve s'est rendue en Espagne, la foule lui a réservé un accueil délirant. Oui, *señorita,* vous avez su trouver le mot de passe pour gagner l'assentiment de ma mère.

Le soleil inondait la petite rue vieillotte, dont les maisons fermées de grilles en fer forgé se protégeaient derrière leurs persiennes closes, décorées de pots de fleurs aux couleurs vives. Liona frissonna.

— Ce n'était pas un calcul de ma part, se défendit-elle en essayant de conserver sa dignité, malgré la fulgurante migraine qui menaçait de l'anéantir. Je peux fort bien me passer du consentement de votre mère, et du vôtre aussi, d'ailleurs !

— Vous croyez ? railla Don Rafael en garant sa voiture dans la cour ombragée du petit hôtel.

En ouvrant de l'intérieur la portière de sa passagère, il effleura de son bras la poitrine de la jeune femme. Elle se rétracta avec une violence inouïe, disproportionnée par rapport à la futilité de l'incident.

— Je vous retrouve au salon dans un quart d'heure, suggéra-t-il avec autorité.

Après leur échange de propos pour le moins acerbes, elle n'avait aucune envie de déjeuner avec lui. Elle ne souhaitait pas cependant braver sa colère, et choisit de le mettre devant le fait accompli.

— J'aurai peut-être besoin de plus de quinze minutes, se contenta-t-elle de répliquer avec hauteur.

— Puis-je commander pour vous, dans ce cas ?

— Absolument, oui.

Elle descendit de voiture, et claqua la portière. Le son métallique ne fit rien pour atténuer son mal de tête.

Pendant que Don Rafael se garait plus convenablement, la journaliste pénétra à l'intérieur de l'hôtel. Paco, assoupi, l'attendait dans le hall. Il avait dû veiller toute la nuit, près du standard, dans l'attente de nouvelles : il n'y avait pas de téléphone dans les chambres.

Pleine de compassion, elle le réveilla doucement, puis répondit à ses questions inquiètes sur l'état de santé de Miguel.

— Je crois que vous pouvez prendre une semaine de congé, conclut-elle tristement. Et peut-être davantage ! Naturellement, vous serez payé. Rentrez chez vous à Tolède pour quelques jours, je vous appellerai quand j'aurai à nouveau besoin de vous. Mes projets ne sont pas encore arrêtés, mais j'irai peut-être à Séville.

Le visage du jeune homme s'éclaira d'un sourire radieux.

— Séville ! La plus belle cité de toute l'Espagne ! A part Tolède, bien sûr...

Liona ne partageait pas son enthousiasme. Elle n'avait pas spécialement envie de se rendre à Séville chez la Marquise, pas plus qu'elle ne voulait voir sa vie régentée par la vieille dame. Mais Don Rafael l'avait provoquée, et, pour lui rabattre de sa superbe, elle était prête à toutes les extrémités, dût-elle s'en mordre les doigts par la suite.

— Paco, vous pouvez me rendre un service avant de quitter l'hôtel. Faites-moi monter un plateau dans ma chambre ; n'importe quoi, je meurs de faim ! Ensuite, dans une vingtaine de minutes, allez dans la salle à manger : vous y trouverez le frère de Miguel, Don Rafael. Vous lui direz que je déjeune dans ma chambre, mais remerciez-le quand même.

Après avoir échangé quelques dernières banalités avec Paco, et lui avoir fait promettre une fois de plus de garder le secret sur ses fiançailles avec Miguel, Liona gagna sa chambre. Au passage, elle demanda à la femme de service de faire monter son plateau directement par le passe-plat, car elle ne tenait pas à devoir ouvrir la porte.

Une fois seule, elle se félicita de l'aisance avec laquelle elle venait d'éviter un déplaisant tête-à-tête avec Don Rafael. Elle se dirigea ensuite vers la salle de bains adjacente, verrouilla la porte, et ouvrit les robinets de la baignoire vétuste mais propre, avant d'y jeter un bouchon de bain moussant.

Puis elle ouvrit l'enveloppe donnée par l'infirmière, en sortit deux petits cachets blancs apparemment inoffensifs, et les avala avec un peu d'eau. La glace du lavabo lui renvoya impitoyablement l'image affligeante de son visage défait ; elle avait des cernes, un teint de cendre, et sa chevelure désordonnée retombait en cascade sur ses épaules. Des cheveux couleur de miel… disait son père. Pour le moment, elle avait tout l'air d'une souillon !

Avec un soupir, elle entreprit lentement de se déshabiller. Elle venait de vivre vingt-quatre heures terriblement éprouvantes. La veille encore, Miguel lui murmurait à l'oreille de brûlantes paroles de persuasion… Qu'est-ce qui avait bien pu la retenir, l'empêcher de lui céder, au cours de cette dernière semaine ? Elle l'aimait, non ? Lui était ardent, attentionné, viril ; il représentait tout ce qu'elle appréciait chez un homme, et pendant un mois il avait été au centre de sa vie, de ses préoccupations. Alors, pourquoi ne s'était-elle pas donnée à lui ? Ce n'était pas, contrairement aux insinuations de Don Rafael, pour s'assurer de la détermination de Miguel. Mais peut-être les années passées sur le circuit du Grand Prix lui avaient-elles enseigné un certain cynisme vis-à-vis des hommes. Elle avait trop souvent vu autour d'elle la triste fin de liaisons passagères, sans lendemain. Les coureurs automobiles, comme les toreros, vivent dangereusement, et c'est en partie cette insouciante témérité qui fait leur séduction. Liona n'était jamais restée insensible à ce charme ; mais elle avait toujours veillé à ne pas dépasser les limites du flirt.

Miguel, en revanche, semblait désirer davantage qu'une simple aventure. Elle croyait, hier, à sa sincérité : pourquoi sa conviction aurait-elle été ébranlée ? Y avait-il une ombre, une parcelle de vérité dans les durs propos de son futur beau-frère ? Il s'était montré délibérément cruel, destructeur. Avait-il des raisons de vouloir empêcher le mariage de Miguel ? S'agissait-il entre eux d'une obscure jalousie d'enfance, encore vivante ?

Peut-être Rafael enviait-il le succès de Miguel auprès

des femmes... Tout en se savonnant, la jeune fille envisagea la question sous cet angle. L'eau du bain était chaude, les comprimés qu'elle venait d'avaler commençaient à faire de l'effet, sa migraine s'atténuait, et une douce lassitude envahit peu à peu son corps détendu. Don Rafael avec une femme... A cette pensée, elle sentit un picotement lui parcourir la peau, et les pointes de ses seins, affleurant à la surface de l'eau bleutée, se durcirent.

Furieuse de cette réaction inattendue, elle replaça d'un geste un peu sec le savon sur le rebord de la baignoire. Elle n'avait pas besoin de cette traîtrise de ses sens pour savoir instinctivement que les succès de Rafael auprès du beau sexe devaient être aussi impressionnants que ceux de Miguel. La ravissante jeune femme accrochée hier à son bras avait l'air très versée dans l'art de l'amour. Quant à Rafael, ses talents amoureux devaient aller bien au-delà de ce que Liona, dans son inexpérience, ne pouvait que soupçonner. Elle imagina sur son corps le contact de ces deux mains longues et fermes, enveloppantes comme l'eau tiède du bain...

Oh, comment pouvait-elle laisser son imagination vagabonder de la sorte alors que son fiancé d'une semaine, blessé, souffrait sur un lit d'hôpital ? Elle venait d'accepter d'épouser un homme, et songeait déjà au plaisir qu'elle pourrait éprouver auprès d'un autre. Un autre qui de surcroît se trouvait être son futur beau-frère !

Mais supportait-elle vraiment l'idée d'être mariée à un torero ? Pour la première fois elle se posait ouvertement la question. Miguel abandonnerait peut-être l'arène, quoiqu'en dise sa mère. Mais à quoi bon spéculer sur l'avenir ? Mieux valait attendre, puis aviser en conséquence. Elle avait besoin de temps, pour réfléchir, pour se décider, et avant tout pour délasser son corps fatigué. De longues écharpes de temps, de

gros nuages cotonneux, tout blancs, un temps en forme
de bulles flottant à la surface de l'eau, comme dans un
rêve chaud et douillet, irréel. Un monde traversé par
les rêves, dont celui, pénétrant, d'un visage émacié
penché au-dessus d'elle, de mains puissantes glissant
sur sa peau nue, de deux bras qui l'entouraient, aussi
tièdes que l'eau... Mais un détail choquait : les cheveux
dans le rêve étaient bruns, noirs les yeux, et puis tout
devint noir...

*
**

Liona se réveilla lentement, émergea peu à peu de la
délicieuse torpeur qui avait envahi ses membres repo-
sés. Elle ne tarda pas à prendre conscience de la nudité
de son corps sous les couvertures. Or elle ne dormait
jamais nue. Elle ne se rappelait même pas être sortie du
bain. Morte de fatigue, avait-elle mangé machinalement, sans s'en rendre compte, avant de se mettre au
lit ? Mais pourquoi ne se souvenait-elle de rien ? Non,
elle n'avait pas déjeuné, car elle sentait à présent un
creux à l'estomac. Et elle avait dû dormir des heures
durant ! La nuit était tombée ; à travers les persiennes
fermées passait la lueur des réverbères.

Elle se redressa dans la pénombre, chercha à tâtons
l'interrupteur, alluma la lampe. Peut-être son plateau
l'attendrait-il encore...

— Ah, vous voici enfin prête à vous restaurer,
prononça une voix sarcastique.

Abasourdie, la jeune fille eut cependant la présence
d'esprit de remonter le drap sur sa poitrine nue. Don
Rafael, confortablement installé dans un fauteuil à
l'autre extrémité de la pièce, l'observait d'un air
moqueur, les paupières à moitié baissées, le sourire
goguenard.

— Il est un peu tard pour le déjeuner, je le reconnais, poursuivit-il avec flegme, mais il est l'heure de

dîner. Le souper est servi fort tard en Espagne, heureusement.

Les yeux écarquillés de stupeur, Liona bredouilla :

— Vous... Que faites-vous dans ma chambre ? Comment êtes-vous entré ? De quel droit avez-vous osé... ?

— Une question à la fois, je vous en prie ! Je suis entré avec votre déjeuner. Dès que votre ami Paco est entré dans la salle à manger, j'ai compris que vous aviez décidé de me jouer un tour. Il me fut facile de convaincre la femme de service qu'il y avait une erreur. J'ai renvoyé aux cuisines cette ridicule omelette que vous avait fait monter Paco, et j'ai procédé à un choix dans le menu. Quand le serveur est arrivé avec le chariot, je suis entré avec lui.

— Vous l'avez acheté !

Il ne chercha pas à démentir cette accusation, et enchaîna, imperturbable :

— Je n'ai pas trop mal mangé. Dommage que vous n'ayez pu partager ce repas avec moi. J'ai essayé sans succès de vous réveiller, avant de renvoyer les restes aux cuisines. Vous ne savez donc pas qu'il est dangereux d'avaler des somnifères avant de prendre un bain ?

Des somnifères ? Tout devint clair aux yeux de Liona, qui sentit son corps parcouru de frissons à la fois brûlants et glacés. Elle n'avait pas rêvé. Les mains posées sur son corps étaient bien réelles, c'étaient celles de Rafael. Une vague de honte et d'indignation monta en elle.

— Vous n'avez quand même pas osé...

— Si. Et, heureusement pour vous, la vétusté du verrou de la salle de bains m'a permis de l'ouvrir de l'extérieur ! Vous ne me remerciez pas ? Vous auriez pu vous noyer.

— J'aurais préféré me noyer !

— Quelle gratitude ! Je vous jure que je n'ai pas

profité de la situation, malgré la tentation. Vous avez
un corps de déesse, je dois l'avouer. Miguel a l'œil...

— Vous... vous...

— Ne me blâmez pas pour cette curiosité toute
naturelle chez un homme normalement constitué. Si
cela peut vous consoler, vous n'êtes pas la première
femme nue que je voie... ni que j'aie mise au lit, en fait.

— Je n'en doute pas ! fulmina-t-elle. Maintenant,
faites-moi le plaisir de sortir et de me laisser tranquille !

Elle vit les traits de son visage se durcir, mais il
demeura immobile, et sa voix grave conserva ses
intonations de velours.

— Je donne des ordres, je n'en reçois pas, décréta-t-
il avec arrogance. Je ne m'en irai pas avant que vous
ayez mangé. Vous me connaissez mal, señorita. Vous
m'avez laissé commander un déjeuner pour deux, alors
que vous n'aviez aucune intention de me rejoindre...
Ne pensiez-vous pas que cette attitude plutôt cavalière
me contrarierait ? Maintenant levez-vous, et habillez-
vous. J'ai déjà choisi les vêtements que vous porterez ce
soir : nous allons dîner au restaurant, car je crois avoir
épuisé toutes les ressources de la cuisine de cet hôtel de
second ordre. Vous trouverez dans la salle de bains ce
qu'il vous faut : robe, souliers, dessous, j'ai tout prévu.
Dépêchez-vous. Je vous donne vingt minutes.

— De quel droit vous êtes-vous permis de fouiller
dans mes affaires ? Je refuse de vous obéir, et de dîner
en votre compagnie ! Je ne m'habillerai pas !

— Vraiment ? Je sais déshabiller les femmes, mais
j'ai également appris à les vêtir. Préférez-vous avoir
recours à mes services plutôt que de vous débrouiller
seule ?

— Non !

Elle soutint courageusement son regard de braise,
dans l'espoir de le voir baisser les yeux le premier ; mais
ce fut elle qui finit par détourner la tête. Que pouvait-
elle faire ? Se mettre à hurler ? Elle ne ferait que

provoquer un scandale, ameuter des inconnus. Rafael
désirait manifestement se venger de l'affront qu'elle lui
avait fait subir dans l'après-midi ; il était bien plus
furieux qu'elle ne l'avait d'abord supposé. Si sa vengeance consistait à l'emmener dîner, était-il si difficile
de s'y soumettre, après tout, et ensuite d'avoir la paix ?

— Quelle heure est-il ? s'enquit-elle après un
silence.

— Dix heures du soir.

Il interpréta cette question comme une soumission,
et se leva. D'un pas décidé, il se dirigea vers la
penderie, et en sortit un déshabillé de mousseline beige
rosé. A quelques mètres du lit, il s'arrêta.

— Et ne croyez pas pouvoir m'échapper une nouvelle fois en vous enfermant dans la salle de bains,
prévint-il d'un ton menaçant. Je peux ouvrir la porte de
l'extérieur, je vous le rappelle.

— Cessez de m'intimider, et donnez-moi mon peignoir, rétorqua-t-elle le plus désagréablement possible.

— Je n'ai pas encore été assez clair, je vois. Je ne
reçois d'ordre de personne.

Il lâcha le déshabillé, qui tomba sensuellement sur le
tapis usé. Puis, après avoir jeté un coup d'œil à sa
montre, Rafael croisa les bras et s'amusa de l'expression désemparée de la jeune femme.

— Vingt minutes.

Elle voulut protester, s'indigner, mais sut qu'elle ne
serait pas entendue. Alors, folle de rage, le cœur
battant, elle arracha le drap d'un geste sec et s'en
enveloppa étroitement avant de courir à la salle de
bains. Quel homme tyrannique ! Comment deux frères
pouvaient-ils posséder des caractères si dissemblables ?
Le plus rageant était de savoir que le ténébreux Rafael,
si cruel, si arrogant, si grossier, si odieux, l'avait vue
dans son plus simple appareil, et, plus pénible encore,
l'avait prise dans ses longs bras musclés...

Furieuse de sentir monter en elle une étrange langueur à l'évocation de cette troublante image, elle s'arracha délibérément à ces pensées déplacées. Son regard tomba sur la robe que voulait lui imposer Rafael : cette découverte ne fit rien pour l'apaiser. Elle avait acheté cette robe deux jours plus tôt, dans l'idée de la porter lors d'un dîner aux chandelles... avec Miguel ; elle ne l'avait jamais mise encore. Contrariée, elle détailla l'étroit fourreau de soie recouvert d'une mousseline vaporeuse, le profond décolleté, les fines bretelles des épaules. Le tout évoquait la couleur et la matière des algues humides, fluides et mouvantes.

— Je préférerais porter une autre robe, cria-t-elle de la salle de bains.

— Je n'aime pas les autres. Vous avez tendance à privilégier le côté « pratique » dans le choix de vos toilettes. Quand je sors avec une femme, j'aime qu'elle ait l'air d'une femme.

Contenant sa fureur, Liona ravala ses protestations et s'habilla en essayant de faire contre mauvaise fortune bon cœur. En se brossant énergiquement les cheveux devant la glace pour passer sa colère, elle s'aperçut que son visage avait retrouvé des couleurs : était-ce sous l'effet de l'indignation, ou grâce au sommeil ? Toujours est-il qu'elle se trouvait plus séduisante ainsi, donc mieux dans sa peau. Allons, autant essayer de passer une soirée relativement plaisante, se dit-elle. Dieu merci, et c'était là une consolation, elle aurait rarement l'occasion de rencontrer Rafael dans les années à venir, car Miguel voyait rarement son frère, en raison de ses fréquents déplacements. Mais ce dernier vivait-il dans la propriété de la Marquise ? se demanda-t-elle soudain, non sans appréhension. C'était peu probable : elle imaginait mal deux personnes aussi dominatrices partageant le même toit.

La jeune femme remarqua alors qu'elle s'était maquillée avec un soin particulier, tout en réfléchissant. Agacée, elle fit une dernière retouche à son rouge à lèvres, rangea sa trousse de maquillage, et sortit de la salle de bains. Don Rafael la détailla de la tête aux pieds, manifestement satisfait du résultat.

— Dix-neuf minutes exactement, commenta-t-il. J'aime les femmes obéissantes.

— Et je n'aime pas les hommes autoritaires, riposta-t-elle du tac au tac.

Il avait déjà choisi dans son armoire un châle en mohair, car les nuits de mai étaient souvent fraîches à Madrid.

— Il ne va pas très bien avec votre toilette, observat-il d'un ton réprobateur. Je m'étonne que Miguel ne vous en ait pas offert un autre.

— Je suis navrée, j'ai laissé mon étole de vison chez le teinturier, rétorqua Liona avec irritation. Maintenant, si vous préférez ne pas vous montrer à mes côtés en public, je considérerai cette réticence comme un honneur !

— Vous avez de la repartie. Si vous m'apparteniez, je n'hésiterais pas à vous retourner sur mon genou et à vous administrer une bonne fessée pour cette impertinence. C'est d'ailleurs assez tentant, plus j'y pense. La mégère apprivoisée ! Je rendrais peut-être service à Miguel...

— Je n'appartiens à personne !

— Si vous étiez *ma* maîtresse, vous sauriez à qui vous appartenez, murmura-t-il d'un ton sourd, légèrement amusé.

Liona se rappela son mensonge. Pourquoi lui avait-elle fait croire qu'elle s'était donnée à Miguel ? Mais Rafael n'était que trop enclin à la juger comme une fille légère, et il lui serait difficile à présent de le détromper. Enfin, peut-être accepterait-il plus aisément l'idée du mariage de son frère s'il les croyait amants...

Les mains de Rafael s'attardaient près de sa nuque, comme il venait de poser le châle sur ses épaules ; elle se dégagea et déclara fermement :

— Mais je ne suis pas votre maîtresse, je suis celle de Miguel. Je serai bientôt sa femme, et je suis sûre qu'il vous en voudrait de me parler sur ce ton.

Il inclina la tête sur le côté, l'air moqueur, et ouvrit la porte.

— Vous auriez dû prendre mes paroles pour un compliment. Savez-vous qu'il est difficile pour un Espagnol de résister au plaisir de complimenter une jolie femme ?

— Essayez de faire mieux la prochaine fois, rétorqua-t-elle tout en le précédant dans le sombre couloir.

Pendant que le veilleur de nuit allait chercher la Lamborghini, Don Rafael téléphona pour réserver une table dans le restaurant de son choix ; puis il appela l'hôpital. Miguel dormait paisiblement, grâce à l'effet des médicaments, et la Marquise, après un dîner léger, avait obtenu de passer la nuit dans une chambre voisine de celle de son fils. Cette concession, due à son rang, n'avait rien de surprenant. Liona, prise de remords, se rendit compte qu'elle n'avait guère songé à Miguel au cours de la demi-heure qui venait de s'écouler.

Son compagnon l'emmena dans un très beau restaurant tendu de velours rouge, aux sièges capitonnés ; les couverts en argent luisaient doucement à la lueur des bougies. Un serveur attentif attendit respectueusement que Rafael ait fait son choix, sans prendre la peine de consulter la carte. Il sélectionna plusieurs spécialités, dont un délicieux cochon de lait grillé, arrosées de vins fins.

Au cours du repas, les deux convives bavardèrent à bâtons rompus, comme des inconnus. Au moment des liqueurs, Rafael entama cependant un sujet de conversation plus personnel, en demandant à son invitée si elle avait eu l'occasion de visiter certains des musées les moins connus de Madrid.

— Je crains que Miguel ne soit pas très porté sur la peinture, avoua Liona. J'ai toutefois réussi à le traîner jusqu'au Prado. Et, un jour où il était pris, j'ai visité un très beau couvent. J'y ai vu quelques fort jolis portraits de princesses espagnoles... mais c'est curieux, elles avaient toutes l'air triste.

— Oui, je connais cet endroit. Les tableaux dont vous parlez représentent des novices, de jeunes infantes qui ont pris le voile parce que le mariage arrangé par leurs parents n'a pas pu avoir lieu comme prévu. Vous voyez, ce genre de drame survient même dans les familles royales : les fiançailles ne sont pas toujours suivies d'une cérémonie nuptiale. D'ailleurs la vie au couvent était peut-être plus douce pour ces infantes que ne l'aurait été leur vie maritale. Rares sont les bons maris... et les bons mariages.

— Essayez-vous de me dire que Miguel ne sera pas un bon mari ?

— Ou peut-être que vous ne serez pas une bonne épouse pour lui. Vous savez ce que j'en pense.

Mal à l'aise, la jeune femme baissa la tête, et joua distraitement avec une miette de pain.

— Vous estimez apparemment que je ne suis qu'un trophée de plus au palmarès de Miguel, avança-t-elle à voix basse.

— Prétendrez-vous le contraire ? riposta-t-il en laissant s'attarder son regard voilé sur le profond décolleté de sa compagne.

— Comment osez-vous nous condamner, Miguel et moi, et ensuite me parler de vos propres exploits amoureux ?

— Je ne me rappelle pas m'en être vanté.

— Vous vous êtes contenté de me dire que toutes les femmes avaient la manie de se jeter nues dans vos bras !

Un sourire amusé creusa les traits émaciés de Rafael.

— Je vous ai dit ça ? Je vous ai simplement avoué, je crois, avoir vu un certain nombre de femmes en tenue d'Eve. Mais ai-je vraiment précisé qu'elles s'étaient jetées dans mes bras ? Peut-être me suis-je montré singulièrement persuasif en quelques occasions...

— Cette jeune femme qui vous accompagnait hier, est-elle l'un de *vos* trophées ?

Liona sentit Rafael se crisper, bien qu'aucune de ses réactions ne fût réellement perceptible. Sa main droite continua de jouer négligemment avec le pied de son verre à cognac, tandis que l'autre reposait sur la nappe blanche. La jeune Anglaise nota au passage, presque malgré elle, l'élégance de ces mains longues et fines, puissantes, les ongles soignés, l'agilité des doigts et du poignet...

— De qui voulez-vous parler ? demanda-t-il nonchalamment.

— De cette femme qui vous accompagnait aux arènes. A moins que la ronde effrénée de vos maîtresses ne vous empêche de vous souvenir de chacune d'elles ? Elle portait un peigne dans les cheveux, et elle était très belle.

— Ah...

Il s'absorba dans la contemplation du liquide ambré qui emplissait son verre, mais ne daigna pas s'expliquer.

— S'agissait-il de votre épouse ? hasarda la journaliste, agacée par son comportement.

— Non, je n'ai jamais éprouvé le besoin de me marier.

— Un « trophée », alors ?

Pourquoi mettait-elle tant d'acharnement à savoir ? se demanda-t-elle soudain.

— Je ne collectionne pas les femmes comme les scalps, rétorqua-t-il en levant les yeux. Disons qu'il s'agit d'une amie venue avec moi à Madrid.

— Et qui, comme par hasard, est descendue dans le même hôtel que vous ? poursuivit Liona.

— Me demandez-vous de nier ?

— Non. Le feriez-vous, je ne vous croirais pas.

— Alors je ne le nie pas. Etes-vous satisfaite ?

— Pourquoi n'êtes-vous pas avec elle ce soir ? Sa compagnie vous aurait davantage amusé que la mienne, à n'en pas douter !

— Elle est repartie pour Séville ce matin, répondit-il avant de changer de sujet.

Mais Liona n'écouta plus ce qu'il disait. Cette femme était sa maîtresse, décida-t-elle. Sinon, pourquoi refuserait-il de parler d'elle ? Et une simple amie ne se serait pas permis de se réfugier si tendrement au creux de son bras. Leur liaison devait être assez intime et officielle pour que la Marquise ait été mise au courant ; comment expliquer autrement la présence de cette jeune femme à l'infirmerie de Las Ventas ? Pendant quelques instants, Liona laissa vagabonder son imagination dans un monde de nuits parfumées et de violentes passions...

— ... Eh bien, est-ce votre intention ?

La voix de Rafael la tira de sa rêverie.

— Pardon, j'étais distraite. Que disiez-vous ?

— Avez-vous vraiment l'intention d'écrire un article qui chante les louanges de Miguel ? Je ne sais pas pourquoi, mais j'ai la nette impression que vous n'êtes pas vraiment passionnée de tauromachie... et que vous avez menti à ma mère.

Ce fut au tour de Liona de se montrer évasive. Elle baissa la tête et joua nerveusement avec un couvert. Miguel lui-même n'avait pas deviné ses sentiments profonds au sujet des corridas ; Rafael y verrait-il plus clair ?

— Qu'est-ce qui vous fait penser cela ? demanda-t-elle enfin.

— Peut-être le fait que vous êtes anglaise. Mais il y a plus : en me parlant des peintures du couvent, tout à l'heure, vous avez mentionné ce qui vous avait frappée dans ces tableaux, et que peu de personnes remarquent

— une certaine tristesse. Comment un être aussi sensible que vous peut-il approuver la tauromachie ?

Sans lui laisser le temps de répondre, alors qu'elle était prête à reconnaître le bien-fondé de ses affirmations, il enchaîna :

— Hier, vous m'avez accusé de manquer de courage. Etes-vous, vous, suffisamment lâche pour renoncer à défendre vos convictions ? A mon avis, vous ignorez tout du courage, et êtes donc mal placée pour en parler !

Ils se mesurèrent du regard. Aucun n'était prêt à céder.

D'une voix glaciale, teintée de mépris pour les paroles qu'il venait de prononcer, Liona expliqua :

— Je crois au contraire savoir ce qu'est le véritable courage. Mais vous, que savez-vous de mes convictions, ou de mes principes ? Je ne suis pas comme vous : les êtres humains comptent davantage à mes yeux que les taureaux ! J'admire par-dessus tout le courage de Miguel, sa bravoure. C'est un homme qui ignore la peur, et j'ai l'intention d'exprimer dans mon article l'émerveillement qu'il me procure !

Rafael la dévisagea intensément, comme s'il voulait la disséquer. Cet examen parut étayer l'opinion qu'il se faisait d'elle, ce qui ne fit qu'accroître le ressentiment de la jeune femme. Lorsqu'il reprit la parole, il ne mit aucune animosité dans son discours, prononcé avec calme et autorité.

— Aucun torero n'ignore la peur, *querida*. Il vit avec, respire avec, mange avec, dort avec, et quand il se réveille au milieu de la nuit, il la sent encore. Il fait même l'amour avec la peur dans ses entrailles. Elle est présente jour et nuit. Ce n'est que dans l'arène, dans l'ardeur du combat, qu'il parvient à l'oublier complètement.

— Je n'en crois pas un mot ! Comment pouvez-vous savoir ce que ressent Miguel ? Et ne m'appelez pas *querida.* Je suis la fiancée de votre frère, je n'ai rien à voir avec vous.

— Comment dois-je vous appeler, alors ? Liona ? Ce prénom devrait être celui d'une femme courageuse. Je ne pense pas que vous le méritiez.

Elle vit son regard s'assombrir, et comprit qu'il était furieux de n'avoir pas réussi à la convaincre. Il poursuivit avec insistance :

— Dois-je vous expliquer noir sur blanc pourquoi il est important que vous ne fassiez pas l'apologie de la corrida dans votre article ?

Sans attendre sa réponse, il enchaîna avec autorité :

— Depuis quelques années, les combats de taureaux sont devenus moins populaires en Espagne. Les raisons de ce déclin sont nombreuses. D'abord, la plupart des grands matadors sont morts, ou ont pris leur retraite. C'est une chose. Mais la véritable raison en est que de moins en moins de gens meurent de faim, aujourd'hui, dans notre pays. Il existe encore une grande misère, mais il n'y a plus trace de la terrible famine qui sévissait à une certaine époque, et qui semait la mort. C'est le désespoir, et non la bravoure, qui engendre les vocations de toreros.

La jeune femme releva le menton, décidée à lui tenir tête envers et contre tout.

— Manifestement, ce ne sont pas ces raisons qui ont poussé Miguel à devenir matador ! Vous avez eu tous les deux une enfance heureuse, à l'abri du besoin, non ?

Rafael hocha la tête.

— C'est exact. Mais notre histoire est extrêmement compliquée, et je n'ai nulle intention d'entrer dans les détails. Effectivement, Miguel n'est pas descendu dans l'arène pour s'extraire de la pauvreté ; mais il n'en demeure pas moins qu'il est devenu torero. Heureusement, il pratique son métier avec assez d'intégrité et de brio pour avoir redoré le blason de la profession, sérieusement terni depuis quelques années. Lorsqu'il

apparaît dans une corrida, toutes les places sont ven-
dues des semaines à l'avance. Miguel est en passe de
devenir une légende, et donc d'attirer à nouveau les
jeunes Espagnols dans l'arène. Voulez-vous contribuer
à renforcer ce mythe ?

— Pourquoi pas ?

Acculée, Liona ne pouvait se résoudre à faire
machine arrière, à avouer ses véritables sentiments en
la matière. Elle se sentait prise au piège d'un irréversible engrenage. Alors pourquoi ne pas continuer ?

— Celui qui a le courage d'affronter un taureau est
un homme, un vrai ! Il n'existe pas de plus noble
exploit !

Le regard de son compagnon redevint méprisant.

— Si je comprends bien, je ne suis pas un homme ?
conclut-il. Du moins, pas au même titre que mon frère ?

— Ce n'est pas cela que j'ai voulu dire, s'excusa-t-
elle.

C'était vrai, elle n'avait pas eu l'intention de l'humilier, fût-ce indirectement. Pendant quelques instants
elle sentit les yeux pénétrants de Rafael posés sur elle,
et finit par baisser la tête.

Il soupira.

— Je suis toujours surpris de l'effet produit sur une
femme par l'habit de lumière, murmura-t-il dédaigneusement. Elles en sont littéralement éblouies, aveu-
glées !

Il fit un signe au serveur de s'avancer, et lui dit, sans
regarder la note :

— Vous mettrez cela sur mon compte, Pedro.

Puis il aida Liona à se lever, et tous deux gagnèrent la
sortie avant de s'engouffrer dans la voiture. Ils n'échangèrent pas une parole au cours du trajet qui les
conduisit jusqu'à l'hôtel de la jeune femme. Cette
désastreuse soirée n'avait fait que renforcer la mauvaise
impression que Rafael avait d'elle, pensa Liona.

Lorsqu'ils furent devant sa chambre, dont la porte était déjà ouverte, il desserra enfin les lèvres.

— Je rentre demain à Séville, annonça-t-il. Je suppose que nous ne nous reverrons plus, à moins que vous n'ayez la mauvaise idée d'accepter l'invitation de ma mère.

Il n'aurait rien pu trouver de mieux pour inciter la journaliste à prendre sa décision sur son emploi du temps des jours à venir. Piquée au vif, elle planta son regard ambré dans le sien et rétorqua d'un air de défi :

— Je vais accepter cette invitation, naturellement.

Elle l'en avait informé avec une superbe assurance, comme si elle y avait longuement réfléchi, alors que jusqu'à cette minute elle était restée indécise.

— Eh bien vous n'êtes pas seulement lâche, mais idiote, décréta-t-il avec mépris. Livrée à vous-même, peut-être auriez-vous repris vos esprits, vous auriez été plus lucide. Mais si ma mère intervient...

— C'est vous qui intervenez dans ma vie ! Depuis notre première rencontre, vous vous permettez de critiquer mes opinions, mon comportement, mes vêtements, tout ! Il est évident que vous vous opposez à ce que je fasse partie de votre famille, Don Rafael. Pourquoi ? Mon arbre généalogique n'est pas assez reluisant à vos yeux ? Ne niez pas, j'ai bien vu, à l'hôpital, l'étendue de votre désapprobation. Oui, votre désapprobation !

— Petite idiote...

Il lui prit fermement le menton pour l'obliger à le regarder. Dans la demi-pénombre du modeste couloir, elle pouvait discerner l'éclat de ses yeux de braise, le pli dur, cruel, de sa bouche.

— Oui, je désapprouvais... Mais c'était votre servilité par rapport à ma mère que je critiquais. Les noms et qualités de vos ancêtres ne la regardent pas, et vous auriez dû le lui dire en face. Où est donc votre courage ?

— Ici !

La main de la jeune fille s'éleva pour le gifler, mais il l'intercepta en un éclair, avant de la lâcher, comme s'il était dégoûté.

— Si vous avez le courage de me gifler, pourquoi avez-vous peur de tenir tête à ma mère ? questionna-t-il avec lassitude. C'est pour cela que vous n'êtes pas la femme qu'il faut à Miguel. Vous n'êtes pas assez forte pour faire partie de notre famille.

— Si !

— Vraiment ? Allons donc, vous tremblez comme une feuille. Est-ce cette brève algarade qui vous a vidée de vos forces ? Je m'attendais à un peu plus de combativité de votre part !

Liona essaya de réprimer le tremblement qui s'était emparé de ses membres, sans succès. Elle ne se rappelait pas s'être sentie aussi faible de toute sa vie. Sa voix également, tremblait d'indignation lorsqu'elle riposta :

— Comment suis-je censée réagir ? En vous giflant de nouveau ? Cela vous plairait, n'est-ce pas ? Vous pourriez ainsi me prouver votre supériorité toute masculine ! Est-ce cela qui vous donne l'impression d'être un homme, Don Rafael — vous battre avec des femmes ?

— Je n'ai rien à prouver, répondit-il avec flegme. Mais vous, si. Miguel a besoin d'une épouse courageuse.

— Eh bien c'est devant lui que je prouverai mes qualités, et non devant vous ! Dites-moi, pourquoi me haïssez-vous à ce point ?

Ils restèrent quelques instants immobiles, face à face, chacun sur ses positions.

Et soudain, avant que Liona n'ait eu le temps de résister, elle sentit les mains de Rafael la prendre sauvagement par la taille, sous son châle. Seul le léger tissu soyeux de sa robe séparait sa peau des doigts fermes qui l'encerclaient. Il l'attira brutalement contre lui, contre son corps musclé, moulant ses hanches contre les siennes. Paralysée par la surprise, le souffle coupé, la jeune femme ne réagit pas.

Mais dès qu'elle eut repris ses esprits, elle s'apprêta, toutes griffes dehors, à le repousser. Il était trop tard : Rafael s'était déjà écarté d'elle, ses mains ne rencontrèrent que le vide.

— Etes-vous sûre, à présent, petite lionne poltronne, de connaître exactement la nature de mes sentiments à votre égard ? lui jeta-t-il dédaigneusement.

Sans rien ajouter, il lui tourna le dos et s'éloigna dans le corridor obscur. L'écho de ses pas résonnait aux oreilles de Liona, que cet incident avait bien plus bouleversée qu'elle ne voulait l'admettre. Car, pendant ce court instant suspendu où elle était restée pétrifiée sous le choc, Don Rafael ne lui avait que trop prouvé qu'il était — en un sens au moins — un homme, un vrai.

3

Au cours des cinq jours qui suivirent, l'état de santé de Miguel s'améliora notablement. La Marquise ne passait plus ses nuits à l'hôpital. Sur sa requête expresse, Liona prit une chambre dans l'hôtel où descendait habituellement Isabela de los Reyes. Elle passait ses journées à l'hôpital, et se retrouvait le soir devant la terrifiante Marquise, pour dîner en sa compagnie. La jeune journaliste découvrit que progressivement sa vie entière était ramenée sous la coupe de cette extraordinaire famille d'aristocrates orgueilleux. Elle en éprouvait un étrange sentiment d'impuissance, de fatalisme : Jonas, décida-t-elle avec humour, avait dû connaître la même sensation lorsqu'il avait été avalé par la baleine.

Elle apprit à mieux se familiariser avec la Marquise, sans toutefois cesser de la redouter. A cet égard, dut-elle s'avouer, Rafael avait vu juste. Mais avec le temps, elle pensait pouvoir affronter sa future belle-mère avec plus de sérénité, davantage de confiance en elle.

Au matin de leur départ pour Séville, les deux femmes se rendirent une dernière fois au chevet de Miguel. Celui-ci était encore alimenté par intraveineuse, mais avait retrouvé sa lucidité. Pour une fois, la conversation ne tourna pas autour de l'arène, mais autour d'un autre sujet presque aussi cher au cœur de la Marquise.

— Près de cinquante beaux taureaux sont nés récemment dans mes étables, annonça la vieille dame à son fils.

En présence de Liona, elle parlait toujours anglais. La jeune fille lui en était reconnaissante, car elle ne progressait que lentement en espagnol.

A cette nouvelle, les yeux bleus de Miguel s'éclairèrent dans son visage encore pâle.

— Vraiment ?

— Et j'ai acheté un nouveau taureau étalon pour la reproduction, je ne t'en ai pas encore parlé ? Il a huit ans. Oh, tu seras impressionné en le voyant, *querido !* Il est énorme, et d'une férocité ! Ses cornes sont gigantesques ! Il m'a coûté une rançon de roi, mais il en valait la peine. Saviez-vous, Liona, que j'élève des taureaux sur ma propriété ?

— Oui, Miguel m'en avait parlé.

— Miguel vous fera faire le tour du propriétaire quand il sera rétabli. Il ne vous conduira pas dans les pâturages, naturellement, car personne ne peut s'approcher des taureaux. Mais il y a d'autres lieux à voir. Vous pratiquez l'équitation, je suppose ?

— Oui, il y avait des chevaux non loin de notre maison, à la campagne, et j'ai appris à monter. Mais Miguel pourra-t-il raisonnablement monter en selle ?

Le jeune homme grimaça tristement.

— Je crains qu'il ne me faille attendre quelque temps avant de faire du cheval. Si ma blessure se rouvre avant d'être cicatrisée, je ne pourrai pas redescendre dans l'arène d'ici la fin de la saison... Je suis désolé, *mamá.*

— Tu n'as rien à te reprocher, Miguel, s'empressa d'intervenir sa fiancée. Nous trouverons d'autres occupations. Et tu sais, j'aurai à travailler pour mon article...

— Mais j'insiste pour que vous visitiez ma propriété !

s'exclama la Marquise. Et pour cela, il faut un cheval. Rafael vous servira de guide. Il habite à côté.

— Don Rafael a certainement mieux à faire, et doit être très occupé, hasarda la jeune fille, terrifiée par cette perspective.

— Allons donc ! Il passe son temps à tailler des branches et à greffer des arbres ! Il sera d'accord. J'admets qu'il peut se montrer extrêmement têtu lorsqu'il a décidé de ne pas faire quelque chose, mais comment pourrait-il refuser de rendre service à son frère alité ? Il n'aura pas la grossièreté de refuser, je vous assure.

Liona ouvrit la bouche pour protester, puis se ravisa. La Marquise était aussi obstinée que son fils aîné lorsqu'elle avait une idée en tête. Autant laisser Rafael la dissuader, puisqu'il ne manquerait certainement pas de décliner sa proposition.

Isabela de los Reyes et Miguel poursuivirent leur conversation sur l'élevage de taureaux, tandis que la jeune Anglaise laissait errer ses pensées. En dépit de tous ses efforts pour les domestiquer, celles-ci restaient obstinément tournées vers Rafael, ce qui lui déplaisait fortement. Comment se défaire de ce souvenir tenace ?

— Encore deux semaines à l'hôpital, *querido ?*

La question de la Marquise ramena brusquement Liona à la réalité.

— J'aurais aimé sortir plus tôt, *mamá,* mais les médecins sont intraitables, et ne veulent rien savoir. Ils prétendent que ma convalescence est trop lente à leur gré. Si cela ne tenait qu'à moi, je serais déjà debout depuis longtemps ! J'ai tellement hâte de reprendre ma muleta !

— Je te comprends, compatit la vieille dame. Si tu dois encore rester quinze jours ici, nous reviendrons te voir. Quel dommage que le voyage soit si long, même avec un chauffeur !

Un peu plus tard dans la journée, Liona découvrit la

véracité des propos de la Marquise. Les plaines arides
et semées de thym du plateau de La Mancha n'en
finissaient pas de s'étendre à l'infini. La limousine
attaqua ensuite les flancs escarpés et broussailleux de la
Sierra Morena, ne s'arrêtant qu'en de rares occasions
pour permettre aux passagères de s'offrir un rafraîchis-
sement bien mérité. En fin d'après-midi, la jeune fille
s'assoupit. Quand elle se réveilla, l'air était embaumé
de senteurs de fleurs d'orangers. Le crépuscule tombait
lorsque la voiture quitta la grand-route pour s'engager
sur une voie secondaire. Un panneau indiquait aux
voyageurs qu'ils entraient dans la province de Séville,
dont la capitale portait le même nom.

Tandis que la limousine traversait des plantations
d'oliviers et des champs piqués d'iris sauvages, la
Marquise expliqua à sa compagne :

— Ma propriété s'appelle Alkabir, c'est un nom
arabe. La demeure a été édifiée par un calife de second
ordre. Elle ressemble à l'Alcázar de Séville, en plus
modeste bien sûr, et date de l'invasion des Maures. Elle
ne manque pas de charme, vous verrez ! Une partie du
bâtiment a été détruite pendant la Reconquête ; le reste
a été restauré peu après, sous Pierre le Cruel, pour une
branche de sa famille. Depuis, mes ancêtres ont toujours résidé à l'Alkabir, et l'ont rénové au fil du temps.
En réalité, il y a plusieurs corps de bâtiments, comme
dans presque tous les palais mauresques.

— Ce doit être immense, observa Liona, tout en se
demandant ce que la Marquise appelait « modeste ».

— C'est assez grand, oui. Mais nous vivons dans un
seul bâtiment, un peu à l'écart. Les autres, hormis la
chapelle, ont chacun une affectation particulière. L'un
sert de musée de tauromachie, ouvert au public. Je
prierai Don Esteban, mon aumônier, de vous le faire
visiter. Quant au reste, c'est-à-dire en fait la plus
grande partie du palais, je l'ai transformé en maison de
repos pour les toreros retraités ou handicapés. Mais

vous ne serez pas gênée par toutes ces allées et venues, car chaque bâtiment possède une allée et une entrée privées. Nous vivons relativement isolés : Miguel dispose naturellement de ses appartements lorsqu'il vient, et j'ai les miens. Bien sûr nous nous retrouvons habituellement à l'heure du dîner, chez moi de préférence ; nous ne nous servons pas de la salle à manger, qui est beaucoup trop grande, sauf si Miguel a des invités. Don Esteban me tient souvent compagnie pour le dîner, lorsque je suis seule surtout, et Rafael nous fait généralement l'honneur de sa présence, quand il n'est pas d'humeur trop massacrante. Sa propriété jouxte la mienne ; il a réussi à acheter les terres voisines, et peut ainsi donner libre cours à tous ses caprices.

— Des caprices ? interrogea la jeune fille avec curiosité.

— Il fait pousser des oranges, des olives et des citrons, expliqua la vieille dame avec un dédain manifeste pour ce genre d'occupation bucolique. Il procède également à des expériences sur les systèmes d'irrigation, c'est sa marotte. L'Espagne est un pays très sec, ce qui explique en partie sa pauvreté. Rafael, apparemment, croit pouvoir modifier la nature.

— Et vous ne semblez pas approuver cette activité...

— Oh, je ne la réprouve pas. Mais un homme doué et talentueux comme lui pourrait se consacrer à de plus nobles réalisations, à mon avis. Maintenant que vous faites pratiquement partie de la famille, ma chère enfant, je peux vous avouer que mon fils aîné me déçoit depuis quelques années. Quand je pense qu'il est devenu fermier ! Vous comprenez maintenant pourquoi je ne peux pas laisser Miguel abandonner l'arène.

— Oui, murmura Liona.

Elle ne comprenait pas vraiment, mais la Marquise parut se satisfaire de sa réponse laconique, et se replongea dans son silence. Les mains croisées sur les

genoux, elle garda la tête tournée vers la vitre. La jeune
fille put étudier à loisir le doux balancement de ses
larges anneaux d'or, sa peau blanche veinée de bleu, la
masse sombre de ses cheveux nattés et ramenés en
chignon sur la nuque, avec l'étonnant contraste que
formait sa mèche blanche. Derrière la courbe de son
épaule, recouverte d'un châle noir, l'obscurité tombait
rapidement sur les champs d'oliviers, et bientôt seuls
les phares de la limousine éclairèrent le paysage.

Une avenue de cyprès marquait l'entrée d'une propriété.

— Voici le domaine de Rafael, annonça la Marquise.

A la lueur fugitive des phares, Liona eut seulement le
temps d'entrevoir un verger et un muret en pierres. Le
parfum entêtant des fleurs d'orangers épiçaient de
nouveau l'air nocturne.

La voiture passa ensuite un large portail en fer forgé,
et un extraordinaire ensemble de bâtiments et de
jardins s'offrit à la vue de Liona. Elle retint son souffle
à mesure que l'étendue et la magnificence des lieux se
révélaient à elle. L'Alkabir se dressait sur une sorte de
promontoire naturel. Dans les jardins, des projecteurs
discrets jouaient sur des fontaines exotiques, des palmiers graciles, et des orangers en fleurs, comme
piquetés d'une dentelle blanche. Derrière, on pouvait
distinguer une impressionnante perspective de laby-
rinthes, de pavillons aériens, de grottes artificielles et
de bains maures. Et au-dessus des jardins s'élevaient
plusieurs bâtiments aux toits de tuiles, aux murs de
briques rosées, construits dans la plus pure tradition du
style mauresque.

— Nous allumons rarement les lumières extérieures,
précisa la Marquise. J'avais demandé que ce soit fait
pour votre arrivée. Quand j'étais enfant, les torches
brûlaient toute la nuit... Nous donnions des bals
masqués, des réceptions... Ah, la vie était différente,

alors ! Nous avions toujours des invités, et mon père recevait à sa table des visiteurs bien-nés. Désormais, rares sont les pas qui résonnent dans les couloirs ; la salle de bal et la chambre d'audience se sont transformées en musée. Les aristocrates de la vieille noblesse ne veulent plus s'abaisser à rendre visite à une marquise qui ne mérite pas son rang.

Liona jeta un regard interrogateur à Isabela de los Reyes, au moment où le chauffeur ouvrait la portière. La vieille dame comprit l'interrogation muette de son invitée, et fit attendre le chauffeur.

— Je ne suis pas une véritable *marquesa,* parce que je n'ai pas épousé un marquis. Mon titre m'est resté uniquement par courtoisie. La noblesse ne le reconnaît pas. En fait, je ne me suis jamais mariée. Vous pouvez imaginer le scandale qu'a causé mon comportement aux yeux de mes contemporains ! Jadis, j'aurais pu m'abaisser à courtiser ces seigneurs, si je l'avais voulu. Je n'aurais toutefois jamais mérité leur amitié, seulement leur mépris. Isabela de los Reyes ne s'incline devant personne. Et lorsque vous porterez le nom de notre famille, j'espère qu'à votre tour vous en serez fière, et ne vous abaisserez devant personne.

Sans attendre de réponse, la Marquise descendit de voiture. Sa silhouette altière se découpa sur un escalier de pierres aux marches usées, encadré de deux gigantesques palmiers.

Liona lui emboîta humblement le pas. Cette femme était décidément remarquable, pensa-t-elle. Mais ne lui arrivait-il jamais de se sentir un peu seule ?

Douze domestiques les attendaient, alignés en rang d'oignons, à l'intérieur du palais. Le hall d'entrée, avec son immense sol de marbre pâle, était délimité par des arcades, comme le voulait l'architecture mauresque. Au grand soulagement de la jeune Anglaise, Rafael n'était pas présent.

Un vieux prêtre efflanqué, grand mais voûté, presque chauve, s'avança à leur rencontre, dans un joyeux bruissement de soutane. Dans ses yeux bleus délavés se lisaient l'amitié et le respect qu'il portait à la Marquise. Celle-ci accepta son accolade comme celle d'un vieil ami auquel elle semblait très attachée. Puis elle le présenta chaleureusement à son invitée.

— Don Esteban est le chapelain de l'Alkabir. Il servait mon père avant d'être à mon service. Pourtant il semble rajeunir au fil des ans ! Aujourd'hui, il célèbre la messe uniquement dans ma chapelle privée, mais assiste également nos toreros retraités.

— Ah, Marquise, quel homme oserait vieillir à votre service, fût-il un serviteur du Seigneur ? plaisanta Don Esteban en souriant.

— Allons donc, vous avez deux fois plus d'allant qu'un jeune homme, et vous conserverez longtemps votre énergie. Je vous amène d'ailleurs une nouvelle bouffée de jeunesse, *padre :* comme je vous en avais informé par lettre, Doña Liona aimerait faire son éducation religieuse. Pourrez-vous lui accorder un peu de votre temps ?

— Bien sûr, Marquise. Je peux me libérer tous les matins, sauf demain, exceptionnellement : j'ai promis à un petit groupe de toreros handicapés de les emmener se promener à Séville. Mais disons que nous commencerons après-demain matin, si cela vous convient, mademoiselle ?

— Je serai enchantée de profiter de votre enseignement, lui assura Liona.

La jeune fille fut ensuite présentée au personnel du palais. Seule Doña Encarna, la gouvernante, parlait anglais. C'était une petite femme frêle, extrêmement menue, plus âgée encore que sa maîtresse, et qui lui paraissait totalement dévouée.

Lorsque les présentations furent faites, la Marquise précisa à son invitée :

— Jadis, il eût été considéré comme indécent d'employer si peu de serviteurs. Naturellement j'en emploie beaucoup d'autres sur l'ensemble du domaine, que vous ne verrez pas ce soir, pour la maison de repos et le « ranch ». Mais quand j'étais enfant, nous avions des valets, des sommeliers, des caméristes, des chefs cuisiniers, des mirlitons, des majordomes... La liste serait longue ! Aujourd'hui, hormis le personnel de service indispensable, et quelque peu restreint, nous avons surtout des *vaqueros,* qui s'occupent exclusivement du « ranch ». Ils vivent dans une sorte de petit village, à cinq minutes à pied d'ici. Nous menons une vie assez frugale, très simple. Quand Miguel vient, j'engage souvent d'autres domestiques pour la durée de son séjour, car il amène sa suite avec lui, la plupart du temps. Un matador est toujours accompagné de ses aides, sans compter le manager, l'imprésario, etc...

— Oui, j'ai remarqué, murmura la jeune Anglaise, en se demandant si elle s'y habituerait jamais.

— Alors vous comprendrez, quand vous aurez vu les appartements de Miguel, pourquoi nous réservons autant de chambres pour les invités.

La Marquise se tourna ensuite vers sa gouvernante, et échangea avec elle quelques propos en espagnol. La vieille dame parut contrariée par ce que lui dit Doña Encarna. Liona n'avait pu suivre leur conversation, mais le contenu fut bientôt clarifié par Isabela de los Reyes.

— Je demandais à Doña Encarna si elle avait pu vous trouver une femme de chambre. Elle a pensé à une jeune fille de dix-sept ans, Magdalena Torres, la fille de notre maître fermier. Elle a été à l'école chez les sœurs, et parle assez bien anglais. Elle habite généralement la maison de son père, dans notre petit village. Elle vient récemment de trouver un travail dans une fabrique de cigarettes, à Séville. Mais aujourd'hui son père a obtenu pour elle un congé de quelques semaines, et a accepté qu'elle vienne vivre au palais quelque temps.

— Mais je n'ai absolument pas besoin d'une femme de chambre ! s'alarma Liona. Vraiment, Marquise, je vous assure…

— Voyons, chère enfant, vous ne pouvez raisonnablement pas dormir seule. Les chambres réservées aux invités se trouvent dans les appartements de Miguel, qui sont assez éloignés des miens et le plus souvent fermés. Non, vous ne pouvez pas passer la nuit seule dans un lieu aussi retiré. Il vous est indispensable d'avoir une demoiselle de compagnie.

— Pour la nuit, à la rigueur, concéda la journaliste avec embarras. Mais dans la journée, je pourrai me passer d'elle.

— Non, vous aurez besoin de quelqu'un à toute heure. Mais la jeune fille que nous avions en vue semble avoir disparu de la circulation ! Elle est partie à la tombée du jour, Dieu sait où. Son père est à sa recherche. Ah, c'est une forte tête ! Malheureusement, je n'en vois pas d'autre qui parle anglais, sinon nous aurions tôt fait de la remplacer…

— Oh, je ne voudrais pas qu'elle ait des ennuis à cause de moi, observa Liona, de plus en plus mal à l'aise.

— La conduite de Magdalena est inqualifiable, trancha la Marquise. Si elle a des ennuis, c'est qu'elle l'aura cherché. Depuis quand une jeune fille se permet-elle de sortir le soir, sans avertir personne ? Et elle était prévenue de votre arrivée ! Ah, elle ne se rend pas compte de l'honneur qui lui est fait…

Cet incident augurait mal de la suite des événements, songea Liona en son for intérieur. Ses relations avec la jeune fugueuse promettaient d'être cahotiques, à en croire la description faite par son hôtesse. Mais peut-être la jeune fille regrettait-elle de ne pas avoir gardé son emploi à la fabrique de cigarettes ?

— Il est inutile que Doña Encarna vous conduise à vos appartements tant que votre femme de chambre reste introuvable, décréta Isabela de los Reyes d'un ton péremptoire. Un valet va s'occuper de vos bagages, et vous serez escortée plus tard dans votre chambre. Pour ce soir, j'ai prévu un souper très simple, sans apparat ; vous n'y voyez pas d'inconvénient, j'espère ? J'aurais peut-être dû faire ouvrir la grande salle à manger, mais j'ai pensé que mes appartements constitueraient un cadre plus approprié à un dîner tranquille. Nous ferez-vous l'honneur de votre présence, Don Esteban ?

— Je suis au regret de devoir décliner pour ce soir votre invitation, Marquesa, répondit le prêtre d'un ton affable. J'ai promis un jeu d'échecs à l'un de mes amis toreros. J'aurais préféré votre compagnie, je l'avoue, car il va certainement me battre à plate couture, comme d'habitude !

— Vous êtes imbattable aux échecs, mon ami, tout le monde le sait !

— Détrompez-vous, rétorqua l'aumônier avec un malicieux clin d'œil. L'adversaire dont je vous parle est des plus redoutables : pour un vieux torero amputé d'une jambe, quels plaisirs existe-t-il en ce bas monde, hormis le jeu ?

Cette innocente remarque venait de rappeler à Liona tous les aléas du métier qu'exerçait Miguel. Ce fut avec tristesse qu'elle suivit la Marquise le long d'un escalier de marbre rose, bordé de balustrades sculptées avec la finesse de la dentelle. Doña Encarna leur emboîta le pas. Elles traversèrent de vastes pièces sobrement meublées, à l'architecture élégante mais dénudée : le principal intérêt de la décoration résidait dans le motif enchevêtré d'admirables mosaïques et de cloisons à claire-voie, en bois ajouré.

— Ces pièces sont rarement utilisées, expliqua la maîtresse de céans. Mais elles ne sont pas faites pour servir de chambres, aussi les ouvrons-nous le moins possible.

Elles arrivèrent bientôt devant un portail en demi-cintre, fermé d'une grille en fer forgé et d'une double-porte en bois. La vieille gouvernante sortit un trousseau de clefs de sa ceinture, et ouvrit le portail avant de se retirer.

Liona découvrit alors les appartements privés de son hôtesse. Chaque détail portait la marque d'une intransigeante austérité, à l'image de la maîtresse des lieux. Le sol de marbre était nu, les murs simplement passés à la chaux blanche. Le mobilier était composé de deux divans recouverts d'un tissu sombre, de plusieurs chaises au dossier peu accueillant, d'une table, et d'un coffre en bois sans fioritures. L'ensemble donnait une impression d'inconfort, comme si cette pièce était occupée par un spartiate. Des passages voûtés, fermés de portes en chêne sculpté, ouvraient sur d'autres pièces.

La Marquise les désigna un par un, après s'être excusée de l'aspect monacal de son intérieur.

— Voici ma chambre... un cabinet de toilette, si vous désirez vous rafraîchir avant le dîner... mon bureau... ma chapelle privée. Prenez un siège, je vous en prie. Un domestique va nous apporter quelques collations. A moins que vous ne préfériez un thé ? Peut-être Doña Encarna y pensera-t-elle, puisque c'est l'une des coutumes anglaises les plus connues.

La jeune fille esquissa un sourire.

— Je peux très bien m'en passer.

Le domestique ne tarda pas à arriver, et leur servit un Xérès. Lorsqu'il revint peu après avec les plats du dîner, il annonça à la Marquise que l'on avait retrouvé Magdalena, et que la jeune fille avait immédiatement été envoyée dans les appartements de Liona afin de défaire ses bagages. Quand il se fut retiré, la vieille dame observa :

— Elle aura sans nul doute reçu une sévère correction de son père, sous la forme d'un sermon bien mérité ! Il faut espérer qu'elle se tienne tranquille à présent. Votre appartement vous plaira, je crois ; il est infiniment plus confortable que le mien, comme toutes les pièces de cette aile du palais, réservée à Miguel et à ses amis. Elle s'appelait jadis le *Patio de las Doncellas*, c'est-à-dire la Cour des Jouvencelles. C'était là que les jeunes femmes du harem, vêtues de robes transparentes, attendaient le bon plaisir du calife. Il existait un seul passage pour entrer du bâtiment où nous nous trouvons dans celui du harem. Il était toujours fermé à clef, et gardé par des eunuques. Seul le calife y avait accès.

— C'est plutôt effrayant ! s'exclama Liona.

— Rassurez-vous, j'ai fait aménager une autre sortie, qui donne directement sur la cour, à l'extérieur. Doña Encarna vous donnera la clef de cette entrée séparée, vous serez ainsi libre d'aller et venir à votre guise, sans passer par ici. Autrefois, cinquante des plus belles vierges du pays choisies parmi mille candidates, habitaient dans ces pièces. Inutile de vous dire qu'elles ne restaient pas très longtemps pucelles, car les appétits charnels du calife étaient légendaires.

— Mais ce doit être immense !

— Oui, c'est grand. Aujourd'hui, le bâtiment a été restauré en une douzaine d'appartements distincts, regroupés autour d'une cour intérieure. Pour le moment un tel espace semble superflu, mais lorsque Miguel arrive avec sa cour, les pièces sont pleines à craquer ! Parfois, nous ne savons plus où loger tout ce monde ! Il y a une chambre de bonne dans chaque appartement, c'est là que dormira Magdalena. Les deux ailes sont reliées par un téléphone, bien qu'il existe dans chaque pièce un cordon de sonnette. Le téléphone est tellement plus pratique ! Vous comprenez maintenant pourquoi j'insistais pour que vous ayez une demoiselle de compagnie ? Autrement, vous vous en sentiriez un peu isolée, je le crains.

— En effet... Surtout la nuit !

— En attendant l'arrivée de Miguel et de ses amis, un domestique dormira à proximité de votre appartement, pour plus de sûreté. Vous ne vous apercevrez pas de sa présence, rassurez-vous. Il s'agit d'un vieil homme, extrêmement loyal. Pendant la journée, la compagnie de Magdalena vous suffira, je présume. De toute façon vous passerez beaucoup de temps avec Don Esteban, ou avec moi. Et si vous désirez vous rendre à Séville, ma voiture est à votre disposition, bien entendu. Quand vous serez occupée, Magdalena pourra regagner son village pour quelques heures, si le cœur lui en dit. Cette fille est bien sotte de faire tant d'histoires : son travail sera bien plus agréable que dans la fabrique où elle était employée !

Ainsi la petite Espagnole avait protesté lorsqu'elle s'était vue assigner d'office un autre emploi... songea Liona, fort embarrassée.

Les deux femmes se levèrent de table, et la Marquise tira sur un cordon de sonnette.

— Il est temps que l'on vous escorte jusqu'à votre chambre, déclara-t-elle. Vous devez être fatiguée...

Mais c'était plutôt le visage de la vieille dame qui portait des traces évidentes de lassitude. Le pli qui barrait son front semblait plus profond, plus tourmenté qu'à l'ordinaire, remarqua Liona avec inquiétude. Elle venait de vivre des journées éprouvantes, or elle n'était plus toute jeune... Et pourtant elle continuait de se montrer amène, prévenante, en dissimulant sa fatigue.

Des bruits de pas résonnèrent bientôt dans le corridor, alors que les deux femmes venaient de reprendre place sur les inconfortables divans. Liona tournait le dos à la porte. Quand celle-ci s'ouvrit, le regard de la Marquise s'éclaira, tandis qu'elle s'exclamait :

— Ah, *querido* ! Je ne t'attendais pas avant demain !

— Bonjour, mère, répondit une voix trop familière.

Liona sentit toutes les fibres de son corps se tendre douloureusement. Médusée, incapable de réagir, elle se tourna à son tour vers la porte.

Le comportement de Rafael était froid et distant, son regard sombre indéchiffrable.

— Bonsoir, dit-il en lui adressant un petit signe de tête glacial.

C'était comme si rien ne s'était passé entre eux.

— Vous avez fait bon voyage, j'espère ?

Il posait cette question par pure politesse, car, sans attendre la réponse sans doute inintéressante à ses yeux, il se tourna vers sa mère.

— Comment va Miguel ?

Liona parvint à détacher son regard de l'objet de ses pensées, et s'efforça de discipliner les réactions intempestives de son corps et de ses sens. Pendant les quelques instants qui suivirent, elle ne prit aucune part à la conversation ; c'est à peine si elle entendit ce que la Marquise disait à son fils. L'arrivée inopinée de Rafael l'avait plongée dans un extraordinaire émoi.

Assise sur le divan, les yeux obstinément détournés, elle était cependant incroyablement consciente de sa présence magnétique, et très sensible au timbre chaud et profond de sa voix, qu'elle n'avait pu oublier. Elle lui jeta un regard à la dérobée, quand elle se fut un peu remise de ses émotions, et vit qu'il portait des vêtements d'équitation, sobres mais seyants : une chemise de coton blanc au col ouvert, et un pantalon moulant qui dessinait ses cuisses musclées. Elle remarqua une main bronzée négligemment glissée dans une poche, et se rappela le contact de cette main sur ses hanches, quelques jours plus tôt...

Furieuse devant la violence de ses réactions, la jeune fille parvint à se raisonner et à se calmer. Elle entendit alors distinctement Rafael dire sévèrement à sa mère :

— Au moment où j'arrivais, j'ai vu Doña Encarna

monter l'escalier. Je l'ai immédiatement envoyée se
coucher. Pauvre femme, vous exigez trop d'elle ! Elle
va se tuer à la tâche ! Elle n'est plus l'agile camériste
que vous connaissiez, mère...

Isabela de los Reyes baissa légèrement la tête.

— Pour une fois, Rafael, je dois admettre que tu as
raison. C'est vrai, Doña Encarna se fatigue plus vite
que lorsqu'elle vous gardait, toi et Miguel... Vous lui
donniez pourtant du fil à retordre ! Mais ne me
demande pas de la remplacer, *querido*. Elle est vieille,
certes, pourtant l'inactivité la tuerait, j'en suis certaine.
Comment réagirait-elle si je la mettais au rebut pour
employer une alerte servante ?

— Vous pourriez au moins lui éviter des allées et
venues inutiles, observa Rafael.

— Mais je ne pouvais appeler qu'elle ! Les autres
domestiques ne parlent pas anglais, c'eût été un manque de courtoisie que de...

La jeune journaliste comprit qu'elle était indirectement à l'origine de cette dispute : la Marquise avait dû
appeler sa gouvernante pour faire escorter son invitée
dans ses appartements.

— Il vous suffira de m'indiquer où aller, intervint-
elle. Et Magdalena sera là-bas pour m'attendre. Vous
m'avez bien dit qu'elle parle anglais ?

— Je vous y conduirai moi-même, trancha Rafael
d'une voix pleine d'impatience, totalement dépourvue
de chaleur.

Puis il s'adressa à la Marquise.

— J'étais seulement passé pour vous signaler que
cette nuit plusieurs de mes hommes patrouilleront les
champs qui se trouvent entre nos deux propriétés. Je
viens d'en avertir Porfirio Torres.

Torres... songea Liona. Ah oui, le maître fermier, le
père de Magdalena. Pendant ce temps, Rafael poursuivait :

— Je ne voudrais pas que l'un de mes hommes se fasse tirer dessus en pleine nuit, par erreur.

La jeune fille releva brusquement la tête. Elle avait l'impression de nager en pleine « vendetta ». Des gardes, des patrouilles, des tirs dans la nuit ?

— Merci, Rafael, je t'en suis reconnaissante, répondit Isabela de los Reyes. Je n'ai aucune envie d'avoir recours à la police pour régler cette affaire.

— Nous finirons bien par découvrir le coupable. C'est la pleine lune, le ciel est dégagé... Toutes les conditions sont réunies pour qu'il se montre à découvert. Vos champs seront bien gardés, rassurez-vous.

Liona n'y comprenait goutte.

— Vient-on vous voler des taureaux ? hasarda-t-elle innocemment.

A sa grande surprise, la Marquise s'esclaffa. Son rire était plaisant, mais étonnant chez une personne aussi austère ; on eut dit le son un peu rouillé d'une boîte à musique longtemps oubliée.

— Il ne serait pas difficile de mettre la main sur un voleur de taureaux, expliqua-t-elle. Personne n'est assez fou pour essayer de voler une demi-tonne de bêtes enragées ! D'ailleurs tous nos animaux sont marqués au fer. Non, il s'agit d'un problème nettement plus grave. Mais n'ayez crainte, ni nous ni les gardes ne risquons quoi que ce soit.

La vieille dame n'apporta aucune information supplémentaire à la journaliste, dont la curiosité resta inassouvie.

— Je compte sur toi pour emmener Liona faire le tour de la propriété demain matin, déclarait maintenant Isabela de los Reyes à son fils.

— Je serai assez occupé demain, répondit-il avec détachement.

Liona leva les yeux vers lui, détailla son visage émacié, indifférent. Comment osait-il arborer cette expression supérieure, blasée, dédaigneuse, après s'être permis avec elle un geste d'une choquante intimité ? se demanda-t-elle avec ressentiment.

— Eh bien tu te libèreras, insista la Marquise. Ne serait-ce que pour rendre service à ton frère, qui ne pouvait s'acquitter de cette tâche. Aurais-tu le cœur de refuser de faire quelque chose pour Miguel ?

Le front de Rafael se creusa de profonds sillons, tandis qu'un pli amer se dessinait sur sa bouche.

— « Faire quelque chose pour Miguel »... répéta-t-il en dévisageant Liona.

Il eut soudain un sourire moqueur, d'une troublante sensualité, et ses yeux prirent un éclat énigmatique sous ses paupières à demi baissées.

— Oui, je pourrai me libérer demain matin. Disons à dix heures, devant l'écurie ; cela vous va ?

— Mais je n'ai pas de vêtements appropriés pour monter à cheval, protesta la jeune fille. Je préfère ne pas vous déranger.

— Si, vous irez, insista son hôtesse. N'importe quel vieux pantalon fera l'affaire, personne ne s'en formalisera. Et qui d'autre que Rafael peut vous faire faire le tour du propriétaire ? Mon maître fermier, Torres, ne parle pratiquement pas un mot d'anglais.

— Mais...

— Demain, à dix heures, trancha la vieille dame avec autorité, lui ôtant tout espoir de pouvoir se dérober. Rafael va maintenant vous escorter jusqu'à vos appartements, Liona. Il vous faut dormir, si vous voulez être en forme demain pour monter à cheval.

Voyant toutes les issues barrées, la jeune femme se résigna à supporter l'irritante présence de Rafael. Ils prirent tous deux congé de la Marquise, et se dirigèrent vers la sortie de cette aile du palais, franchissant le portail en fer forgé, puis traversant les belles pièces désertes. Les lumières avaient été éteintes pour la plupart, et le bruit des bottes de Rafael sur le sol de marbre résonnait étrangement dans les corridors obscurs ; il ne desserra pas les lèvres, ce qui ne fit qu'accroître l'impression d'irréalité qu'éprouvait Liona. Le décor féerique des lieux, à la fois sobre et sophistiqué, comme celui des Mille et Une Nuits, la rendait encore plus sensible à la présence dévastatrice de cet homme qui marchait silencieusement à ses côtés, et l'escortait à travers le passage qui menait à la Cour des Jouvencelles. Il ouvrit une porte en bois ajouré, aux délicats entrelacs, et s'écarta poliment pour laisser passer la jeune fille.

Ils se retrouvèrent dans une charmante petite cour intérieure, recouverte d'un dôme en mosaïques, au sol de marbre rose. Ici encore, les fontaines étaient éclairées par des projecteurs habilement dissimulés dans le feuillage. De ce point central partaient plusieurs corridors, fermés par des cloisons de bois finement travaillé.

— Comme c'est beau, murmura Liona dans un souffle, brisant le silence qui s'était installé entre eux.

Son compagnon émit un petit rire cynique.

— Ce lieu a été construit pour servir de prison, intervint-il. Une prison dorée, certes, mais qui n'en était pas moins une terrible geôle. Si je vous avais amenée ici par le passé, *querida,* vous n'auriez eu aucune chance de m'échapper.

Ces paroles semblèrent hautement suggestives aux oreilles de Liona, dont tous les sens étaient en éveil. Pour ajouter à son trouble, la main de Rafael se posa légèrement sur son coude, pour la guider vers l'un des sombres couloirs. Elle portait une robe-chemisier en tissu très léger, pratique pour le voyage, mais qui ne la protégeait guère de ce contact brûlant, électrisant. Une sonnerie d'alarme se déclencha dans le système nerveux de la jeune femme. Comment, fiancée à un autre, pouvait-elle se mettre dans un tel état au contact d'un homme ? Elle se reprochait tant sa propre faiblesse qu'elle voulut punir celui qui en était responsable.

— Oui, les jouvencelles étaient gardées par des

eunuques, rétorqua-t-elle d'un ton délibérément glacial, qui était loin de refléter son extrême émoi.

Elle dégagea son bras du sien, et seuls les battements
frénétiques de son cœur furent là pour lui signaler que
ce grand homme élancé, au regard sombre, était
synonyme de danger.

— Sans doute vous imaginez-vous dans ce rôle ?
ajouta-t-elle.

— A votre avis ? murmura-t-il d'une voix vibrante.

Il ne chercha pas à reprendre son bras, et s'écarta
pour la laisser entrer dans le passage voûté qui menait à
son appartement.

La Marquise lui avait promis qu'elle serait confortablement logée, elle n'avait pas menti. Mais Liona, dans
un état second, remarqua à peine la richesse des épais
tapis et des paravents délicatement sculptés, car au
moment où elle pénétrait dans l'antichambre, une
jeune adolescente brune s'avança à sa rencontre et lui
fit une révérence.

— Bonsoir, *señorita*, articula-t-elle sans enthousiasme.

— Magdalena, voici Doña Liona, déclara Rafael
d'une voix neutre, qui avait perdu toute trace d'intimité. Elle sera votre nouvelle maîtresse.

— Oui, Don Rafael.

— Vous pouvez m'appeler Liona, intervint la journaliste.

— Bien, *señorita,* répondit tristement Magdalena,
tout en les précédant vers un grand salon meublé de
mobilier traditionnel en bois sculpté, tendu de soies et
de velours.

Magdalena était très jolie, mais ses yeux rougis et
gonflés lui donnaient un air triste, abattu : elle venait
de pleurer, et en paraissait gênée. Au début, Liona
craignit qu'elle ne se montrât hostile ; il n'en fut rien.
L'adolescente ne boudait pas, elle était seulement
bouleversée. Sa nouvelle maîtresse se demanda même

comment une jeune fille aux manières si douces, si polies, avait pu braver de la sorte les conventions, tenir tête à son père. Elle portait une robe sombre, très sage, boutonnée jusqu'au cou ; ses mains fines étaient impeccablement soignées. Ses cheveux longs et raides, d'un noir de jais, étaient attachés par une barrette en argent sur sa nuque gracile.

— En quoi consistait votre travail à la fabrique de cigarettes ? s'enquit Liona avec curiosité.

— Je ne connais pas le mot en anglais, *señorita*, répondit-elle poliment, les yeux rivés sur le tapis. Je classais des documents dans de grands tiroirs... en métal.

— Magdalena travaillait comme employée de bureau, intervint Rafael. Elle a également appris à taper à la machine. Elle sera bientôt secrétaire, et excellera certainement dans son métier.

La jeune Anglaise, qui avait d'abord cru que Magdalena était employée à la chaîne, se demanda si l'adolescente n'avait pas été chagrinée de voir s'interrompre sa carrière.

— Je ne pense pas vous mobiliser très longtemps, avança-t-elle dans l'espoir de la consoler un peu. Une semaine ou deux, pas davantage. Votre travail va-t-il vous manquer ?

— Non, *señorita*, répondit la jeune fille, visiblement sincère.

Elle restait cependant sur ses gardes, constata tristement la journaliste.

— Vous pouvez montrer sa chambre à votre maîtresse, suggéra Rafael avec autorité.

Magdalena s'exécuta sans broncher, et sortit du salon suivie de Liona. Rafael ne bougea pas.

Au centre de la chambre, entièrement décorée dans les tons rouges et marron, trônait un grand lit à baldaquin, en bois sculpté, aux rideaux de velours écarlate. Il y avait un cabinet de toilette attenant, où

Magdalena avait rangé les vêtements de sa maîtresse, et une salle de bains luxueusement aménagée jusque dans les moindres détails ; la baignoire était circulaire, encastrée dans le sol, carrelée de faïence bleue et dorée.

Emerveillée, Liona retourna au salon, accompagnée de sa femme de chambre. Rafael, debout devant un petit meuble en bois, versait du cognac dans deux verres en cristal.

— Ce sera tout pour le moment, Magdalena, annonça-t-il avec désinvolture.

Puis il se tourna vers la jeune Anglaise, lui tendit un verre.

— La chambre de Magdalena se trouve au bout du couloir, dit-il. Il vous suffit d'appeler pour qu'elle vous entende. Aurez-vous encore besoin de ses services ce soir ?

Liona chercha désespérément un prétexte qui lui permît de retenir la jeune fille, car sa présence constituait un précieux rempart entre elle et Rafael. Mais, à court d'arguments, elle fut obligée de s'incliner.

— Je ne pense pas. Vous pouvez aller vous coucher, Magdalena. Nous nous verrons demain matin.

— Merci, *señorita*. Et bonne nuit.

Elle fit de nouveau une gentille révérence, et s'évanouit dans le long couloir.

Ils étaient seuls à présent. Dans le silence qui suivit, Liona sentit s'affoler les battements de son cœur. Assise sur un canapé tendu de velours, elle dégustait lentement son cognac, tout en s'empêchant de regarder les longues jambes athlétiques de cet homme à la grâce féline, animale, qui se tenait debout à quelques mètres d'elle, insolemment détendu. Un opulent tapis oriental les séparait. Sans avoir à lever les yeux, elle sentait le regard brûlant, pénétrant, rivé sur elle.

— Pourquoi avez-vous si peur de moi, *querida ?* s'enquit-il d'une voix dangereusement suave.

— C'est ridicule, je n'ai pas peur, mentit-elle.

Elle voulut illustrer ces paroles d'une action. Elle leva les yeux, mais les ramena aussitôt vers le tapis : c'était plus sûr. Le liquide qui dansait dans son verre lui parut alors contenir le courage qui lui manquait ; elle le porta à ses lèvres et en avala une grande gorgée. Ce fut une erreur tactique : la liqueur ambrée coula comme du feu dans sa gorge mais la fit s'étrangler.

En deux enjambées Rafael fut auprès d'elle, assis à ses côtés sur le moelleux canapé. D'une main il lui tapotait le dos, tandis que de l'autre il lui enlevait sagement son verre.

— Vous essayez de vous donner du courage ? murmura-t-il quand elle eut cessé de tousser.

Le son de sa voix était caressant plutôt que moqueur, et sa main demeura posée légèrement sur l'omoplate de la jeune femme.

— Absolument pas, nia-t-elle.

Elle tremblait à présent, à cause de cette troublante proximité. Elle sentait distinctement l'agréable parfum qui émanait de l'homme : un mélange subtil de cuir, de savon, et de senteurs de la terre. Les mains serrées sur ses genoux, effarouchée, elle voulut s'écarter de lui ; mais les doigts de Rafael remontèrent le long de son dos et vinrent serrer doucement sa nuque, empêchant toute retraite.

— Petite menteuse, susurra-t-il. Vous vous rappelez aussi bien que moi notre dernière rencontre. Je voulais alors vous embrasser. Je le veux encore.

Son autre main fit prisonnière les doigts crispés de la jeune femme, les obligeant à rester sur ses genoux.

— Non, je vous en prie, articula-t-elle dans un souffle, en s'efforçant de lutter contre les délicieux frissons que provoquait en elle le contact de cette main.

Elle renversa en arrière sa tête blonde, pour tenter sans grande conviction de chasser les doigts inquisiteurs qui se promenaient maintenant sur sa nuque, frôlaient ses cheveux de miel.

— Je vous ai seulement dit que j'en avais envie, chuchota-t-il. Ai-je précisé que j'allais passer à l'acte ? Vous me connaissez bien mal, *querida*. J'attends une invitation de votre part.

Sa voix caressante lui faisait l'effet d'une enivrante liqueur, prolongeant la brûlure intérieure causée par l'alcool. Tous ses sens étaient en alerte, ses nerfs à fleur de peau. Elle avait commis une erreur en buvant tant de cognac, et si vite. Et elle venait d'en commettre une autre en renversant la tête en arrière, car son geste inconsidéré avait simplement permis à Rafael de glisser les doigts dans sa chevelure. Ils s'y promenaient doucement à présent, s'arrêtant ici et là pour jouer avec une mèche souple. Et maintenant la tête brune se rapprochait de la sienne, jusqu'à ce qu'elle pût sentir son haleine sur sa joue empourprée. Le regard de Liona tomba alors sur l'échancrure de la chemise de Rafael ; fascinée, elle contempla le duvet brun qui sortait de son col ouvert, sa peau hâlée par le soleil et le vent. Les muscles de ses épaules carrées, incontestablement viriles, saillaient sous le tissu blanc, comme s'ils appelaient la caresse.

Elle ferma les yeux pour chasser les troublantes images qui affluaient à son esprit, et, sans réfléchir, s'humidifia les lèvres de sa langue, car sa bouche s'était brusquement desséchée.

— Laissez vos lèvres entrouvertes, murmura-t-il. Elles sont si belles…

La jeune femme rouvrit immédiatement les yeux, et vit que le visage de Rafael s'était encore dangereusement rapproché du sien. Il lui caressait maintenant le lobe de l'oreille avec une douceur qui lui coupait le souffle. Ses yeux noirs où dansaient de petites flammes d'or brûlaient comme des doigts sur sa peau. Liona était aux abois. Son instinct lui criait de s'échapper tant qu'il en était encore temps... alors que toutes les fibres de son corps semblaient incapables d'obéir à l'impulsion de son cerveau.

— Je suis fiancée à Miguel, chuchota-t-elle d'une voix étranglée.

Leurs souffles se mêlaient. Dans les yeux d'agate qui la contemplaient, elle voyait se refléter à l'infini son propre visage en miniature. Comme hallucinée, elle fit un dernier effort pour retrouver sa lucidité.

— Je vous en supplie, Rafael... Ne m'obligez pas à...

— Vous obliger ? Je ne vous force à rien.

Et de nouveau ce rire chaud, sensuel, enivrant...

— Je me contenterai de faire ce que vous me demandez. Demandez-moi, *querida*.

C'était absurde, mais elle remarqua à cet instant une minuscule cicatrice près de sa bouche admirablement dessinée... peut-être était-ce ce détail qui lui donnait parfois un pli cruel, songea-t-elle.

— Demandez-moi, répéta-t-il d'une voix vibrante, insistante.

Obéissant à une obscure pulsion plus forte que la raison et aussi vieille que le monde, elle s'avança vers lui et lui répondit muettement. Il n'y avait plus aucune trace de cruauté dans la bouche qui rencontra la sienne. Leurs lèvres se rejoignirent doucement, comme dans un jeu. Celles de Rafael attendaient les siennes sans les encourager. Ce fut seulement lorsque la bouche de Liona se mit à caresser la sienne qu'il s'en empara avec une flamme soudaine, une exigence proche de la torture. Enfin, dans un soupir, les lèvres de la jeune femme s'entrouvrirent, soumises. Leur baiser se fit plus ardent, ravageur, explosif. Liona sentit peu à peu fondre en elle toute résistance ; entièrement dominée, elle ne réfléchissait plus. Et lorsque Rafael la renversa doucement sur le divan profond, elle ne protesta pas.

— Demande-moi de te faire l'amour, murmura-t-il à son oreille. Tu en meurs d'envie, et tu le sais...

En proie à mille sensations jusque-là inconnues, la jeune femme agrippa les cheveux bruns de Rafael, comme pour combattre ce qui menaçait de l'envahir.

— Tu ne peux pas te résoudre à me le demander, *querida*? Dis-moi que tu me désires... c'est tout ce que je veux entendre...

— Je...

Mais les mots ne franchissaient pas ses lèvres, et lorsque les doigts experts de Rafael se moulèrent sur son sein, elle fit un pathétique effort pour protester.

— Rafael, non...

Ses mains ne lui obéissaient plus, comme dotées d'une vie et d'une action autonomes. Alors qu'elle voulait repousser Rafael, ses doigts s'attardèrent sur son cou, dans l'échancrure de sa chemise, le long de ses épaules puissantes.

— Dis-moi ce que je veux entendre, poursuivit-il. Supplie-moi de te faire l'amour.

— Rafael, arrêtez, je vous en prie, implora-t-elle, tandis que ses mains démentaient ses paroles.

— Ce n'est pas ce que je t'ai demandé de me dire. Demande-moi de te caresser là... et là... et là...

Les mains de Rafael froissaient le léger tissu de sa robe, brûlaient sa chair déjà consentante.

— Dis-le-moi...

Elle sentait maintenant sa bouche sur sa gorge, tandis que ses mains remontaient vers sa poitrine. Sans écouter les gémissements de protestation que poussait faiblement la jeune fille, il défit lentement, un à un, les boutons de sa robe, jusqu'à la taille. Puis il dégrafa habilement son soutien-gorge, qui s'ouvrait sur le devant, tandis que ses paroles caressaient la peau de Liona avec la douceur d'une plume.

— Je t'ai déjà tenue dans mes bras, nue. Ne t'en souviens-tu pas? Je brûlais d'envie d'explorer ton corps, c'était si facile... Mais je ne l'ai pas fait, car tu ne l'aurais jamais su. Or je voulais que tu saches...

— Arrêtez, Rafael, gémit-elle.

— Tu es si belle, si belle... Ta peau, tes seins... Ne me fais pas attendre. Pourquoi ne demandes-tu pas ce que tu veux de moi ?

Le visage hâlé de Rafael contrastait étrangement avec la blancheur laiteuse de la peau de Liona, à peine dorée par les rayons du soleil. Et lorsque ses lèvres se refermèrent sur son sein, celui-ci se tendit sous la caresse ; Liona se sentit trahie par les réactions fougueuses de son corps, qui venaient démentir ses protestations désespérées.

Les mains de Rafael se firent plus impatientes, sur ses hanches, ses jambes. Il la moulait tout entière contre lui, l'écrasait sous son corps musclé.

— Tu vois ce que tu provoques en moi, *querida ?* Demande-moi, maintenant, avant que je perde le contrôle de moi-même. Je ne veux rien faire que tu ne désires toi aussi.

C'était une bataille perdue d'avance. Liona geignit doucement, secoua la tête, prononça des paroles incohérentes, en contradiction avec ce qu'exigeaient ses sens. Elle voulait qu'il continue, elle voulait qu'il lui fasse connaître ce qu'aucun homme n'avait provoqué en elle, ce qu'aucun autre ne lui avait fait... elle le voulait, le voulait, le voulait...

— Reconnais-le, insista-t-il en se faisant l'écho du désir qu'elle s'obstinait à nier. Je te veux... Tu vois comme c'est facile à dire ? Dis-le, mais dis-le !

— Non, sanglota-t-elle dans un frisson.

— Tu t'obstines encore, mon amour ? Dois-je te porter jusqu'au lit pour que tu les dises, ces mots que je veux entendre ?

Sans lui laisser le temps de se débattre, il l'avait soulevée dans ses bras puissants. Fut-ce le fait de quitter le salon qui ramena la jeune femme à la raison, ou le mot « lit » ? Toujours est-il qu'elle se mit véritablement à lutter pour se libérer ; mais les bras de Rafael l'étreignaient comme un étau.

— Non, non ! cria-t-elle.

La passion amoureuse avait maintenant cédé la place à une véritable panique, ce qui décupla les forces de la jeune femme ; ses efforts n'en demeurèrent pas moins pathétiques et vains, Rafael continuait d'avancer vers la chambre. Pourtant il finit par s'arrêter.

— Cesse de me résister, ma jolie. *Por Dios,* comment as-tu le cœur de te refuser à moi ? Tout ton corps me désire, tu le sais, même si tu ne veux pas l'avouer...

— Je n'ai rien demandé, nia-t-elle d'une voix haletante. Lâchez-moi immédiatement, sinon j'appelle Magdalena.

— Tu n'oserais pas, décréta-t-il de sa voix ensorcelante.

— Si !

Elle ouvrit la bouche comme pour laisser échapper un appel au secours. Mais elle n'eut pas le temps de mettre sa menace à exécution : la bouche de Rafael se referma sur la sienne, cette fois sans aucune douceur. Liona ne répondit pas à ce baiser, continua de se débattre. Devant son obstination, il la laissa glisser de ses bras, en la guidant de ses mains ; mais il ne détacha pas sa bouche de la sienne jusqu'à ce que les pieds de la jeune femme eussent touché l'épais tapis.

— Ne criez pas, murmura-t-il aussitôt. C'est inutile. Croyez-vous que je veuille d'une femme que je devrais violer ? Je ne vous forcerai pas, je vous l'ai dit... Je tiendrai promesse.

Quand il la lâcha complètement, elle chancela de soulagement et d'émotion. La rage lui redonna toutefois des forces, et elle s'écarta brusquement de lui, serrant contre sa poitrine le corsage déboutonné de sa robe.

— Comment osez-vous… comment avez-vous osé ?
fulmina-t-elle.

Son corps tremblait d'indignation, bien que cette
colère ne fût pas entièrement justifiée : elle s'était
montrée pratiquement consentante…

— Vous savez pourtant que je vais épouser votre
frère !

— Vraiment ?

Elle vit luire dans les yeux de Rafael une expression
qui ressemblait à du regret. Il n'essaya pas de se
rapprocher d'elle, mais se mit à reboutonner nonchalamment sa chemise, que Liona, dans son ardeur
aveugle, avait commencé à défaire, sur le divan.

— J'ai cependant l'impression que vous étiez prête à
me céder, observa-t-il. Ai-je besoin de vous rappeler
que ce n'est pas moi qui vous ai embrassée le premier ?

— Je vous ai conjuré d'arrêter, rétorqua Liona,
comme si elle ne savait pas que ses gestes démentaient
ses paroles. Je vous ai supplié, vous ne m'écoutiez pas.

— J'écoutais peut-être vos mains, qui me caressaient
les épaules, déboutonnaient ma chemise, au lieu de
prêter attention à ce que vous disiez.

Un feu passionné couvait encore dans ses yeux
sombres, et il s'était remis à la vouvoyer. Pourtant il
semblait curieusement maître de lui-même, plein d'assurance, comme toujours. Aucun muscle ne tressaillait
sur son visage ; il restait immobile, tendu, comme un
tigre prêt à sauter sur sa proie, mais qui s'amuse à
l'observer.

— Je refuse de vous présenter des excuses, indiqua-
t-il clairement. N'importe quel autre homme aurait agi
de même à ma place. Vous êtes extrêmement désirable,
et j'ai répondu à votre appel. Quand une femme
m'embrasse, j'ai envie d'aller plus loin, c'est normal.
Vous aussi, vous brûliez d'envie d'aller jusqu'au bout
de votre désir. Pourquoi avez-vous refusé de l'admettre ? Nous aurions gagné un temps précieux… Oserez-

vous nier que nous nous attirons mutuellement ? Et maintenant que vous avez senti la force de ce lien invisible entre nous, êtes-vous encore disposée à épouser mon frère ?

— Non... Enfin oui ! Oh, allez au diable, Rafael !

Que pouvait-elle répondre à ces accusations ? Elle choisit de battre en retraite, et se réfugia à l'autre bout de la pièce, hors de sa portée.

— Veuillez quitter mon appartement... Disparaissez de ma vie !

Il posa sur elle un regard indéchiffrable, énigmatique. Puis il inclina la tête sur le côté, dans une attitude légèrement moqueuse.

— Je veux bien disparaître jusqu'à demain matin. Nous nous retrouvons à dix heures, c'est bien cela ? Vous pourrez demander à Magdalena de vous conduire jusqu'à l'écurie.

— Vous ne vous attendez tout de même pas à ce que j'aille me promener avec vous, après ce qui s'est passé ! s'indigna-t-elle.

Un sourire cruel se dessina sur les lèvres de Rafael.

— Seriez-vous disposée à expliquer à ma mère les raisons pour lesquelles vous refusez de me voir ? Je ne le crois pas, *querida,* car elle ne manquerait pas de vous questionner !

— Et je lui expliquerais que vous avez essayé d'abuser de moi !

Cette audace de la part de la jeune femme ne parut guère ébranler Rafael.

— C'est votre parole contre la mienne, n'est-ce pas ? Il y a beaucoup de choses que ma mère n'apprécie pas chez moi, mais elle sait en tous cas que je ne mens jamais pour tirer mon épingle du jeu. Donc elle ne vous croira pas. Et vous n'aurez pas le courage de lui avouer la vérité : que c'est vous qui m'avez embrassé. Ah, vous voyez, je vous connais bien ! Vous me craignez peut-être... mais vous avez encore plus peur de la Marquise.

Avec un salut moqueur, dérisoire, il se dirigea lentement vers la porte, de sa démarche nonchalante. Liona eut soudain devant les yeux l'image de Miguel, dans l'arène, au moment où il s'était éloigné du taureau, lors de son dernier combat.

— Rafael !

— Oui ? murmura-t-il en se retournant.

— Je ne viendrai pas demain, affirma-t-elle, les yeux étincelants de rage.

— Ah bon ?

Il se mit à rire doucement avant de répéter :

— A dix heures.

Puis il pivota sur ses talons et sortit.

4

— Voulez-vous que je vous brosse les cheveux, *señorita ?*

La main de Liona resta en suspens tandis qu'elle observait Magdalena dans le miroir de la coiffeuse.

— Oui, Magdalena, s'il vous plaît, répondit-elle en tendant la brosse à la jeune fille.

En réalité, elle préférait domestiquer elle-même sa chevelure indisciplinée, surtout après un shampooing, mais elle venait de penser que ce pourrait être un moyen de communiquer avec l'adolescente.

Celle-ci se montrait distraite et réservée depuis le début de la matinée, comme si ses pensées étaient ailleurs. Une heure plus tôt, à sept heures et demie, elle avait apporté le petit déjeuner dans la chambre de sa maîtresse, puis lui avait fait couler un bain, en y ajoutant des sels parfumés, avait sorti des serviettes de toilette propres, bref elle avait été très serviable. Mais le cœur n'y était pas, cela se voyait. Sa bouche était parfois prise d'un léger tremblement, et elle gardait les yeux baissés, comme si elle en voulait à quelqu'un.

« A moi ? » s'interrogea intérieurement la journaliste, intriguée autant qu'attristée par cette attitude. Désireuse d'en savoir davantage, elle oublia momentanément le douloureux problème de son conflit avec Rafael, qui avait pourtant hanté ses rêves de la nuit.

— Vous avez de très beaux cheveux, *señorita,* observa poliment Magdalena en passant la brosse dans la chevelure humide de la jeune femme.

Celle-ci dissimula une petite grimace de douleur.

— Merci... Mais j'ai toujours regretté de ne pas les avoir raides et épais comme les vôtres ; les miens s'emmêlent si facilement ! Magdalena... pourquoi ne m'appelleriez-vous pas par mon prénom ?

— Si vous voulez, *señorita,* répondit respectueusement l'adolescente, sans en tenir compte.

Elle saisit en revanche l'allusion aux cheveux fragiles, et mania la brosse avec plus de douceur, malgré son inexpérience.

— Est-ce la première fois que vous dormez ailleurs que chez vous ? demanda Liona.

— Non, *señorita.* J'ai de la famille à Cordoue, et je vais souvent les voir. Quand ma mère est morte, il y a quelques années, j'ai passé plusieurs mois chez eux.

— Vous avez des frères et sœurs ?

— Oui. Ils sont tous mariés. A la maison, il ne reste plus que mon père et une vieille servante. Mon père passe presque tout son temps à la ferme.

Ainsi, la jeune fille ne souffrait pas de son éloignement temporaire de chez elle. Elle avait également affirmé ne pas regretter son travail à Séville. Qu'est-ce qui pouvait donc la tourmenter ?

— Avez-vous un petit ami, Magdalena ?

La main de l'adolescente resta une seconde immobile, puis le brossage reprit. Sa voix, quand elle répondit, était relativement posée.

— Non, *señorita.* Mon père est très strict à ce sujet. A la campagne, les coutumes ne changent pas aussi vite qu'en ville. Aucun jeune homme ne peut me rendre visite à moins d'avoir la permission de mon père.

— Je croyais que les jeunes filles en Espagne se

mariaient très tôt. Votre père laissera sûrement un
jeune homme vous courtiser bientôt... Cela vous ferait
plaisir ?

— Non, *señorita*.

La brosse à cheveux, tel un détecteur de mensonges,
s'activa frénétiquement. Puis Magdalena ajouta,
comme pour écarter tout soupçon :

— Il y a bien un *vaquero* que mon père aimerait
avoir pour gendre, mais il ne me plaît pas. Il a mis de
l'argent de côté depuis qu'il travaille à la ferme, mais il
a les dents jaunes, à force de... comment dit-on... à
force de chiquer du tabac. Et ses oreilles sont très
vilaines.

Porfirio Torres essayait-il de marier sa fille contre
son gré ?

— Avez-vous dit à votre père qu'il ne vous plaisait
pas ?

— Oui. Il est gentil, il n'a pas insisté.

Liona soupira. Il était inutile de chercher à tirer quoi
que ce soit de l'adolescente, dont les réponses respec-
tueuses restaient très évasives. Elle changea donc de
sujet.

— J'ai rendez-vous à dix heures avec Don Rafael,
qui doit me faire visiter la propriété. Il m'attendra
devant l'écurie.

— Très bien, *señorita,* je vous y conduirai. L'écurie
se trouve dans le village.

— Oh, ce ne sera pas la peine, car j'ai décidé de ne
pas faire de cheval aujourd'hui. Je suis... un peu
fatiguée. Je me demandais seulement si vous pouviez
prévenir Don Rafael.

— A dix heures ? Bien sûr, *señorita*. Le village est à
quelques minutes d'ici, à peine. Je ne m'absenterai pas
très longtemps.

La question que Liona aurait voulu poser la veille à
Rafael lui revint soudain en mémoire.

— Pourquoi poste-t-on des gardes, la nuit, aux

abords de la propriété ? J'ai cru comprendre qu'il ne s'agissait pas d'écarter d'éventuels voleurs...

La main de Magdalena avait-elle tremblé, ou était-ce une illusion ?

— Là où il y a des taureaux, il y a toujours des gardes, *señorita*. Surtout la nuit, quand le ciel est dégagé.

— Pourquoi donc ?

— Pour empêcher qu'au clair de lune des garçons ne viennent combattre les taureaux, avec des capes. C'est illégal.

— Mais pourquoi feraient-ils une chose pareille ? s'enquit la jeune femme, les sourcils froncés.

Magdalena semblait à présent très troublée.

— Pour s'entraîner, répondit-elle d'une voix étranglée.

— Je croyais pourtant que dans toutes les fermes à élevage on réservait certains jours à l'entraînement des amateurs ou des jeunes ambitieux, observa innocemment la journaliste.

— Oui, *señorita*, c'est exact, convint l'adolescente, visiblement plus à l'aise.

Elle s'empara du séchoir, brancha le fil et se mit en devoir de sécher les cheveux démêlés de sa maîtresse tout en poursuivant :

— Mais dans ces *tientas*, ces épreuves, on utilise des vaches, et non des taureaux. Les vaches sont très dangereuses aussi, car elle possèdent également des cornes longues et pointues, et ont l'habitude de charger tout ce qui passe à leur portée.

— Je ne comprends toujours pas pourquoi des garçons se livreraient, la nuit, à une activité aussi dangereuse ! Et hier soir, Don Rafael s'est rendu exprès chez votre père pour lui dire qu'il posterait des gardes supplémentaires le long de sa propriété. Il semblait craindre que l'on tire sur eux par erreur.

Le séchoir électrique s'échappa des mains de la jeune

Espagnole et tomba bruyamment sur le sol. Dans le miroir, Liona vit une paire d'yeux apeurés, grands ouverts, posés sur elle.

— Tirer... sur des gardes ? balbutia Magdalena, figée sur place.

La jeune femme se baissa, ramassa le séchoir, l'éteignit, et le posa sur la coiffeuse. Puis elle pivota sur sa chaise et regarda l'adolescente droit dans les yeux.

— Vous ne croyez pas qu'il vaudrait mieux tout me dire, Magdalena ? Craignez-vous pour la vie d'un des gardes ? D'après la Marquise, il n'y a aucun danger, alors je vous en prie, ne...

— Puis-je finir de vous coiffer, *señorita* ? interrompit la jeune fille, visiblement très agitée. Si je dois être à l'écurie avant dix heures, je dois me dépêcher.

Liona jeta un coup d'œil à sa montre : il était seulement neuf heures et demie. Mais Magdalena semblait maintenant pressée d'aller au village, sans doute pour savoir comment s'était passée la ronde de nuit.

Poussée par la curiosité, Liona prit une soudaine décision ; elle aurait certainement le temps de se rendre elle aussi au village, et de disparaître avant l'arrivée de Rafael...

— J'ai changé d'avis, je vais venir avec vous, annonça-t-elle. Mes cheveux finiront de sécher au soleil. Voulez-vous téléphoner à Doña Encarna et lui dire que nous allons au village ? Attendez-moi ensuite au salon, je serai prête dans cinq minutes.

La jeune fille se dirigea vers le couloir, tandis que Liona gagnait le cabinet de toilette. Elle prit dans un tiroir un pantalon de velours marron et une chemise en soie d'un joli jaune pâle. Elle était dans un tel état de fébrilité qu'elle ne put trouver l'endroit où la femme de chambre avait rangé ses soutiens-gorge, aussi décida-t-elle de s'en passer. Il fallait faire vite. Trois minutes plus tard, elle ouvrit la porte du salon et sortit aussitôt aux côtés de Magdalena, dont le petit minois semblait plus fripé que jamais.

Elles prirent un chemin poussiéreux qui descendait vers le village, laissant derrière elles la verdoyante colline de l'Alkabir, avec ses jardins luxuriants. A leurs pieds s'étendait une vallée dorée par les rayons du soleil matinal, et traversée par une rivière qui serpentait paresseusement entre deux rideaux d'arbres. Plus près, au premier plan, se dressaient des maisonnettes carrées, aux murs blanchis à la chaux, regroupées autour d'une place centrale et accrochées à flanc de coteau.

Lorsqu'elles entrèrent dans le village, des poules s'égayèrent sur leur passage, avec force caquètements. Quelques vieilles femmes assises sur le seuil de leur maison, cachant de timides enfants dans leurs jupes, les regardèrent passer avec curiosité. Magdalena hâtait le pas ; elle répondit distraitement aux bonjours que lui lancèrent quelques villageois, et ne ralentit que lorsqu'elle eût atteint la place, simple étendue de terre battue, agrémentée en son centre par un vieux puits. Un long bâtiment de pierre ouvrait sur la place : les écuries, devina immédiatement Liona. Quelques *vaqueros* finissaient d'attacher des chevaux devant l'abreuvoir. Magdalena s'adressa aussitôt à l'un d'eux, en espagnol, et parut soulagée de la réponse qu'il lui donna. Manifestement, conclut la jeune Anglaise, il n'y avait pas eu d'escarmouche avec les gardes pendant la nuit.

Un homme en tenue de travail sortit alors des écuries et s'avança vers les deux femmes. Magdalena fit les présentations : Porfirio Torres, son père, s'efforça de prononcer quelques mots d'anglais en l'honneur de la visiteuse, qui lui répondit dans un espagnol tout aussi hésitant et approximatif. Le maître fermier semblait de mauvaise humeur, bien qu'il essayât de le dissimuler : il tenait encore rigueur à sa fille de son escapade de la veille. Il avait une carrure impressionnante, accentuée par ses vêtements de *cow-boy,* ce qui rendait presque touchants ses efforts un peu gauches pour paraître civilisé. Un silence gêné finit par s'installer entre les trois personnages, lorsque le cri poussé par l'un des *vaqueros* attira leur attention.

— *Madre de Dios ! Miren a* Don Rafael !

Tous les regards convergèrent immédiatement dans la direction qu'il indiquait du bras. Rafael, monté sur un superbe étalon noir, venait de faire tranquillement son entrée sur la petite place. Liona sentit aussitôt son estomac se contracter douloureusement ; mais ses yeux se tournèrent simultanément vers un spectacle confondant.

Un jeune garçon en haillons — ou était-ce un homme ? — trébuchait derrière le cheval, les mains attachées par une corde reliée à la selle. Quand elle le vit d'un peu plus près, elle devina qu'il devait avoir seize ou dix-sept ans. Grand, athlétique mais très maigre, il titubait, pathétiquement. Une longue frange de cheveux noirs retombait sur ses yeux de braise.

Ne comprenant goutte aux commentaires qui fusaient autour d'elle, la jeune journaliste se tourna vers sa compagne, la question déjà sur les lèvres. Mais elle comprit aussitôt, à voir le visage livide de Magdalena, que ce garçon était celui qu'elle aimait.

Aucun doute. Liona regarda de nouveau le jeune homme, dont l'expression de colère et de révolte lui étreignit le cœur. Avait-il été surpris en train de combattre un taureau sur la propriété de la Marquise ? Dans ce cas, il était naturellement dans son tort, puisque cette pratique était illégale ; mais il n'avait risqué la vie de personne, seulement la sienne, le malheureux ! Et, par simple esprit humanitaire, Rafael aurait certainement pu le traiter avec plus de ménagements, préserver sa dignité !

Voyant que Magdalena était sur le point de s'évanouir, la jeune femme l'entoura de son bras et l'attira un peu à l'écart de l'attroupement qui se formait autour de Rafael et de son prisonnier.

— Vous vous sentez bien, Magdalena ? s'enquit-elle avec sollicitude.

— Oui… balbutia la jeune Espagnole. Oh, pourvu que Don Rafael ne le fasse pas fouetter !

— Pourquoi lui infligerait-on un châtiment aussi sévère ? s'indigna Liona. Il a dû se battre avec des taureaux, si je comprends bien, mais… il ne les a pas tués, n'est-ce pas ?

— Non, *señorita*. Il a une épée de bois, seulement. Il se contente de leur faire des passes avec une cape…

— Alors pourquoi le fouetter ? Il est si jeune !

— Mais c'est une grave offense, murmura Magdalena d'une voix débordante d'anxiété. Oh, pauvre Tomás…

Puis, comme si elle venait de se rendre compte de la portée de son aveu, la jeune fille jeta un regard angoissé à sa maîtresse.

— Rassurez-vous, je ne dirai rien à personne, Magdalena. Mais pourquoi ne vous êtes-vous pas confiée à moi plus tôt ?

— Je ne pouvais pas : vous auriez pu en parler à la Marquise, qui aurait à son tour prévenu mon père. D'après lui, Tomás est un bon à rien. Je n'ai même pas le droit de lui adresser la parole. Surtout ne me trahissez pas, je vous en supplie…

— Oh, pauvre enfant ! s'exclama Liona, pleine de compassion.

Une question lui traversa l'esprit : comment la jeune fille savait-elle que son ami avait été pris cette nuit ?

Elle n'eut toutefois pas le temps de l'interroger, car la voix autoritaire de Rafael s'éleva sur la place pour donner des ordres. Aussitôt, Magdalena traduisit, visiblement soulagée.

— Ils ne vont pas le fouetter, Dieu soit loué ! Ils vont l'attacher près du puits et le laisser là la journée.

L'attacher comme un animal, le laisser se dessécher sous le soleil accablant de l'après-midi, alors que même les chiens avaient droit à leur coin d'ombre ? De toute évidence, la commisération dont Rafael faisait preuve à l'égard des bêtes ne s'étendait pas aux êtres humains ! songea la journaliste avec une indignation sans bornes. Ses yeux se posèrent sur lui, prêts à l'accabler d'un écrasant mépris. Il avait sauté à terre. Protégé d'un chapeau à larges bords, il portait une chemise crème, au col ouvert, et dont les manches étaient retroussées jusqu'au coude. Son pantalon de toile beige moulait étroitement ses jambes athlétiques, longues et musclées. La virilité qui émanait de sa personne parut suprêmement irritante aux yeux de Liona. Oh, comme elle le haïssait !

Il s'avançait maintenant vers elles, avec une grâce féline et insolente. Dans son regard d'ombre, la jeune femme lut le souvenir de la veille, tandis qu'il la détaillait de la tête aux pieds, et elle le détesta davantage encore.

Rien, cependant, ne transperça dans sa voix indifférente.

— *Buenos días*, Magdalena. Bonjour, *señorita*. Vous avez bien dormi, j'espère ?

— Oui, bien sûr, répondit Liona d'un ton peu avenant.

— Vous êtes légèrement en avance à notre rendez-vous, je vois.

— Ce n'est pas pour cela que...

Elle s'interrompit et se mordit la lèvre ; elle avait failli trahir sa jeune amie.

— Vous préférez sans doute remettre notre petite excursion à un autre jour, avança-t-elle d'une voix mordante. Vous n'avez pas dû beaucoup dormir, occupé comme vous l'étiez à chasser votre proie !

— Détrompez-vous, j'ai renoncé hier à chasser ma proie assez tôt dans la soirée. Et j'ai dormi du sommeil du juste, en toute innocence ! Ce matin, deux de mes hommes m'ont amené ce lascar, alors que je prenais tranquillement le petit déjeuner dans le patio. Je l'aurais bien conduit ici plus tôt, mais ce chenapan avait une faim de loup : il a passé une demi-heure dans ma cuisine à manger tout ce qui se trouvait à sa portée.

— Vous dormirez peut-être moins paisiblement cette nuit, après avoir traité ce malheureux comme un chien ! Pourquoi vous êtes-vous donné la peine de le nourrir ? Pour apaiser votre conscience ?

L'expression de Rafael se durcit.

— Tomás est jeune et fort. Je ne l'ai pas traîné ventre à terre, il a marché derrière mon cheval. J'habite à une demi-heure d'ici, à peine.

— Vous l'avez attaché !

— Et alors ? Il a été surpris cette nuit dans les prés, alors qu'il combattait un taureau, ce qui est illégal. Si je ne l'avais pas attaché, il se serait enfui. Et je n'ai pas pu venir en voiture : pour vous faire visiter la propriété, il me fallait emmener Satan… mon cheval.

Manifestement, Rafael accordait plus d'importance à un cheval qu'à un jeune garçon maltraité, pensa Liona.

— Tout à l'heure, je vous choisirai une monture, ajouta-t-il plus doucement.

— Non merci. Je préfère ne pas monter aujourd'hui.

Un sourire ambigu se dessina sur les lèvres de Rafael. Il se pencha vers la jeune femme, de manière à ne pas être entendu de Magdalena, et murmura :

— Vous reculez ? Il semblerait qu'à présent vous me craignez plus que vous ne craignez ma mère… Quel prétexte allez-vous invoquer pour expliquer votre refus, lorsqu'elle vous interrogera ?

— Je n'ai pas peur de vous.

— Dans ce cas je vais choisir votre cheval pour notre promenade, décréta-t-il calmement.

Sans lui laisser le temps de protester, il s'éloigna en direction de l'écurie. Dévorée par la colère, Liona sentit la partie perdue. Quel recours avait-elle ? Ce n'était pas le moment de faire une scène en public, devant tous les villageois qui la dévisageaient déjà avec curiosité... Heureusement, ils ne parlaient sans doute pas anglais !

Elle se résigna donc à suivre Rafael, ou au moins à quitter le village en sa compagnie, jusqu'à ce qu'ils fussent à l'abri des regards indiscrets. Et ensuite elle pourrait lui dire en face ce qu'elle pensait de lui, sans souci du qu'en-dira-t-on. Aujourd'hui, le pénible incident de la veille ne risquait pas de se reproduire, se dit-elle avec détermination. Hier soir, prise de remords après le départ de Rafael, elle s'était torturé l'esprit pour chercher à expliquer l'incohérence de son propre comportement ; finalement, elle avait mis ce regrettable faux pas sur le compte de l'heure tardive, des vins qui avaient accompagné le dîner, de la fatigue du voyage, de l'étrange influence de ce lieu enchanteur qui avait jadis abrité un harem, du cognac trop vite avalé, de la manière désarmante dont Rafael lui avait effleuré la nuque... Bref, une douzaine de raisons expliquaient son égarement, à défaut de le justifier. Elle avait même fini par admettre, certes à contrecœur, que le magnétisme sexuel de cet homme avait failli venir à bout de sa résistance. Oui, décidément, il était dangereusement attirant...

Mais aujourd'hui, après la pénible scène à laquelle elle venait d'assister, elle avait de bonnes raisons de le détester ; il serait désormais facile de lui résister. Il n'était plus question pour elle de s'abandonner à une coupable faiblesse passagère. Rafael était le frère de Miguel, qu'elle s'apprêtait à épouser. Mais allait-elle vraiment l'épouser ? Une curieuse incertitude l'avait assaillie à ce sujet, depuis le jour de la corrida de Las Ventas. Elle attribuait cette indécision aux dangers que comportait la profession de son fiancé...

Mais pour le moment, un problème plus pressant

réclamait son attention : Magdalena, toute menue et désemparée, se tenait dans une encoignure, les yeux rivés sur le jeune homme que l'on venait d'attacher près du puits, conformément aux ordres de Rafael. Il avait l'air épuisé, mais ne semblait pas vaincu, ni écrasé ; au contraire une lueur de rébellion se lisait dans ses yeux incandescents, sur ses traits émaciés encore presque enfantins.

— Comment avez-vous rencontré ce jeune homme ? questionna Liona en se rapprochant de Magdalena. Je croyais que vous n'aviez pas le droit d'avoir un petit ami...

La jeune fille répondit d'une voix blanche, méconnaissable :

— Mon père avait employé Tomás comme *vaquero*, et devait le former. C'était il y a deux ans, Tomás en avait alors dix-sept.

— C'est l'âge que je lui donnais, observa la jeune Anglaise. Et il est parti de la ferme ? Pour quelles raisons ?

— Il s'est décidé brusquement à aller à Madrid, pour essayer de devenir torero. Ce n'était pas la première fois qu'il quittait un emploi. Maintenant, plus personne ne veut de lui. On dit que c'est un vaurien, un *maletilla*, c'est-à-dire un garçon dont l'unique ambition dans la vie est de combattre les taureaux. Et c'est vrai...

Cette dernière petite phrase avait été prononcée tristement par Magdalena, comme si cette fatalité l'accablait.

— Pourquoi tient-il tellement à devenir torero ?

— C'est le seul moyen de sortir de la misère, *señorita*. Tomás est l'aîné de cinq enfants ; son père est mort il y a des années, dans un accident. Sa mère est infirme. Ils vivent dans deux pièces, leur maison se trouve dans un petit village à huit kilomètres d'ici environ, de l'autre côté de la propriété de Don Rafael. Ils ne mangent pas toujours à leur faim...

— Alors pourquoi a-t-il quitté son emploi de *vaquero* ?

— Il voulait leur donner plus. Le salaire d'un *vaquero* suffisait à peine à les nourrir.

— Comment font-ils pour subsister, puisqu'il ne travaille pas ? s'enquit Liona. Touchent-ils des allocations du gouvernement ?

Elle savait que de récentes lois sociales venaient de soulager en Espagne la misère des plus nécessiteux.

— Oui, ils ont droit à des indemnités, mais ce n'est pas suffisant pour les faire vivre. En plus, ils ont des médicaments à acheter. Et la sœur de Tomás, qui a quinze ans, vient de se casser la jambe ; elle travaillait comme bonne, et a dû abandonner temporairement son emploi. Une fois le loyer payé, ils n'ont souvent pas assez d'argent pour s'acheter à manger.

La journaliste était bouleversée par ce triste récit. Elle s'inquiétait non seulement pour Tomás et sa famille, mais également pour Magdalena, si la jeune fille continuait d'aimer ce malheureux garçon. Quelle perspective d'avenir avait-elle ?

— Comment font-ils pour survivre, alors ? demanda-t-elle tristement.

Visiblement gênée, l'adolescente regarda ses mains et murmura, la tête baissée :

— Je ne peux pas vous le dire.

— Est-ce que Tomás... vole ? hasarda Liona, optant pour une question directe.

Magdalena releva les yeux, et avoua après quelques secondes d'hésitation :

— Oui. Mais il vole seulement des fruits dans le verger de Don Rafael. Je vous dis cela, *señorita,* parce que vous avez été très bonne envers moi, et aussi parce que... je vous fais confiance. Vous ne me trahirez pas.

— Je ne vous trahirai pas, Magdalena, lui assura-t-elle chaleureusement.

Puis elle se rappela la question qui l'avait tourmentée un peu plus tôt.

— Comment saviez-vous que Tomás risquait d'être pris cette nuit, plutôt que toutes les autres nuits ? Dès que je vous ai parlé des gardes supplémentaires qui allaient patrouiller les champs, vous saviez que Tomás allait tomber dans le piège, n'est-ce pas ?

Une expression de culpabilité voila le regard de l'adolescente, en proie à des émotions contradictoires. Mais l'attitude compréhensive de la journaliste eut raison de ses réticences.

— Les soirs de pleine lune, confessa-t-elle à voix basse, d'un ton confidentiel et légèrement embarrassé, les gardes passent chez mon père après le souper. Ils ne sont pas assez nombreux pour ratisser tous les prés : il en faudrait des centaines ! Alors mon père leur indique le pré qu'ils devront surveiller pendant la nuit. Moi, j'écoute toujours leur conversation ; ensuite, je me glisse hors de la maison, à la nuit tombée, pour aller rejoindre Tomás. Mon père croit que je vais puiser de l'eau.

— Mais hier soir, vous avez dû vous absenter plus longtemps que d'habitude : j'ai entendu dire que l'on vous cherchait partout, et que vous aviez eu des ennuis avec votre père.

— *Si, señorita.* Hier soir, je suis allée dire à Tomás que je ne pourrais plus le rejoindre pendant un moment, et je l'ai supplié de ne pas aller dans les prés la nuit tant que je serai à votre service. Nous nous sommes disputés, parce qu'il ne voulait rien entendre. C'est déjà assez dangereux d'affronter les taureaux, si en plus il doit échapper aux gardes...

— Oh, Magdalena, soupira Liona, qui comprenait à présent l'origine du ressentiment de l'adolescente à son égard.

Celle-ci, en effet, n'habitant plus chez son père, ne

pouvait pas prévenir son amoureux du danger qui l'attendait !

Mais le jeune homme venait d'être pris, et n'aurait sans doute plus besoin d'être mis en garde...

— Après ce qui s'est passé, il ne va plus retourner dans les champs la nuit, je suppose ?

Les lèvres de Magdalena se mirent à trembler, et des larmes perlèrent à ses paupières, tandis qu'elle continuait de fixer des yeux celui qu'elle aimait.

— Je n'en sais rien, *señorita*. Il a déjà été attrapé par les gardes, il s'est fait fouetter, sur d'autres fermes. Et pourtant il recommence ! Un jour, on l'a retrouvé à moitié mort dans un pré. Chaque fois je prie pour qu'il renonce à devenir torero. J'aimerais tellement pouvoir l'aider !

— Ecoutez, vous pouvez faire quelque chose pour lui dans l'immédiat. Allez chez vous, et mettez à manger dans un panier. Vous direz à votre père que c'est pour moi, que j'ai oublié de demander un pique-nique à Doña Encarna alors que je ne rentrerai pas déjeuner. Je m'arrangerai pour vous dédommager aujourd'hui même. Ensuite, il faut m'expliquer comment trouver la maison de Tomás : je remettrai personnellement ces victuailles à sa famille. Au moins, il n'aura pas à s'inquiéter pour eux. Vous ne croyez pas qu'il sera un peu soulagé ?

— Oh, si ! s'exclama l'adolescente avec ferveur. Mais hélas je ne peux pas prévenir Tomás, puisque mon père m'interdit de lui parler. Comment lui annoncer la bonne nouvelle ?

— Ecrivez-lui un petit mot, je me débrouillerai pour le lui donner pendant que vous préparerez les provisions.

La journaliste sortit de son sac un stylo et un bout de papier, sur lequel Magdalena griffonna un message à la hâte. Sur la petite place ensoleillée, la vie semblait avoir repris son cours normal. Porfirio Torres était parti

vaquer à ses occupations, les curieux s'étaient disper-
sés. Les quelques villageois qui venaient puiser de l'eau
feignaient d'ignorer la présence du garçon attaché à la
margelle du puits. Il allait terriblement souffrir de la
chaleur, songea Liona : le printemps andalou était aussi
chaud que l'été. Pas un nuage dans le ciel d'azur... Il
faudrait attendre le crépuscule pour avoir un peu de
fraîcheur.

Quel prétexte pouvait-elle bien trouver pour s'approcher du jeune homme ? Elle dirait qu'elle voulait voir le
puits...

Magdalena lui tendit son message, puis lui expliqua
comment trouver la maison de Tomás avant de courir
chez elle.

Elle venait de s'éclipser lorsqu'un mouvement près
de l'écurie attira l'attention de Liona. Rafael venait de
sortir d'un box, conduisant par le licou un beau cheval
bai qui lui était sans doute destiné ; il le confia à un
vaquero, qui entreprit de le seller, puis traversa la place
poudreuse. Il n'avait pas quitté son chapeau noir, mais
en portait un autre, en paille, à la main.

Liona fit un effort pour se ressaisir, car la présence de
Rafael ne manquait jamais de la troubler. Quelle
ridicule habitude ! se morigéna-t-elle intérieurement,
furieuse de sa propre faiblesse. Elle serra dans son
poing fermé le message froissé de Magdalena. Finalement, se consola-t-elle, cette excursion était la bienve-
nue, puisqu'elle allait lui fournir l'occasion de rendre
visite à la famille de Tomás. Bien sûr, il lui faudrait
également supporter l'irritante présence de son futur
beau-frère avant de pouvoir mettre son plan à exécution... et surtout ne pas trahir le secret de sa jeune
amie ! Mais c'était pour la bonne cause.

Pour le moment, le plus dur serait de se montrer
aimable, afin de ne pas attirer les soupçons sur elle.

— C'est pour moi ? demanda-t-elle d'un ton faussement enjoué, en désignant le chapeau de paille. C'est

très gentil d'y avoir pensé, Don Rafael : je n'avais pas songé à me protéger du soleil.

— Ciel, quelle bonne humeur ! Ne me dites pas que vous êtes tout à coup enchantée de vous promener en ma compagnie ? Mais pour répondre à votre question, je suis navré, je n'avais pas remarqué que vous ne portiez pas de chapeau ; celui-ci est pour ce chenapan, là-bas, près du puits. J'irai vous en chercher un autre, plus petit et plus commode pour galoper dans les champs. Voulez-vous...

— Je vais le lui porter, interrompit la jeune femme en lui prenant le chapeau des mains.

L'occasion était trop bonne ! Elle traversa la place en courant et s'arrêta devant le jeune garçon. En lui tendant le chapeau, elle lui glissa le billet dans la main, et murmura :

— *Una carta de Magdalena !*

Puis elle lui jeta un sourire gentil, afin de lui donner du courage. Elle remarqua qu'il avait les traits fins, bien dessinés, et vit une lueur d'espoir s'allumer dans ses grands yeux noirs. Sans s'attarder, elle se hâta de rejoindre Rafael, qui l'observait avec une mimique narquoise.

— Vous êtes bien serviable, aujourd'hui ! lança-t-il d'un ton moqueur. Bon, vous êtes sûre de vouloir faire cette promenade... Dans ce cas, nous allons passer prendre un chapeau à l'écurie, pour couvrir votre tête blonde : il y en a toute une collection, vous aurez le choix.

Liona esquissa un sourire qu'elle croyait être de franche camaraderie.

— Attendez un instant. Magdalena est allée chercher de quoi pique-niquer. Cette idée m'est venue tout à l'heure : j'ai pensé que nous ne serions peut-être pas de retour pour le déjeuner.

Rafael fronça un sourcil interrogateur.

— Vous avez donc envie de faire une grande balade ?

— Y voyez-vous une objection ? rétorqua-t-elle avec un brin de coquetterie, tout en rejetant en arrière sa crinière blonde.

Elle ponctua cette repartie d'un sourire enjôleur, dans l'espoir de cacher la haine qui brûlait en elle.

— Pas du tout, répondit-il.

Son regard s'attarda avec éloquence sur la gorge de la jeune femme, à la hauteur du premier bouton de son chemisier, et fit à Liona l'effet d'une insidieuse caresse. Prise de panique, elle se rappela qu'elle était encore plus vulnérable aujourd'hui que d'habitude, car sa peau était nue sous l'étoffe soyeuse...

— J'adore les pique-niques ! lança-t-elle d'une voix légèrement haletante.

Puis elle posa délibérément sa main sur le bras de son compagnon ; il tressaillit à ce contact, et elle en éprouva aussitôt une enivrante sensation de pouvoir. Comme elle aimerait réduire cet homme arrogant à sa merci !

— Faisons la paix, voulez-vous, et devenons amis, suggéra-t-elle d'une voix rauque et chaude. Je n'ai pas envie de me battre aujourd'hui.

— Alors ne vous battez pas, répliqua-t-il doucement.

A cet instant, Magdalena revint ; elle portait un panier tressé chargé de victuailles. Liona le prit en la remerciant gentiment, puis confia son sac à main à la jeune fille.

— N'oubliez pas de dire à Doña Encarna que Doña Liona ne rentrera pas déjeuner, précisa Rafael.

— A quelle heure serez-vous de retour, *señorita* ?

La journaliste hésita. Que répondre pour ne pas éveiller les soupçons de Rafael ?

— Vers deux heures, pour la sieste, finit-elle par déclarer d'un ton assuré.

Au moment où Rafael l'entraîna vers l'écurie, où les

attendaient leurs montures, elle se mit à regretter sa
coquetterie. Car dès qu'il lui prit le bras, elle sentit le
feu courir dans ses veines, et une délicieuse langueur
s'empara d'elle. L'espace d'un instant, elle se demanda
qui, exactement, était à la merci de qui.

5

LA misère recouvrait tel un manteau le pitoyable taudis de tourbe où vivait la famille du jeune Tomás. Deux pièces superposées, collées les unes à côté des autres, constituaient cet alignement de misérables demeures. Liona n'entra que dans la pièce du bas, propre mais pratiquement vide : le mobilier, posé à même le sol de terre battue, se réduisait au strict nécessaire.

La mère de Tomás, une femme prématurément vieillie, enveloppée d'un grand châle noir, se tenait assise sur une chaise paillée, d'où elle ne pouvait pas bouger. Trois enfants dépenaillés, d'une effrayante maigreur, jouaient à ses pieds. La fille aînée devait être couchée en haut, avec sa jambe dans le plâtre, devina la journaliste. Les bonbons qu'elle sortit de sa poche furent accueillis par de petits yeux agrandis comme des soucoupes : ce genre de friandises devait rarement passer le seuil de la maison.

Mais ce fut le panier de victuailles qui connut le plus de succès, et récompensa amplement la jeune femme de tout le mal qu'elle s'était donné : elle ne regretta pas d'avoir employé la ruse pour forcer Rafael à l'amener jusque-là.

Lorsqu'ils ressortirent de l'humble demeure et conduisirent leurs montures vers la sortie du *pueblo*, le

long d'un chemin pavé, Rafael ne desserra pas les
dents. Ses yeux lançaient des éclairs, observa Liona à la
dérobée, et sa mâchoire s'était durcie en une ligne
impitoyable. Alors la jeune Anglaise prit peur, ce qui
l'empêcha de s'excuser comme elle en avait eu l'intention : la colère de son compagnon était plus profonde
qu'elle ne l'avait d'abord supposé, et dépassait de loin
les reproches légitimes qu'il aurait pu lui adresser pour
ses mensonges. Elle garda donc le silence, et lui aussi,
comme s'il craignait d'exploser dès qu'il ouvrirait la
bouche.

Ils chevauchèrent lentement, descendirent une colline qui ouvrait sur la verdoyante vallée où poussaient
les orangers de Rafael, tout habillés de blanc sous leurs
fleurs printanières. S'ils avaient pris cette direction,
c'était à cause du premier mensonge de Liona ; elle
avait en effet exprimé le souhait de voir les terres de
son compagnon, après avoir fait un tour rapide de la
propriété de la Marquise. Puis, quand le petit village
décrit par Magdalena avait été en vue, la jeune femme
avait demandé à faire un crochet pour le visiter. Rafael,
ne se doutant de rien, avait accepté de céder à ce
caprice, et ils avaient traversé les vergers embaumés
pour gagner le sentier aride qui menait au *pueblo*.
Quand Liona eut repéré le nom de rue qu'elle cherchait, la *calle de los Pobres,* ou rue des Pauvres, elle
avait réussi à convaincre Rafael de l'escorter jusqu'aux
tristes maisons.

— Je vous rappelle que je suis journaliste, lui avait-
elle dit d'une voix artificielle, ponctuée d'un petit rire
destiné à dissimuler sa gêne. Je suis venue en Espagne
pour la couleur locale, et j'estime que je devrais voir
comment vit « l'autre moitié ». Vous ne croyez pas ?

Elle s'était refusée à dévoiler ses plans jusqu'à ce que
leur triste visite fût terminée, de crainte de voir son
projet entravé par Rafael, qui ne lui paraissait guère

enclin à la charité : son attitude envers Tomás le matin même l'avait amplement prouvé.

— Vous regretterez peut-être votre curiosité, avait-il répondu, d'un ton laconique.

La désapprobation se lisait sur ses traits bronzés tandis qu'il avait ajouté avec sévérité, insensible au sourire plaqué de sa compagne :

— Et l'expression « couleur locale » est plutôt mal choisie. Il serait plus juste de la remplacer par « misère locale ». Pourquoi ce désir de voir la détresse des autres, leur honte ? Le spectacle de leur déchéance sert-il à vous réconforter dans votre supériorité ? Je vous préviens, je ne tolère pas le voyeurisme des touristes avides de couleur locale et d'émotions fortes à bon marché.

Mais Liona avait insisté ; elle était même descendue de cheval pour prouver sa détermination. Rafael avait finalement consenti à la suivre, et avait attaché les chevaux avec un haussement d'épaules. Ils avaient ensuite parcouru l'interminable ruelle, pour s'arrêter devant le numéro que cherchait la jeune femme. Bredouillant un prétexte inintelligible, elle s'était empressée de frapper à la porte ; puis il lui avait fallu puiser dans son maigre vocabulaire espagnol pour se faire comprendre, tandis que Rafael, debout sur le seuil, les bras croisés, le visage glacial, assistait à la scène. Il n'avait fait aucun effort pour l'aider à communiquer.

Comme il devait lui en vouloir !

Ils cheminaient à présent le long d'un champ d'oliviers, dont le feuillage argenté bruissait doucement sur le ciel d'azur. Puis les oliviers cédèrent la place aux citronniers, dont l'arôme doux-amer était si caractéristique des parfums d'Andalousie. La chaleur vibrante du soleil semblait rehausser toutes les senteurs de la terre et de la flore. Il était midi environ, la boule de feu était au zénith, déversant sur les champs ses rayons de miel.

Une étrange langueur pesait sur le paysage, écrasait le moindre relief, le moindre accident de terrain. Tous les paysans étaient rentrés chez eux. Liona eut soudain l'impression que, dans ce monde sirupeux, flamboyant et accablé, seuls elle et Rafael restaient éveillés... Maintenus en vie par la haine et le ressentiment qui, tel un courant électrique, sillonnaient l'air ambiant, les enveloppaient dans une sphère étouffante.

Ils arrivèrent enfin en vue d'une charmante hacienda posée au cœur d'un luxuriant vallon. Les murs de crépi blanc étaient recouverts de treillis, sur lesquels s'accrochaient liserons et autres plantes grimpantes, venant adoucir la géométrie de l'architecture.

La jeune femme jeta un regard interrogateur à son compagnon, qui daigna lui répondre d'une voix indifférente et calme, comme si rien ne s'était passé :

— Nous voici chez moi. Il faut bien déjeuner, n'est-ce pas ? Ma gouvernante est remarquable d'efficacité, ce ne sera pas long.

— Ne vous sentez pas obligé de m'inviter, protesta la journaliste, plutôt confuse. Vous avez dû comprendre maintenant que cette histoire de pique-nique était un simple subterfuge...

— Oui, j'ai compris, merci, répliqua-t-il sans s'en offusquer davantage pour le moment. Malgré tout Donā Encarna a reçu la consigne de ne pas vous attendre pour le déjeuner ; quel mal y a-t-il à ce que nous déjeunions ensemble ?

Désireuse de s'amender, elle fut bien obligée de se soumettre. Quelques minutes plus tard, Rafael la fit entrer dans une paisible cour intérieure où poussaient des massifs de roses et d'hibiscus, qui rivalisaient en beauté avec le jasmin et les cactus aux fleurs jaunes. De petites allées irrégulières serpentaient à travers ce foisonnant dédale. Etait-ce dans cette maison que Rafael amenait ses maîtresses ? se demanda Liona. Ou bien les retrouvait-il ailleurs, à Séville par exemple ?

Combien de femmes s'étaient assises avant elle sous ce bel arbre de Judée, dans ce même fauteuil en rotin ? Mais elle s'empressa de chasser de son esprit ces pensées saugrenues.

La gouvernante de Rafael ne tarda pas à leur apporter une collation. La présence de Donā Xaviera, une femme rondelette, d'une cinquantaine d'années, rassura la jeune Anglaise ; dans cette demeure où travaillaient manifestement plusieurs domestiques, que craignait-elle de son hôte ?

Celui-ci se montrait d'ailleurs fort aimable, sans être entreprenant. Apaisée par les propos anodins qu'il lui tint pendant qu'ils attendaient le repas, Liona ne commença à s'inquiéter que lorsque le déjeuner arriva... dans un panier en osier.

— Pourquoi ces yeux ronds ? s'enquit Rafael d'un ton froid mais moqueur. Vous vouliez pique-niquer, n'est-ce pas ?

Puis il se tourna vers la gouvernante.

— *Muchas gracias*, Donā Xaviera.

Il lui annonça ensuite en espagnol qu'il ne serait pas de retour avant l'heure du dîner.

Et quelques instants plus tard, Liona se trouva de nouveau à califourchon sur son gentil cheval bai, le visage empourpré. Dans quelle situation s'était-elle fourrée ? Si elle avait su ce que complotait Rafael, un pique-nique dans la nature, en tête à tête, elle se serait davantage méfiée ! Mais elle était bel et bien prise à son propre piège, et s'en mordait les doigts. Enfin, la rage qui la tenaillait depuis la veille lui servirait de bouclier, songea-t-elle pour se rassurer.

— Arrêtons-nous là, décida son compagnon une demi-heure plus tard.

Ils se trouvaient dans une prairie aux herbes hautes, bordée d'arbres et traversée d'un minuscule ruisseau.

— Depuis que j'ai acheté ce terrain, je n'ai pas encore étudié le système d'irrigation qui me permettrait d'y faire pousser des légumes ou des arbres fruitiers, expliqua Rafael. Mais cet endroit un peu sauvage me plaît, avec son charme rustique ; c'est un lieu rêvé pour un pique-nique, vous ne trouvez pas ?

— Oh, tout à fait, rétorqua la jeune femme d'un ton sarcastique.

Elle laissa toutefois Rafael l'aider à mettre pied à terre, puis le regarda s'éloigner pour aller attacher les chevaux à l'ombre, près du cours d'eau. Elle s'efforça de se concentrer sur tout ce qu'elle détestait en lui : son arrogance, sa dureté, la cruauté dont il avait fait preuve à l'égard de Tomás. Elle essaya de ne pas voir la surprenante douceur, alliée à une grande compétence, avec laquelle il s'occupait des chevaux, ni la courbe dure mais sensuelle de sa bouche, dont elle se rappelait la douceur. Ce n'était tout de même pas uniquement son physique qui rendait un homme attirant !

— Asseyons-nous sous cet arbre de paradis, décréta-t-il en revenant vers elle.

Il portait une couverture qu'il gardait attachée derrière sa selle, et l'étala à l'ombre du feuillage, à l'endroit où les herbages n'étaient pas trop hauts.

Liona s'assit précautionneusement à l'extrémité de la couverture, le plus loin possible de son compagnon. Puis elle leva la tête et demanda :

— Pourquoi ce nom, « arbre de paradis » ?

— Regardez les feuilles, vous comprendrez.

Pour illustrer ses paroles, il cueillit une feuille sur une branche basse et la lui tendit.

— Elles ressemblent à des ailes, expliqua-t-il brièvement. Les ailes d'un ange.

Il sortit ensuite les victuailles du panier en osier, et servit un verre de vin à la jeune femme.

— Qu'est-ce qui vous tente ? questionna-t-il. Du poulet, du jambon, du saumon fumé ?

Ils mangèrent tranquillement, relativement détendus, sans éprouver de gêne. Rafael fouilla de nouveau dans le panier.

— Et maintenant prendrez-vous un fruit, un gâteau ? Doña Xaviera nous a préparé un pique-nique digne de celui de votre petite complice, Magdalena…

— Je vous assure que Magdalena n'y était pour rien, plaida la jeune femme. Elle m'a simplement dit que Tomás avait de jeunes frères et sœurs, et que son père était mort. Lui-même m'a paru très maigre, et j'ai pensé que sa famille avait sans doute faim, elle aussi. Magdalena ne voulait pas particulièrement m'aider dans mon projet, mais j'ai insisté. Vous ne pouvez tout de même pas la blâmer pour avoir simplement fait ce que je lui demandais !

Rafael posa sur elle un curieux regard.

— Pourquoi serait-elle à blâmer, sauf peut-être pour avoir dérobé des victuailles dans le garde-manger de son père ? Vous êtes bien pressée de la défendre ! Et pourquoi m'avoir caché vos intentions jusqu'au dernier moment ?

Liona rougit en repensant à sa duplicité.

— Je croyais que cela vous rendrait furieux, et que vous refuseriez de m'aider. D'ailleurs, j'avais raison : vous étiez furieux.

— En effet, mais pour des raisons que vous ignorez. Et je n'étais peut-être pas très content d'avoir été trompé de la sorte. Croyez-vous qu'un homme aime être dupé par une femme ? De plus vous avez la fâcheuse habitude d'abuser de ces procédés, charmante *señorita ;* d'abord à Madrid, puis ici, aujourd'hui. Essayez-vous aussi souvent de berner Miguel ? Je pense que vous méritez une petite leçon.

Il serra entre ses doigts le pied de son verre, comme s'il allait le briser. La jeune femme frissonna, en dépit de l'accablante chaleur.

— Je suis désolée, balbutia-t-elle sans grande conviction. Vous avez le droit de m'en vouloir, mais laissez

Magdalena en dehors de cette affaire. Tout est de ma faute, non de la sienne.

— Et comment se fait-il que la petite Magdalena connaisse si bien la famille de ce garnement ? s'enquit Rafael d'un ton caustique. Ils ont eu l'air de reconnaître son nom...

— Tomás a travaillé sous les ordres de Porfirio Torres.

Malgré ses efforts, Liona ne pouvait s'empêcher de laisser affleurer son énervement ; elle poursuivit d'un ton plus calme :

— Elle a dû lui parler de temps en temps, voilà comment elle a découvert ses antécédents. Si vous vous étiez intéressé à autre chose qu'à votre effroyable punition, vous auriez pu, vous aussi, en savoir plus long sur ce pauvre garçon ! Mais peut-être étiez-vous au courant des tribulations de sa famille... et que ça vous est complètement égal ?

— Non, je n'étais pas au courant de cette situation, répondit-il, le front soucieux. Je n'avais même jamais vu Tomás avant qu'on me l'amène ce matin. Mais son cas n'est pas unique, vous savez. Et la punition que je lui ai infligée n'est pas aussi effroyable que vous le pensez ; il aurait été bien plus maltraité s'il avait été pris par les gardes de ma mère : on l'aurait fouetté sans merci, jusqu'à le laisser presque mort.

— Quoi ? s'indigna la journaliste. Fouetté pour avoir combattu des taureaux ? Mais cette pratique a lieu tous les jours dans le pays ! Et ce n'est pas comme s'il les avait tués, ni même blessés ; il est le seul à risquer sa vie dans cette histoire ! Quel mal peut-il y avoir à cela, hormis le danger que court ce malheureux gamin ? Et après avoir vu le taudis dans lequel il vit, vous devez comprendre son ambition de devenir célèbre dans l'arène...

Rafael eut un geste d'impatience.

— Il est dangereux de se battre avec des taureaux au

clair de lune, *señorita*. Et pas seulement pour Tomás. S'il était le seul à risquer sa vie, pensez-vous que les éleveurs comme ma mère dépenseraient des milliers de *pesetas* par an pour embaucher des gardes ? Et elle ne songe pas aux risques que court Tomás...

— C'est un tort : je ne peux rien imaginer de plus dangereux que de provoquer un taureau dans les champs, au clair de lune, en risquant de trébucher sur des cailloux, des racines, que sais-je encore... Si ce garçon était blessé, et qu'on ne le découvrait qu'au matin, il aurait le temps de perdre tout son sang !

— Vous croyez donc que je ne le sais pas ? Mais la grande différence, c'est que Tomás choisit de courir ce risque, alors que ceux qui seront amenés à combattre les taureaux avec lesquels il s'est « amusé » n'auront aucun choix, eux...

— Je ne vous suis plus du tout.

— *Por Dios,* vous n'avez donc rien appris sur la tauromachie en assistant aux corridas pendant un mois ? s'exclama Rafael avec un parfait mépris pour son ignorance. Ignorez-vous qu'un taureau élevé pour être sacrifié dans l'arène ne devrait jamais avoir été au contact de l'homme avant d'affronter le matador ?

Devant l'expression perplexe de Liona, Rafael perdit de sa dureté ; son visage se radoucit, et une lueur moqueuse dansa dans ses yeux bruns.

— D'une certaine façon, il en va du taureau comme de la femme, *señorita :* il ne perd qu'une fois son innocence.

— Je ne comprends pas bien... balbutia la journaliste.

Pourtant les paroles de son compagnon lui rappelaient vaguement certains propos de Paco, et éclaircissaient même la remarque de Magdalena, ce matin, à propos des vaches que l'on utilisait à la place des taureaux pour l'entraînement des toreros amateurs dans les fermes.

— Le taureau de combat est un animal sauvage, expliqua Rafael. Il est élevé comme tel, sans aucun contact avec l'homme. Son innocence est le seul facteur qui l'empêche d'encorner le matador au moment où il entre dans l'arène. Le taureau inexpérimenté suit les mouvements de la cape ; c'est pour cela que les toreros bougent très lentement : ils ne veulent pas attirer l'attention de l'animal. Mais le taureau apprend vite, et dès qu'il est initié, il n'oublie plus. Dès qu'il a découvert que la cape est en fait une cible mouvante et creuse, il en cherche une plus consistante.

— L'homme… murmura Liona, que ces révélations emplissaient soudain d'humilité.

— La loi veut que tout taureau initié au combat soit obligatoirement mis à mort ; s'il n'est pas sacrifié dans l'arène, il doit être abattu après la corrida. Aucun organisateur digne de ce nom ne ferait entrer dans l'arène un taureau qui s'est déjà battu. Parfois, dans les petits villages reculés, on hésite à donner le coup de grâce aux bêtes déjà initiées parce que leur élevage coûte cher ; et c'est là, *señorita,* qu'un grand nombre de jeunes toreros trouvent la mort. Ces modestes arènes de campagne portent le nom de *Plazas de Mala Muerte,* c'est-à-dire de la mauvaise mort. Quand vous aurez vu ces lieux d'hécatombes, vous ne trouverez plus rien de romantique à la tauromachie.

— Je ne…

Il interrompit la jeune femme pour continuer.

— Au bout de quinze minutes de combat, même un taureau non initié commence à se rendre compte que la cape est dénuée de substance, que c'est une cible illusoire. Heureusement, quand il commence à s'en douter il a déjà perdu de sa force ; il charge tête baissée, s'énerve, s'épuise. C'est ce qui permet au matador de l'achever. Mais même le meilleur torero est impuissant devant une bête qui a perdu son innocence.

Cette fois, Liona se tut, ne sachant que répondre.

Rafael, songeur, garda lui aussi le silence pendant un long moment, puis il reprit la parole.

— Il n'existe guère de plus grave offense que celle-ci. Un taureau déjà initié jette le discrédit sur son éleveur, et représente un danger considérable pour le matador qui l'affrontera dans l'arène, que ce soit Miguel ou un autre. Est-ce qu'à présent la punition infligée à Tomás vous semble trop sévère ? Je vous assure qu'elle ne l'est pas. Si nous l'avions relâché après lui avoir simplement fait des remontrances, il retournerait dans les champs dès ce soir. D'ailleurs, il risque encore de récidiver, même après ce châtiment.

— J'ignorais tout cela, bredouilla la jeune femme, plutôt confuse.

Elle venait de se rappeler que Tomás avait été attaché près d'un point d'eau, et que Rafael lui avait apporté un couvre-chef, après avoir pris la peine de lui donner à manger. Peut-être l'avait-elle jugé avec un peu trop d'empressement ; c'est ce qu'elle tenta d'exprimer, et cette fois elle était sincère.

— Je suis navrée... vraiment. Je vous avais condamné sans autre forme de procès ; je vous trouvais insensible... C'est pour cette raison que je n'avais pas osé vous confier mon projet. Mais maintenant, je comprends.

Rafael parut se décrisper quelque peu. Il étendit ses longues jambes sur la couverture, croisa ses mains sous la tête et ferma les yeux.

— Vous ne pouviez pas savoir, concéda-t-il. Tout cela est si complexe... Les garçons comme Tomás sont légion en Espagne, et posent un véritable problème. Nous les appelons des *maletillas,* ce qui veut dire petite valise. Ils voyagent de ville en ville, vêtus de haillons ; ils ont faim de viande, et soif de gloire. L'arène représente pour eux la panacée, la réponse idéale à tous leurs problèmes, la fin de la misère. La fortune et la célébrité, que demander de plus ! C'est ce rêve qui hante les gamins comme Tomás; il ne se réalise pratiquement jamais. C'est un miroir aux alouettes, une illusion, comme la cape dont se servent les matadors.

— La solution pour lui serait peut-être de trouver un emploi décent, hasarda Liona.

Assise sur la couverture, les genoux repliés entre ses bras, elle regardait son compagnon.

— J'ai cru comprendre que plus personne dans les environs ne voulait l'embaucher, ajouta-t-elle timidement.

— Eh bien moi je l'ai embauché. Il commencera à travailler demain.

Stupéfaite par cette réponse inattendue, la jeune femme s'exclama :

— Et dire que je croyais vous avoir mis hors de vous en apportant à manger à sa famille !

— Si j'étais furieux, c'est parce que le spectacle de la pauvreté me met toujours dans une rage folle. Cette misère noire qui sévit partout, s'étend comme une épidémie... Dès que l'on peut remédier temporairement à un cas désespéré, deux autres cas se présentent. On ne peut pas embaucher tous les Tomás du monde !

Liona le dévisageait intensément, de plus en plus intriguée par l'étonnante personnalité de cet homme. Comment avait-elle pu se tromper à ce point sur ses véritables motivations ? Elle découvrait maintenant un trait caché de son caractère, qui l'attirait, la séduisait. Elle avait voulu attaquer sa cuirasse, ses défauts, et avait en fait chargé dans le vide. Encore une illusion, comme la cape du matador ; elle se retrouvait sans voix, car l'objet de sa haine venait de se dissoudre, de s'évanouir, inexistant. Tout à coup, elle découvrait que les traits anguleux du visage émacié de Rafael ne réflétaient aucune cruauté, seulement une grande force.

Elle vit frémir ses longs cils noirs, et un regard

sombre, étoilé d'or, se planta dans le sien, faisant naître dans sa gorge une douce chaleur qui se propagea sur son visage empourpré. Troublée par l'expression mi-amusée mi-cynique de Rafael, elle finit par détourner la tête.

— Rien n'est joué, ne vous emballez pas, dit-il doucement. Je crains que Tomás ne fasse pas long feu : il n'aspire pas à un emploi stable. La misère lui a rongé jusqu'à l'âme, et aujourd'hui il ne peut se satisfaire de manger à sa faim : il lui faut la gloire, rien d'autre. Je ne suis pas un faiseur de miracles.

— Vous aurez quand même tout essayé…

Il se redressa sur un coude, sans la quitter des yeux.

— Ne m'affublez pas de petites ailes, *querida,* je ne suis pas un ange et ne supporte pas l'adulation. Un diable sommeille chez chacun de nous. J'aime trop mes mauvais côtés pour me laisser enfermer dans l'inconfortable rôle d'un homme vertueux.

— Alors vous êtes peut-être un ange noir, murmura Liona, qui avait du mal à cacher son admiration. Un mélange de bien et de mal…

— Pour l'instant je ne songe qu'au mal, répondit-il d'une voix rauque, terriblement troublante.

Il avança la main, effleura la cheville nue de la jeune femme, sous son pantalon. Liona fut électrisée par ce contact. Bien qu'elle voulût s'en défendre, toutes les fibres de son corps répondirent à cet attouchement d'une incroyable légèreté.

— Je sens naître en moi de mauvaises pensées, poursuivit Rafael en encerclant sa cheville.

Puis ses doigts caressants remontèrent le long de sa jambe. Elle lui jeta un regard implorant, mais vit alors qu'il avait les yeux rivés sur l'échancrure de son corsage ; pouvait-il discerner les battements affolés de son cœur, la nudité de sa poitrine sous la soie souple et opaque ?

— J'ai envie de faire des choses osées, murmura-t-il en se penchant pour embrasser sa cheville.

— Non, supplia Liona.

Elle lui saisit les cheveux pour essayer de le repousser, et de l'autre main appuya de toutes ses forces contre son épaule. Mais il était comme un roc inébranlable. Il en profita pour prendre dans la sienne la main de la jeune femme et déposer des baisers brûlants au creux de sa paume.

— Des choses merveilleuses... continua-t-il.

En se débattant, Liona changea de position et perdit son équilibre ; elle se retrouva allongée contre le corps de Rafael, et le temps parut s'immobiliser. Elle sentait ses cheveux épais sous ses doigts. Il se mit à lui embrasser doucement le cou, puis la poitrine, à travers l'étoffe soyeuse de son corsage.

— Rafael, non !

Elle reprit soudain ses esprits, avant qu'il ne fût trop tard. Si elle ne bougeait pas, elle était perdue. Alors elle se releva avec l'énergie du désespoir, et courut, courut à perdre haleine, loin de Rafael, loin de l'ombre enivrante de l'arbre de paradis, loin des ailes d'anges et des tentations démoniaques.

Il la rattrapa au milieu du pré et la coucha dans les herbes hautes. Il l'encerclait dans ses bras de fer. Les mots étaient devenus inutiles. La bouche de Rafael se referma sur la sienne, animée d'un feu dévorant. Liona cessa de résister : même s'il n'y avait pas eu cette force virile qui la clouait au sol, sa volonté était annihilée.

Elle ne pouvait plus échapper à son propre désir.

6

IL la dévêtit lentement, dans l'écrasante chaleur de l'après-midi andalou. Les rayons du soleil, au-dessus d'eux, étaient aveuglants. Liona ne bougeait plus ; elle désirait Rafael sans le désirer. Son corps lui criait de s'abandonner, mais elle détestait cette faiblesse en elle. Allongée sur le dos, les yeux grands ouverts, elle sentait tous ses sens en alerte ; elle avait conscience des petits brins d'herbe écrasés sous son poids. Entre elle et le ciel, deux larges épaules, des lèvres expertes, des mains douces et habiles qui lui ôtaient ses dernières défenses.

Puis elle fût nue, inondée de soleil ; ses bras et ses jambes étaient légèrement hâlés, le reste de son corps, qu'elle n'avait pas encore exposé, avait une teinte d'ivoire saupoudré d'or pâle.

Sur sa peau elle sentait maintenant complètement la texture de la chemise en coton de Rafael, tendue sur sa poitrine musclée, celle de son pantalon, plus rugueuse. Elle brûlait de sentir sa peau bronzée contre la sienne, sans oser formuler son désir.

Il ne se déshabilla pas, mais laissa vagabonder ses longues mains fermes sur toutes les régions inexplorées du corps de la jeune femme, les monts, les vallons, les moindres replis de cette terre chaude et vierge. Trahie par son propre désir, elle le laissa poursuivre à satiété

cette enivrante exploration ; elle s'efforçait toutefois de
ne pas frémir sous ses doigts aventureux, de rester
totalement immobile, afin de ne pas lui livrer le secret
qu'elle gardait profondément enfoui en elle. Cette lente
découverte de son corps et de sa sensualité la rendait
folle...

Tout doucement, il se mit à mordiller l'extrémité
brun-rosé d'un sein, à la caresser de sa langue. Liona
voulut alors lui échapper, mais elle avait l'impression
d'essayer de se dégager de sables mouvants, comme
lorsque l'on essaye de courir dans un rêve, sans y
parvenir. A chaque mouvement qu'elle faisait, elle
s'enflammait davantage, et les ardeurs de Rafael redou-
blaient. Elle gémit, en proie à de terribles remords, et
commença de se contorsionner pour lutter contre cette
délicieuse invasion ; elle s'était promis de ne pas
bouger, mais elle venait de perdre la bataille.

Et maintenant, sous la douce torture de sa bouche et
de ses mains, elle désirait ardemment qu'il lui fît
connaître ces choses merveilleuses dont il parlait.
Perdue, noyée dans un océan de sensations jusque-là
inconnues, elle agrippa ses épaules, ses cheveux bruns,
sa chemise.

— Rafael, aime-moi, gémit-elle. Tout de suite...

— Sais-tu ce que tu me demandes ? murmura-t-il
d'une voix plus rauque que jamais.

— Oui, oh oui... Je t'en supplie, Rafael...

Il se serra davantage contre elle, la pression de ses
mains sur son corps s'accrut. Liona sentit monter en
elle un vague de plaisir, faite d'attente et d'impatience
mêlées, comme un feu d'artifice... Et tout à coup il n'y
eut plus rien, la flamme venait de s'éteindre brusquement : Rafael s'était raidi, immobilisé.

La jeune femme tressaillit, inquiète, n'osant plus
bouger. Son compagnon s'écarta d'elle et s'allongea à
ses côtés, le visage contre terre. Elle ne pouvait voir son
expression.

Elle finit par avancer une main tremblante, timide, et la posa sur son épaule.

— Rafael…

— Laissez-moi, grommela-t-il. Pour l'amour du Ciel, laissez-moi en paix.

Une peur insidieuse s'empara de Liona. Rafael lui en voulait-il de s'être abandonnée si vite, si fougueusement, avec tant de passion ?

— Je suis désolée… murmura-t-elle. Je ne sais pas comment m'y prendre…

Elle trouva le courage d'embrasser son épaule à travers le tissu de sa chemise, et de laisser promener sa main sur ses muscles noueux, terriblement tendus.

— Aimez-moi, Rafael… Reprenez-moi dans vos bras.

— *Por Dios,* vous ne voyez donc pas que je ne veux pas ? explosa-t-il avec colère.

Il arracha violemment une touffe d'herbe et la jeta au loin.

— Quel homme serait assez bas pour faire l'amour à la fiancée de son frère… à la *maîtresse* de son propre frère ? ajouta-t-il avec fureur.

Profondément blessée par ce revirement brutal, la jeune femme se sentit couverte de honte. Elle s'écarta de lui, à son tour. Rafael s'était-il simplement amusé avec elle, sans avoir la véritable intention de satisfaire son propre désir ? Bouleversée, elle trouva soudain sa nudité indécente à côté des vêtements que portait encore Rafael. Elle se redressa, et se mit à chercher ses habits épars.

Elle avait maintenant presque fini de s'habiller. Debout, mortifiée au-delà de toute description, elle boutonna fébrilement son chemisier. Rafael s'assit et la regarda, le visage tendu, sans aucune expression hormis une incroyable dureté. S'il restait en lui une once de passion, elle était tout entière concentrée dans le battement d'une veine saillante, le long de sa tempe.

Comment pouvait-il la dévisager avec une telle indifférence ? Elle n'était pas en faute, c'était lui qui, par son action, avait engendré cette terrible situation. C'était lui qui avait pris l'initiative de la séduire...

— Vous n'auriez jamais dû vous permettre de tels écarts, bredouilla-t-elle d'une voix tremblante, mal assurée. C'est impardonnable.

— Quels écarts ? rétorqua-t-il en contenant difficilement sa mauvaise humeur. En fin de compte, je n'ai rien fait.

— Vous avez essayé de faire naître en moi la réponse à vos...

Elle se mordit la lèvre, honteuse de l'ardeur qu'elle avait montrée, et qui contrastait si durement avec la froideur qu'arborait à présent Rafael.

— Vous avez abusé de mon ingénuité, vous m'avez provoquée, encouragée... Vous avez cherché à me séduire !

Il ne chercha pas à nier, au contraire.

— Votre réponse a été pour le moins... explosive ! Vous êtes d'abord restée rigide comme une statue, et l'instant d'après vous étiez devenue louve. Est-ce toujours ainsi ?

Sous l'effet de la honte et de la colère, Liona répliqua d'un ton mordant :

— Oui ! Je réagis toujours comme ça aux caresses d'un homme ! Et il se trouve que pendant tout le temps qu'ont duré nos « ébats », je pensais à Miguel. Vous ne croyez tout de même pas avoir été à l'origine de cet élan passionné ?

Il plissa légèrement les yeux, sans la quitter du regard. Son visage demeura indéchiffrable.

— Vous n'aviez aucune intention de faire l'amour avec moi, poursuivit-elle avec véhémence.

Elle ignorait si cette accusation était ou non fondée, peut-être attendait-elle inconsciemment un démenti.

— J'aurais dû me méfier, ne pas vous faire

confiance. Vous m'avez dit que j'avais besoin d'une bonne leçon. Etait-ce là la punition que vous avez trouvée ?

La bouche de Rafael prit un pli cruel, marqué par un rictus sardonique.

— Exactement, vous avez deviné. *Dios !* Même hier soir, je cherchais uniquement à vous donner une leçon. Vous vous rappelez sans doute les paroles de ma mère ? Elle me demandait de « faire quelque chose pour Miguel ». Vous savez désormais ce que j'ai voulu faire : mettre un terme à vos fiançailles, fût-ce au prix de moyens déloyaux. Comment pouvez-vous l'épouser maintenant, après vous être offerte à moi ? C'est tout ce que je cherchais : vous entendre me supplier de vous faire l'amour. Je n'avais effectivement aucune intention d'aller jusqu'au bout, ni aujourd'hui, ni hier soir, ni même jamais, tant que vous serez fiancée à Miguel.

Liona resta sans voix, la gorge nouée par une horrible angoisse, le corps pétrifié, glacé. Rafael avait uniquement cherché à la blesser ; pire : à l'humilier. Une foule de petits détails apparemment insignifiants lui revenaient maintenant en mémoire, et elle comprit qu'il disait vrai. Anéantie, couverte de honte, incapable de réagir, elle resta là à écouter les mots blessants qui la cinglaient. Pas un muscle ne bougeait sur le visage fier et cruel de Rafael, tandis qu'il poursuivait impitoyablement :

— Je ne nie pas avoir connu quelques moments d'égarement : un homme résiste difficilement à la tentation. Si ce n'avait pas été vous, je vous aurais volontiers obligée. Mais je n'avais qu'un but en tête, chère amie, et c'était de vous prouver que vous ne pouvez pas épouser Miguel. Vous n'êtes pas la femme qu'il lui faut, vous ne l'avez jamais été. Reconnaissez-le !

Comme elle se taisait, il se leva, se rapprocha d'elle et la saisit par les épaules. Puis il la secoua avec force.

— Reconnaissez-le ! répéta-t-il. Vous n'avez donc pas ce courage ? Comment pouvez-vous devenir la femme de Miguel alors que vous venez de lui être infidèle, déjà ?

Il semblait déterminé à parachever son œuvre, à l'humilier complètement, à la rabaisser. Liona secoua farouchement la tête, niant tout en bloc. Ou plutôt, elle niait avec sa tête, mais savait dans son cœur que Rafael avait raison. Elle venait d'être infidèle à Miguel. C'était irréversible, irréparable, même si elle n'était pas allée jusqu'au bout de son infidélité. Cette étrange et douloureuse initiation marquait en elle la fin de l'innocence. Elle n'épouserait jamais Miguel, elle le savait ; et depuis quelques jours déjà, elle avait l'obscure conviction qu'elle ne désirait plus devenir sa femme. Mais plutôt mourir que de l'admettre devant Rafael.

Etouffant un sanglot, elle pivota sur ses talons et courut vers le ruisseau près duquel étaient attachés les chevaux. Elle enfourcha sa monture, après avoir défait le licou, et partit tête baissée. Son compagnon, monté sur Satan, ne tarda pas à la rattraper. Les chevaux ralentirent le pas, et ce fut en silence que Liona et Rafael traversèrent les vergers d'orangers, dont le parfum était soudain devenu amer. Une demi-heure plus tard, Rafael laissa la jeune femme devant le portail de l'Alkabir.

Les yeux secs mais brûlants de larmes retenues, elle le regarda s'éloigner en direction du petit village de *vaqueros*. Une haine tenace la dévorait, bien plus intense que les diverses émotions qu'elle avait pu éprouver dans la journée. Une seule idée l'habitait : se venger.

« Une femme ne perd qu'une fois son innocence. »

Eh bien elle avait moralement perdu son innocence, même si l'acte n'avait pas été consommé. Elle s'était offerte à un homme qui ne lui avait rien donné en retour, ni amour, ni passion, ni compassion. Elle le

détestait pour ce qu'il avait pris avec tant de légèreté…
et de cruauté. Elle le détestait pour ce qu'il n'avait pas
pris, et qu'elle venait de proposer pour la première fois
de sa vie, pour se voir rejeter. Elle le détestait pour
avoir éveillé en elle des sensations qu'elle aurait dû
garder pour un autre, et ce avec calcul et cruauté, la
tête froide. Il avait non seulement joué avec son corps,
son désir, mais également avec son cœur, ses sentiments ; car pour elle, il ne s'était pas agi d'une simple
attirance physique. Pendant quelques instants, elle
avait cru l'aimer. Et c'était cela qu'elle ne lui pardonne-
rait jamais, c'était cela qui nourrirait sa haine, anime-
rait sa vengeance.

Ce soir-là, tandis qu'elle se préparait au sommeil
après un dîner paisible en compagnie de la Marquise et
de son aumônier, elle ne songeait pas à quitter l'Alkabir, ni à fuir Isabela de los Reyes, ni même Miguel.
Rafael occupait le centre de ses pensées, et un désir de
revanche grandissant rongeait son esprit comme un
acide. A l'instar de l'animal que vient provoquer
l'homme dans les champs, la nuit, Liona venait de
perdre son innocence.

Mais désormais, elle connaissait sa cible.

7

Deux événements notables se produisirent le jour suivant. Le premier lança Liona sur le sentier de la vengeance ; le second faillit l'arrêter en chemin.

En début de matinée, après avoir pris le petit déjeuner que lui apporta Magdalena, la jeune journaliste, mue par une impulsion soudaine, téléphona à Paco. Elle le tira de son sommeil ; il avait manifestement bien profité de sa semaine de congé dans sa ville natale, Tolède, en se livrant à l'une des activités favorites de la jeunesse espagnole : veiller fort tard dans la nuit. Elle lui expliqua en deux mots ce qu'elle attendait de lui.

— Vous m'avez dit, Paco, que vous savez deux ou trois choses sur Don Rafael. J'aimerais avoir plus de détails... pour mon article, s'entend.

— *Sí...* mais à la vérité, il me faudra procéder à quelques recherches. Je peux quand même vous répéter ce que j'ai entendu dire de lui...

— Les ragots ne m'intéressent pas, l'interrompit-elle. Il me faut des faits, preuves à l'appui. Dans combien de temps pourrez-vous me fournir des renseignements concrets, à votre avis ?

— D'ici deux ou trois jours, je suppose.

— D'accord. Informez-vous dès que possible et

venez ensuite me rejoindre à Séville. Dès que vous
aurez trouvé un hôtel, appelez-moi.

Elle raccrocha après lui avoir donné son numéro de
téléphone. Elle ne savait pas au juste à quoi lui
serviraient les informations que Paco serait en mesure
de lui fournir ; elle ne savait même pas si elle les
utiliserait. Mais tout homme, même Rafael, possédait
son talon d'Achille, et elle tenait absolument à le
découvrir.

Pourtant, une heure plus tard environ, elle devait
presque regretter d'avoir appelé Paco, car ce qu'elle
découvrit lui fit presque trouver mesquin son désir de
revanche. Cela se passa au cours d'une conversation
qu'elle eut avec Don Esteban, pendant que le chapelain
faisait visiter à la jeune Anglaise le musée de tauromachie, conformément aux vœux de la Marquise.

— Ah, quand la Marquise émet un souhait, on peut
être certain qu'il s'agit d'un ordre ! plaisanta l'aumônier
en guidant Liona à travers les jardins de l'Alkabir.

La journaliste aurait aimé confier au prêtre ses
tourments, ses incertitudes, et pourtant elle se retint.
Bien que cet aveu l'eût soulagée, elle n'était pas encore
prête à avouer à quiconque qu'elle n'allait pas épouser
Miguel. Elle voulait en premier lieu en avertir son
fiancé : elle lui devait au moins cela ; mais il faudrait
d'abord attendre qu'il fût complètement rétabli, ce qui
prendrait quelques semaines. Dans l'intervalle, elle
aurait amplement le temps de se venger de Rafael.

Et même si elle avait voulu se confier à Don Esteban,
comment pouvait-elle parler de son désir de vengeance
à un homme si bon, aux yeux si doux, et qui, au cours
de sa longue vie, n'avait dû connaître de vengeance plus
cruelle que celle de l'échiquier ?

— Dans ce cas précis, poursuivait le vieil homme, je
suis ravi de me plier aux ordres de la Marquise et de
profiter de votre charmante compagnie. D'autant que
je prends toujours plaisir à visiter le musée : j'ai un

petit penchant pour la corrida, je vous l'avoue. Est-ce que cela vous choque ?

Il sourit gentiment en voyant l'étonnement se peindre sur le visage de Liona.

— Cela me surprend, en effet, admit-elle.

— C'est peut-être étonnant de la part d'un ecclésiastique, excepté aux yeux d'un Espagnol, naturellement. Mes compatriotes, contrairement aux Britanniques, ne craignent pas de regarder la mort en face ; et, bien que les cruautés de la corrida ne me laissent pas indifférent, je suis également à même de percevoir la noblesse de cet art. C'est vrai, cette pratique est condamnable sous maints aspects, mais elle représente aussi le triomphe de l'esprit humain sur l'animal. J'avoue être très partagé sur la question, et je n'en suis pas fier : en tant que prêtre, je peux difficilement m'adonner à mon *afición*, à cette passion si vous préférez. Mais je ne peux pas non plus fermer les yeux lorsque mes amis toreros regardent à la télévision la retransmission d'une corrida, n'est-ce pas ? Et vous, Doña Liona, avez-vous pris goût à la tauromachie ? Oh, mais bien sûr, vous êtes certainement devenue une *aficionada* !

Après une seconde d'hésitation, la journaliste décida d'être franche et de reconnaître ses réticences.

— Mais n'en parlez pas à la Marquise, s'il vous plaît, s'empressa-t-elle d'ajouter. Je sais, je devrais me montrer plus honnête avec elle, mais au moins je ne lui mens pas ouvertement : seulement par omission. C'est plus fort que moi, elle... me terrifie.

Don Esteban posa sur elle son regard grave et délavé.

— Ah, nous avons tous nos petites faiblesses ! Pourtant, il n'y a pas lieu d'avoir peur de la Marquise, vous savez...

Liona préféra glisser sur un sujet plus anodin.

— Avez-vous toujours aimé la corrida ?

— Je suis un *aficionado* depuis ma plus tendre

enfance. Si l'on m'avait dit à l'époque que j'allais entrer dans les ordres, j'aurais éclaté de rire. Je rêvais de devenir un grand matador ! Mais cela m'a vite passé, à l'adolescence.

— Qu'est-il arrivé pour que vous changiez d'avis ? s'enquit la jeune femme avec curiosité.

Ils étaient arrêtés devant une énorme porte en bois massif. Le vieux prêtre, tout en cherchant la bonne clef dans son trousseau, expliqua :

— Il m'a suffi de me trouver face à face avec une vraie vache pour la première fois de ma vie ; j'ai découvert alors que j'avais peur, tout simplement. Quand j'ai vu de près les cornes de la vache, j'ai pris mes jambes à mon cou. Je me suis longtemps senti humilié de cet échec, mais maintenant que je suis vieux je n'en ai plus honte, et reconnais cette faiblesse en moi. Même le meilleur matador du monde peut un jour être terrassé par la peur. Il ne suffit pas d'avoir de la volonté pour échapper à cette terrible fatalité. Et, une fois que la peur vous tenaille, elle ne vous quitte plus : les pieds cessent d'obéir au cerveau. Le matador qui a connu la peur est obligé d'abandonner son métier, sous peine de se ridiculiser dans l'arène, d'être conspué par la foule. Fort heureusement, j'ai découvert ma lâcheté assez tôt pour pouvoir changer de vocation...

La clef grinça dans la serrure. Liona et Don Esteban pénétrèrent à l'intérieur d'un élégant bâtiment maure ; des pièces dallées de marbre donnaient sur une cour agrémentée d'arcades et de colonnes. Ils passèrent devant plusieurs salles de dimensions modestes avant d'atteindre ce qui servait jadis de chambre d'audience au calife. Là, des présentoirs-vitrines étaient alignés le long des murs ; au centre, un troupeau de taureaux empaillés, posés sur des socles, semblait prêts à charger.

— Le musée ouvre plus tard dans la matinée,

expliqua le prêtre ; un conservateur s'occupe des visites guidées. Mais pour l'instant, il est à nous !

Après avoir jeté un regard plein de respect aux menaçantes créatures noires, Don Esteban entraîna la jeune Anglaise vers les vitrines ; il passa rapidement devant celles qui contenaient des photographies et des souvenirs de combats mémorables.

— Si vous n'êtes pas une *aficionada, señorita,* il est inutile de nous attarder sur ces détails : la plupart de ces photos risquent de vous choquer. Mais venez, cette partie du musée, là-bas, vous intéressera davantage.

Il l'entraîna vers une section du musée manifeste-ment consacrée à quelques célèbres matadors ; sous leurs portraits on pouvait lire les éloges des critiques de l'époque. Certains présentoirs contenaient même des habits de lumière chamarrés, admirablement conservés.

— Miguel figure ici en bonne place, comme vous pourrez le constater, indiqua l'aumônier, tout en avan-çant le long de cette impressionnante galerie.

Classés par ordre chronologique, des noms presti-gieux s'alignaient dans les vitrines. Liona ne les connaissait pas tous.

Pedro Romero, père de la tauromachie moderne.

Lagartijo.

Joselito.

Ordoñez.

Dominguin.

Belmonte.

Manolete.

El Sevillano, le père de Miguel, aux cheveux blonds et bouclés, comme son fils cadet.

El Cordobes.

Et beaucoup, beaucoup d'autres.

— … Et naturellement *El Sol.*

Don Esteban s'arrêta devant un habit de lumière bleu pâle qu'entourait un montage de photos récentes, où souriait Miguel, figé dans d'élégantes poses, rayonnant de vie et d'énergie.

— Ah, l'homme qui va devenir votre époux est adulé par les foules ! Il est le plus jeune des matadors représentés ici, et le restera sans doute longtemps : la tauromachie est un art sur le déclin.

Le prêtre secoua tristement la tête avant de poursuivre :

— Les grands matadors constituent une espèce en voie de disparition. Vous pouvez être fière de Miguel, mon enfant. Mais venez, je vais vous montrer un autre habit de lumière qui ne manquera pas de vous intéresser : c'est celui qu'a porté *El Sombrio* lors de son dernier combat.

— *El Sombrio ?*

Liona avait l'impression que ce nom lui était vaguement familier. Où l'avait-elle entendu ?

Elle admira le costume entièrement noir, brodé d'or et d'argent, dont l'élégance et la sévérité contrastait avec la couleur rouge-sang de la cape de parade.

— Pourquoi pensez-vous que cet habit présente pour moi un intérêt particulier ? s'enquit-elle distraitement.

Mais à ce moment-là elle tomba en arrêt devant les photos, et n'en crut pas ses yeux, stupéfaite.

— Vous ne saviez pas que Rafael se faisait appeler *El Sombrio* dans l'arène ? demanda l'aumônier d'un ton bonhomme.

La journaliste ne répondit pas tout de suite. Sur les photos, Rafael n'avait rien de la prestance fougueuse et quelque peu brouillonne de Miguel. Il était nettement plus jeune que maintenant, et pourtant rien n'avait dû changer en lui : c'était la même arrogance sur les méplats osseux de son beau visage, le même pli cruel de la bouche, et dans ses yeux noirs, le même orgueil teinté de mépris.

— Non, je ne savais pas, articula la jeune femme

dans un souffle. J'ignorais même qu'il avait été matador.

— Vraiment ?

Ce fut au tour de Don Esteban de manifester un profond étonnement. Au bout de quelques secondes de silence, il reprit :

— Cela n'a rien d'étonnant, après tout. La Marquise refuse d'aborder ce sujet, Miguel n'y fait jamais allusion... Quant à Rafael, il n'ira pas vous en parler, car il n'est plus fier de cette époque.

Liona retrouvait lentement ses esprits.

— Mais je ne comprends pas, je le croyais un adversaire acharné de la tauromachie... murmura-t-elle. Quand a-t-il quitté l'arène ?

— Il y a plus d'une douzaine d'années. Il était très jeune quand il a arrêté, assez jeune pour aller entreprendre de longues études dans une université anglaise. Il avait été élevé pour devenir matador, voyez-vous, et son éducation en avait pâti : il a voulu se cultiver !

Ceci expliquait l'aisance avec laquelle Rafael maniait la langue anglaise, ainsi que la solidité de sa culture générale. Mais tant d'autres points demeuraient obscurs !

— Etait-il... brillant, en tant que torero ?

— Bien sûr, sinon il n'aurait pas sa place ici.

— *El Sombrio*... quel nom lugubre !

— Ce surnom lui a été donné en hommage à son talent. C'est un compliment, et non un vulgaire sobriquet. En fait, c'est un jeu de mots. Vous connaissez le mot *sombra,* utilisé dans l'arène par opposition aux places exposées au soleil, sur les gradins ?

Liona hocha la tête. *Sol y sombra.* Elle se rappelait avoir médité sur la question dans les arènes désertes de Las Ventas, peu avant le dernier combat de Miguel... et surtout quelques minutes à peine avant sa rencontre avec Rafael. Quelle curieuse coïncidence ! Et tout cela lui paraissait déjà si loin...

— *La sombra* désigne les places les plus chères, réservées aux amateurs éclairés, aux *aficionados* passionnés, aux critiques, éleveurs de taureaux, imprésarios, anciens matadors de renom... et aux personnalités. Le style de Rafael était très différent de celui de Miguel, et faisait l'admiration unanime des critiques. Bien sûr le surnom de Miguel est lui aussi un compliment, car d'après les Espagnols, le soleil est le plus grand des toreros. Mais Rafael... Rafael a été salué comme le nouveau Manolete. Et s'il n'avait pas arrêté si jeune, c'est ce qu'il serait devenu.

— En quoi son style différait-il de celui de Miguel ?

Le front du vieux prêtre se plissa, se sillonna de rides, pendant qu'il réfléchissait. Enfin il parut avoir trouvé une réponse satisfaisante.

— Je ne peux exprimer cette différence qu'en termes d'émotions. Quand on regarde un combat d'*El Sol,* on a envie de crier, de hurler, de retenir son souffle puis d'exploser sous le coup de l'excitation.

— Et Rafael ne produisait pas ce même effet sur les spectateurs ?

— Oui et non. Peut-être y avait-il moins d'excitation superficielle. Rafael ne paradait jamais devant la foule, il était bien trop fier pour cela. Un jour, quelqu'un a dit que de regarder Manolete, c'était comme pleurer intérieurement. Cette phrase peut aussi s'appliquer à *El Sombrio :* le regarder combattre, c'était comme lire de la poésie.

Emue par cette comparaison, Liona resta un moment silencieuse. Puis elle se tourna vers les bêtes empaillées, prêtes à charger un invisible matador. Comment pouvait-on garder les pieds rivés au sol sablonneux de l'arène, face à ces animaux furieux, uniquement protégé de leurs cornes par un bout de tissu écarlate ? Peu d'hommes devaient posséder ce courage... La peur avait-elle commencé à ronger Rafael ? se demanda-t-elle. Mais elle n'osait poser cette question directement, aussi trouva-t-elle un chemin détourné.

— Pourquoi a-t-il abandonné ?

Don Esteban soupira.

— C'est une longue histoire. Pour comprendre, il faudrait d'abord que vous sachiez pourquoi il a commencé, et pourquoi Miguel est lui aussi devenu torero. En fait, il faut avant tout comprendre la Marquise ! Venez, allons nous asseoir : mes vieux os ont besoin de repos.

Lorsqu'ils furent installés sur un banc de chêne, l'aumônier entama son récit.

— Je dois naturellement passer certains détails sous silence, car ils m'ont été rapportés dans le secret du confessionnal ; mais ce que je vais vous dire est de notoriété publique, ou est au moins connu de tous les gens qui travaillent ici. Je ne commettrai donc pas d'indiscrétion. Et puisque vous ferez bientôt partie de la famille de los Reyes, vous êtes en droit de savoir, après tout. Vous avez sans doute appris que la Marquise avait refusé d'épouser Juan Montañes, le père de ses enfants ?

— Oui. Mais j'ignore la raison de son refus, hormis le fait qu'il était question de son rang...

— Ce n'était pas seulement cela, c'était beaucoup plus complexe. Comme toujours ! Pour comprendre cette étrange histoire, il faut vous replonger à l'époque de la sanglante guerre civile espagnole. Cela remonte à plus de quarante ans, mais notre pays n'est pas encore guéri de ses blessures. Un demi-million d'Espagnols ont été tués au cours de la guerre, un demi-million seront exilé, et des centaines de milliers d'autres ont été massacrés en représailles, quand tout a été fini. Les enfants mouraient de faim sur les routes, abandonnés. Les frères s'assassinaient entre eux, les pères trahissaient leurs propres fils...

Les yeux délavés du vieillard s'embuèrent à ce

douloureux souvenir. Il dut s'éclaircir la gorge avant de
poursuivre.

— Au début de la guerre, un homme de la famille
des Montañes, un oncle de Juan, a été tué sur l'ordre du
vieux marquis. Peu après, en guise de représailles, des
anarchistes conduits par les Montañes ont pris l'Alkabir
d'assaut. Ils ont abattu le Marquis, sa femme et leurs
deux fils. Seule Isabela, la Marquise, qui était alors une
jeune fille de seize ans, a été épargnée ; je n'ai pas
besoin de vous expliquer pourquoi ! Elle n'a jamais été
une beauté, mais elle avait vraiment quelque chose,
une extraordinaire force de caractère qui la distinguait
des autres. Elle était si orgueilleuse, si courageuse ! Et
ses cheveux, noirs comme la nuit, lui arrivaient jusqu'à
la taille. Juan Montañes n'avait alors que vingt-deux
ans. Ce n'était pas un soldat ; il était parti dans le nord
pour devenir matador. Il ne ressemblait pas à ses frères,
ni à ses oncles : peut-être avait-il trouvé un autre
exutoire à la férocité de sa nature, férocité engendrée
par la sauvage cruauté d'un pays à feu et à sang. Il
n'avait pas participé à l'expédition meurtrière de
l'Alkabir, mais il est arrivé alors que sa famille occupait
encore le palais. Dès qu'il a vu la jeune Isabela, il est
tombé amoureux d'elle. Il voulait l'enlever... l'épouser.
Naturellement elle a refusé. Elle le haïssait, lui et tout
ce qu'il représentait, les siens, les souffrances que sa
famille avait infligées à la sienne. Finalement, Juan n'a
plus eu la force de patienter : il l'a prise contre son gré
comme l'avaient fait avant lui ses frères et... Mais asse
parlé de cela. Peut-être pensez-vous qu'une femm
haïrait toute sa vie l'homme qui lui avait fait subir un
outrage ?

Don Esteban soupira. Manifestement, il n'atter
aucune réponse de la part de la jeune Anglaise.

— Peut-être ne l'avait-elle jamais détesté au fo
son cœur. Juan était bon avec elle, contraireme
autres. Il n'était pas brutal, mais doux, comme

parfois les hommes forts ; il ne s'est laissé aller qu'à cette seule occasion. Avait-elle encouragé ses avances ? Personne ne peut le dire. Toujours est-il qu'elle ne pouvait lui pardonner, ni s'avouer qu'elle l'aimait. Pendant plusieurs mois elle s'est donnée à lui, et il la protégeait des autres. Elle ne cessait pourtant de l'humilier en lui rappelant sa basse extraction, la pauvreté de sa famille : tous les moyens lui étaient bons pour se venger sur lui de la cruauté de ses frères. A mon avis, Isabela sentait qu'il était profondément épris d'elle, mais ses constantes attaques le laissaient triste et amer. Lorsque les monarchistes reprirent la province, la famille Montañes fut décimée ; seul Juan échappa au massacre parce qu'il était alors un jeune torero plein de promesses. Il est parti pour le Mexique, et a continué de s'entraîner là-bas en attendant la fin de la guerre.

Le vieil aumônier se tut pendant quelques instants, tout à ses souvenirs.

— Durant plusieurs générations, la tauromachie était le seul moyen d'échapper à la pauvreté, le seul pont entre riches et pauvres ; il en est encore ainsi de nos jours, dans une certaine mesure... Vint la fin de la guerre. Juan Montañes rentra en Espagne, et pendant trois ans il fit des corridas sans s'arrêter ; il combattait comme un fou, prenant tous les risques ! Et une fois qu'il fut devenu riche et célèbre, après avoir mérité le surnom d'*El Sevillano*, il revint à l'Alkabir. Isabela ne refusa pas de le voir. Après tout elle avait vécu plusieurs mois avec lui, et peut-être lui avait-il manqué, qui sait ? Elle vivait alors en solitaire, retirée du monde. Tous les membres de sa famille avaient péri, elle n'avait pas d'autres parents. Et aucun Espagnol digne de ce nom n'aurait accepté d'épouser une femme comme elle, dans un pays où la virginité est le bien le plus précieux d'une jeune épousée. Ceux qui l'avaient connue avant sa déchéance l'évitaient, comme si cette horrible tragédie avait été de sa faute ! Ah, quelle

tristesse ! Juan Montañes demanda une fois de plus la main d'Isabela. Mais comment aurait-elle pu épouser un homme dont le père avait assassiné son propre père ? Dont les frères avaient assassiné ses frères ? Un homme qui l'avait d'abord prise de force ? Les fantômes de la guerre civile ne sont pas près de reposer en paix ! Et cela se passait seulement trois ans après la fin de la guerre, dans les années de la grande famine.

— Mais elle l'a quand même suivi ?

— Oui, elle a accepté de le suivre, après avoir protesté pour la forme. Elle l'aimait et le détestait en même temps, mais son amour fut le plus fort. Peut-être pensait-elle l'épouser un jour, quand elle lui aurait enfin pardonné. Rafael naquit de cette union illicite, qui défrayait la chronique de l'époque. Ce fut une période difficile pour Isabela. Certains la méprisaient, d'autres la vénéraient, mais elle gardait en toute occasion la tête haute, ce qui lui a valu son surnom de « la Marquise ». Seul le milieu des toreros l'acceptait comme elle était, c'est pourquoi elle a transformé une partie de son palais en maison de retraite pour tous les amis qui l'avaient aidée.

— Je croyais que c'était parce qu'elle était passionnée de tauromachie, observa Liona.

— Elle hait la tauromachie. Au début, elle ne s'en cachait pas. Cependant elle n'a jamais demandé à *El Sevillano* d'abandonner son métier, car elle lui aurait par là même avoué son amour, ce à quoi elle ne pouvait se résoudre. Il y eut ensuite la naissance de Miguel ; le scandale était alors un peu tombé dans l'oubli. Et peu après, Rafael avait alors dix ans, Isabela et *El Sevillano* eurent une terrible dispute. Juan voulait que ses fils deviennent matadors, la Marquise s'est rebiffée. Après une horrible scène, dans un hôtel, elle lui a déclaré qu'elle le quittait, et emmenait ses enfants avec elle. Elle a immédiatement préparé ses bagages. Cet après-midi-là, *El Sevillano* est descendu dans l'arène, pour

une grande corrida. Il n'arrivait pas à se concentrer...
Vous imaginez la suite. Il a été blessé à l'artère
fémorale. La Marquise s'est aussitôt rendue à son
chevet, accompagnée de Rafael. Et, sur son lit de mort,
Juan a fait promettre à son fils aîné, en présence d'une
douzaine de témoins, qu'il deviendrait torero. La
Marquise a elle aussi donné sa parole, au nom de
Rafael, alors âgé de dix ans, et également au nom de
Miguel, qui n'en avait que deux.

— Comment a-t-elle pu... ?

— Plutôt comment pouvait-elle faire autrement ?
Après l'enterrement — cent mille personnes avaient
suivi le cortège — elle est retournée à l'Alkabir, s'est
enfermée trois mois dans ses appartements. Seuls Doña
Encarna, ses fils et moi étions autorisés à la voir.
Quand elle est enfin sortie de sa retraite, toute une
mèche de ses cheveux était devenue blanche comme
neige... Comment pouvez-vous craindre la Marquise,
señorita ? Il lui a fallu beaucoup de force et de fierté
pour survivre, mais elle n'est peut-être pas aussi forte
qu'on le croit. N'avez-vous jamais pensé qu'elle pouvait
se sentir responsable de l'état actuel de Miguel ?
Qu'elle se sentait peut-être très seule, et vivait dans la
peur ? Qu'elle était rongée peut-être par le regret, et se
sentait terriblement coupable ? Si elle en avait eu le
temps, qui sait si elle n'aurait pas épousé Juan ? Peut-
être se sent-elle également coupable de sa mort...
Quand il agonisait, elle lui a enfin avoué son amour,
mais il ne pouvait plus l'entendre. Il est mort sans
savoir qu'elle l'aimait, et je crois qu'elle se le repro-
chera toujours. Elle s'est fait un devoir de respecter le
serment qu'elle lui avait donné ; elle a même créé cet
élevage de taureaux, pour habituer ses enfants à la
corrida. Rafael a commencé son entraînement dès la
mort de son père, et Miguel quelques années plus tard.

— Et Rafael a abandonné l'arène parce qu'il détestait son métier ?

Don Esteban marqua une légère hésitation.

— Le choix de Rafael a sans aucun doute été guidé par sa conscience. Si vous voulez en savoir plus, questionnez-le, mais je ne sais s'il vous répondra. Il a toujours eu d'autres centres d'intérêt dans la vie. Quant à Miguel, c'est une autre histoire : il est passionné par son métier. La Marquise a difficilement accepté la décision de Rafael... Mais il avait, pendant quelques années au moins, tenu sa promesse, et avec brio.

— J'aurais plutôt pensé qu'elle aurait été soulagée...

Une lueur taquine brilla de nouveau dans l'œil du vieux prêtre.

— Je vous laisse en décider vous-même, car la réponse à cette question ne peut sortir du confessionnal. Allons, venez, je vais à présent vous montrer la chapelle.

8

En comparaison des épreuves traversées par la Marquise, Liona ramena ses propres soucis à de plus justes proportions, et pendant deux jours elle s'efforça de ne plus penser aux tourments que lui avait fait subir Rafael. Mais ce n'était pas chose facile. Malgré ses fermes résolutions, dès qu'elle le revit elle fut incapable de modérer les battements précipités de son cœur, et un terrible sentiment de honte s'abattit de nouveau sur elle.

Deux jours plus tard en effet, Rafael dîna en compagnie de sa mère et de la jeune Anglaise. Don Esteban s'était excusé.

Rafael, dans un premier temps, se montra courtois mais extrêmement distant, ce qui permit à Liona de mesurer l'étendue de son indifférence à son égard : tout ce qui s'était passé entre eux n'avait été qu'une amère comédie. Cette froideur permit toutefois aux convives de prendre leur repas dans le calme. La journaliste eut de plus la consolation de recevoir des nouvelles du jeune Tomás, et se réjouit de pouvoir en faire part à Magdalena dans la soirée. Tomás, au cours de sa carrière professionnelle riche en péripéties, avait travaillé comme mécanicien dans un garage, et semblait doué d'une aptitude naturelle pour ce métier. Rafael venait de lui confier la réparation d'une jeep dont il se servait pour parcourir ses terres car les chemins n'étaient guère carrossables.

— Quand j'aurai vu ce dont il est capable, expliqua Rafael, je le laisserai se faire les dents sur la Lamborghini, qui a besoin d'un réglage. Il la dévore des yeux, on dirait un enfant gourmand devant une crème glacée ! Ce n'est sans doute pas un mauvais garçon...

— Je n'en suis pas si sûre que toi, rétorqua la Marquise. Je suis à peu près certaine qu'il attend impatiemment la pleine lune ! Tu as été trop bon avec lui, l'autre jour ; il aurait mérité d'être fouetté ! J'ai donné l'ordre à Torres de lui administrer une bonne punition s'il récidivait.

— Je désapprouve vos méthodes, mère, décréta Rafael d'une voix glaciale. Laissez-moi m'occuper de Tomás. Je lui ai trouvé un coin où dormir, et je le fais surveiller. S'il recommence, je me chargerai de le corriger. Mais avec mes poings : je répugne à me servir d'un fouet !

La vieille dame eut l'air contrariée, puis elle éclata d'un rire cristallin, un peu fêlé.

— A la place de Tomás, je préférerais le fouet ! s'exclama-t-elle.

Elle parla ensuite de Miguel. Son état demeurait stationnaire, mais aux dernières nouvelles les médecins se demandaient avec quelque inquiétude si un éclat infime de la corne du taureau n'avait pas échappé à l'attention du chirurgien. Si tel était le cas, il faudrait rouvrir la plaie pour l'extraire.

— Liona, suggéra la Marquise tandis qu'on leur servait les liqueurs, peut-être devrions-nous retourner à Madrid pour lui rendre visite, mercredi par exemple.

— Ce serait... commença la jeune femme.

— Une excellente idée, acheva Rafael d'un ton délibérément désinvolte. Allez-vous raconter à Miguel ce que je vous ai fait l'autre jour, Liona ?

La Marquise regarda son invitée sans comprendre,

puis chercha en vain une explication sur le visage de Rafael. L'intéressée, quant à elle, était trop stupéfaite pour réagir. Elle savait son futur beau-frère plus que jamais décidé à briser ses fiançailles, mais ne s'attendait certes pas à une attaque aussi brutale. Il voulait lui assener le coup fatal.. Mais elle n'était pas encore prête à baisser la tête.

— Eh bien, Liona, insista-t-il, allez-vous lui dire ce qui s'est passé... entre nous ?

— Il ne s'est rien passé, nia-t-elle, le visage empourpré.

— Rafael n'a pas l'habitude de mentir, intervint la vieille dame. Veux-tu t'expliquer ? ajouta-t-elle en se tournant vers son fils.

Acculée, la jeune femme prit la parole.

— Rafael a essayé de m'embrasser. Peut-être a-t-il cru que je n'étais pas hostile à ses avances. Il se trompait. J'ai trouvé cet incident extrêmement désagréable et déplacé.

Il lui adressa un regard pénétrant, indéchiffrable.

— Est-ce la vérité, Rafael ? s'enquit gravement Isabela de los Reyes.

Curieusement il se mit à rire doucement.

— Bien sûr, c'est la vérité. J'ai cédé à une impulsion soudaine, voilà tout, et Liona m'a rejeté. Sinon, aurais-je mentionné cet incident ? Il ne s'est rien passé... rien d'important.

Mais la Marquise ne parut guère satisfaite de cette réponse, et poursuivit d'un ton ennuyé :

— Pourquoi en avoir parlé, dans ce cas ? Cela me semble déloyal par rapport à Miguel, et cruel pour notre invitée...

— Je voulais peut-être voir si Doña Liona avait le courage de vous dire la vérité à propos d'une anecdote aussi triviale, répliqua-t-il avec détachement. Si elle n'en est pas capable, elle n'est pas la femme qu'il faut à

Miguel. Vous ne voyez donc pas qu'elle a peur de vous, mère ?

— Peur de moi ? C'est absurde !

Sur cette exclamation, Isabela de los Reyes changea de sujet. Elle devait avoir l'habitude des incartades et des excentricités de son fils aîné, et ne s'en souciait pas davantage.

Assez curieusement, la vieille dame avait dit vrai : Liona ne la craignait plus depuis qu'elle avait entendu les révélations de Don Esteban.

Mais à l'issue de cette soirée, pourtant bien commencée, la jeune Anglaise sentit plus que jamais combien elle détestait Rafael. Il l'avait blessée, et n'hésiterait pas, à la moindre occasion, à retourner le couteau dans la plaie.

*
**

Le lendemain après-midi, Paco téléphona à Liona. Il était descendu dans un petit hôtel de Séville.

— Nous dînerons ensemble ce soir, décréta la journaliste, trop heureuse d'échapper au repas du soir qui risquait de la confronter une fois de plus avec Rafael. Je n'ai pas encore eu l'occasion de visiter Séville.

— Dois-je passer vous prendre ? J'ai loué une voiture.

— Non, ce ne sera pas la peine, le chauffeur peut me conduire en ville. Je vous rejoindrai à l'hôtel, et ensuite nous aviserons.

Après avoir fixé le rendez-vous avec Paco, la jeune femme passa un rapide coup de fil à son hôtesse pour la prévenir de son absence au dîner. Puis elle appela la gouvernante, afin de demander les services du chauffeur pour la soirée ; elle en profita pour se renseigner sur les possibilités de restauration de la ville.

— Paco et moi devons examiner ensemble quelques documents, expliqua-t-elle à Doña Encarna. Nous cherchons donc un restaurant de type familial, décent mais relativement tranquille. Pouvez-vous me conseiller ?

— Angel, le chauffeur, saura où vous conduire, il a l'habitude d'emmener des invités à Séville. Et il vous attendra pour vous ramener. Je me charge de le prévenir.

Après avoir raccroché, Liona retourna auprès de Magdalena ; celle-ci s'était discrètement retirée dans sa chambre pendant que sa maîtresse passait ses coups de fil. Assise sur son lit, elle rêvassait mais se leva immédiatement quand Liona entra pour la tenir au courant de ses projets.

— Puisque je m'absente, vous pouvez aller passer la soirée chez votre père, Magdalena. Il n'aime pas que vous vous promeniez seule la nuit, je sais, mais il vous raccompagnera sûrement à l'Alkabir, vous ne croyez pas ? Je rentrerai sans doute assez tard.

— Très bien, Doña Liona. Vers quelle heure dois-je être rentrée ?

— Disons minuit ?

Bien avant l'heure traditionnelle du dîner espagnol, plutôt tardif, Liona, confortablement installée dans la limousine de la Marquise, découvrit Séville pour la première fois. Par la vitre baissée entraient des senteurs de jasmin, de fleurs d'orangers, d'œillets poivrés. Dans la lumière déclinante du jour, la vieille cité s'habillait d'or et de blancheur. D'étroites ruelles transversales invitaient à la promenade solitaire, à la flânerie, mais le moment n'était pas venu de déambuler au petit bonheur : Paco attendait.

A contre-jour, sur un ciel strié d'orange et de rose, se découpaient les monuments de la capitale provinciale : l'impressionnante cathédrale aux murs découpés comme de la dentelle, avec son clocher du XIIe siècle, la célèbre Giralda, vestige d'une mosquée aujourd'hui disparue ; la forteresse légendaire de l'Alcázar, datant de l'invasion des Maures ; la tour de l'Or, qui dominait une ville dont l'histoire était intimement mêlée à celle de Carmen et de Don Juan, de Christophe Colomb et de Pierre le Cruel, de l'empereur Hadrien et de Trajan ; une ville qui avait connu les califes arabes et les conquérants carthaginois, les légions romaines et les marchands phéniciens.

Devant l'hôtel, Paco attendait, un épais dossier sous le bras. Quand la limousine s'arrêta devant lui, il se glissa sur le siège arrière.

Le restaurant choisi par Angel se trouvait dans la *Calle de las Sierpes,* la rue des serpents. Après avoir garé la voiture, le chauffeur guida les deux jeunes gens le long d'une petite allée piétonnière qui donnait dans la rue. Les volets des maisons étaient ouverts, maintenant qu'il faisait moins chaud, et d'anciens réverbères éclairaient la ruelle. Le son plaintif d'une guitare se mêlait à celui, éraillé, d'un orgue de Barbarie, et aux chants de serins en cage. Une autre musique, âpre et rythmée, qui s'échappait d'une porte largement ouverte, domina bientôt les autres.

— Ah, du flamenco ! s'exclama Paco.

Ils étaient arrivés devant le restaurant. Angel rebroussa chemin.

A l'intérieur d'une salle accueillante, des tables recouvertes de nappes aux couleurs vives entouraient une piste de danse de la taille d'un mouchoir de poche. Les clients n'étaient pas encore très nombreux. D'énormes cruches de vin en terre étaient alignées le long des murs. Paco et Liona s'installèrent dans un coin tranquille. Pendant que le serveur leur apportait d'appétissants hors-d'œuvre, plus connus sous le nom de *tapas,* et un pot de sangria, le jeune homme ouvrit la grande enveloppe matelassée contenant ses dossiers.

— J'ai photocopié ce que j'ai pu, expliqua-t-il, mais je n'ai pas eu beaucoup de temps. J'ai quand même réuni plusieurs documents intéressants sur l'*alternativa* d'*El Sombrio,* son premier combat à l'âge de dix-sept ans… des critiques de différentes corridas… et enfin des articles sur sa dernière année de carrière en tant que matador. Ce fut un mauvais moment à passer pour lui !

— Pourquoi ? Qu'est-il arrivé ? Mais ne lisez pas tout, Paco, donnez-moi simplement les grandes lignes…

— Eh bien tout a commencé lors de son premier combat d'adieu.

— Son *premier* combat d'adieu ? Je ne comprends pas.

— Lorsqu'un célèbre matador annonce qu'il va se retirer alors qu'il est encore dans la force de l'âge, cela fait toujours beaucoup de bruit. Un vieux torero peut se retirer honorablement ; mais pour quelqu'un de vingt-deux ans, appelé à un brillant avenir dans le métier… c'est plus délicat ! Il est aussitôt accusé de lâcheté ! Connaissez-vous les circonstances de la mort de Manolete ? Cette tragique histoire a profondément marqué la génération précédente, et n'est pas près d'être oubliée.

— Racontez-moi, je n'en ai pas entendu parler.

Paco soupira avant d'entamer son récit.

— C'est triste, mais les *aficionados* sont plutôt volages. S'ils estiment que leur héros d'hier est devenu un poltron, ils lui jettent des peaux d'oranges et des tessons de bouteilles dans l'arène, même s'il a combattu le jour même avec bravoure, sous leurs yeux. Et ils lui lancent surtout des injures, de terribles insultes. Ils deviennent parfois très violents, et il faut alors que la police intervienne pour aider le matador à quitter l'arène. La presse, elle aussi, est prompte à parler de lâcheté. Mais les imprésarios sont les plus féroces lorsqu'ils voient leur poule aux œufs d'or leur échapper ; ils essaient alors d'exercer sur lui de multiples pressions, pour le dissuader d'arrêter. Quand

Manolete a annoncé qu'il se retirait, on l'a pratiquement forcé à redescendre dans l'arène. C'était un défi. Il a donné un spectacle éblouissant, et en récompense il n'a reçu que des peaux d'oranges. Peu avant sa mort, Manolete disait : « Je sais ce qu'ils veulent, et un jour je le leur donnerai ». C'est ce qu'il a fini par faire.

Paco fit une pause, et regarda mélancoliquement son verre de sangria.

— Poursuivez, murmura doucement Liona.

— Cela s'est passé aux arènes de Linares. Manolete avait seulement trente ans. Bien sûr, quand il est mort de ses blessures, l'Espagne entière l'a sacré le plus grand matador de tous les temps ; tous se sont accordés à dire que le dernier été de sa carrière avait été le plus brillant. Le jour de son enterrement fut un jour de deuil national ; moi, je dirais plutôt une orgie. Des hommes versaient des larmes en suivant le cortège. C'étaient peut-être les mêmes qui lui avaient jeté des peaux d'oranges.

La jeune femme, horrifiée par cet affreux récit, observa son compagnon sans mot dire. Quelques instants plus tard, il reprit :

— *El Sombrio* a bien failli connaître le même sort, bien que son histoire se soit terminée moins tragiquement. Il n'avait pas la renommée de Manolete, parce qu'il était plus jeune ; mais cette année-là... Il a finalement eu le courage de se retirer, sous les quolibets et les lazzi. C'est sans doute ce qui s'est passé lors de l'une de ses dernières apparitions qui l'a décidé.

— Que s'est-il passé ?

— Il a été blessé par le taureau, pour la troisième fois dans l'année, car il prenait des risques inouïs, s'approchait beaucoup trop des cornes. Il jouait avec la mort. Ce n'était pas sa plus grave blessure mais il a tout de suite été emmené à l'infirmerie ; on craignait une perforation des poumons parce qu'il avait été atteint à la poitrine. Un autre matador a pris sa place, pour

mettre le taureau à mort. C'était un homme relativement âgé dans le métier, qui s'apprêtait lui aussi à se
retirer après la fin de la saison ; il était suffisamment
vieux pour jouir d'un repos bien mérité et ne pas être
couvert d'insultes ! Il était marié, père de trois enfants,
et avait été pendant longtemps un grand ami du père de
Rafael.

— Et... lui aussi a été blessé ? devina la journaliste.

— Oui. Le taureau était vieux et malin. On a même
pensé à l'époque qu'il avait déjà combattu. Le vieux
matador est mort de ses blessures. Il aurait sans doute
pu être sauvé, avec des transfusions. Mais la corrida se
déroulait dans l'une de ces vieilles arènes mal équipées,
en province. Il n'y avait à l'infirmerie qu'un seul
médecin, et un seul lit. Tous les deux étaient occupés
par *El Sombrio*. Quelqu'un a décidé qu'il valait mieux
sauver un jeune matador plein d'avenir plutôt qu'un
matador âgé et médiocre. Après cela, Don Rafael a
donné son ultime combat, dix jours plus tard, alors qu'il
était à peine remis de ses blessures. Il fit des prouesses.
La foule, qui le savait convalescent, décida d'être
magnanime. Il fut longuement applaudi, ovationné, et
reçut deux oreilles et une queue. Mais lorsqu'on lui
remit solennellement cette haute récompense, il jeta la
queue et les oreilles sur le sable, les écrasa de son talon,
et cracha dessus. Puis il quitta l'arène. *Dios,* il fallait
une certaine dose de courage, la foule aurait pu le
lyncher ! Mais le public est resté pétrifié, abasourdi. Il y
avait un silence total sur les gradins.

Liona frissonna, et garda longtemps le silence, elle
aussi. Enfin, elle murmura d'une voix sourde :

— C'est assez, Paco. Vous pouvez ranger tous ces
articles.

— Vous ne voulez pas les emporter ?

— Non, je ne désire rien savoir de plus.

C'était la vérité. Les révélations de Paco l'avaient
plongée dans le même état que lorsqu'elle avait

entendu les confidences de Don Esteban. Elle se refusait à avoir des raisons d'admirer Rafael. Elle souhaitait au contraire continuer de le haïr. Elle eût préféré ne rien découvrir à son sujet, sur sa carrière, et regrettait à présent d'avoir fait venir son assistant à Séville.

— Vous comprenez maintenant ce que j'ai voulu dire à Madrid, *señorita,* avant la corrida de Las Ventas ? demanda le jeune homme, tout en remettant ses dossiers dans la grosse enveloppe. Il y a des hommes qu'on ne traite pas de lâches. Don Rafael est de ceux-là.

La journaliste s'agita sur sa chaise, mal à l'aise.

— Nous pourrions peut-être commander, Paco, suggéra-t-elle. Je ne souhaite pas rester trop longtemps ici.

— C'est juste… J'ai déjà mangé trop de *tapas !* Je me demande quelle est la spécialité de la maison. J'ai une faim de loup !

Ce fut effectivement avec un solide coup de fourchette que Paco fit honneur au repas qui leur fut servi, alors que Liona grignotait du bout des lèvres, absente et préoccupée. Fort heureusement, le restaurant ne tarda pas à se remplir d'hommes, de femmes et de jeunes enfants aux joues encore rosies par la longue sieste de l'après-midi. Au milieu de ce joyeux brouhaha, entrecoupé par les mélodies du guitariste, la jeune Anglaise ne se sentit pas obligée de converser sans cesse avec son assistant, et leurs silences n'étaient pas gênants.

Après avoir mangé son dessert, Paco repoussa son assiette avec une visible satisfaction, et s'essuya les lèvres à l'aide d'une gigantesque serviette blanche. Son regard se porta alors sur la piste de danse, et ses yeux vifs s'éclairèrent de plaisir.

— Ah, nous allons voir un peu de flamenco ! s'exclama-t-il avec enthousiasme. Avec un peu de chance nous allons avoir droit à des *sevillanas* : seuls les grands danseurs de flamenco savent les exécuter.

Liona décida de s'excuser auprès de son assistant, et de le laisser au plaisir de sa soirée, à laquelle elle ne pouvait contribuer en rien étant donné son humeur morose. Angel pourrait la raccompagner à l'Alkabir sans attendre : le chauffeur les avait en effet prévenus qu'il restait à leur disposition, et serait attablé dans le bar voisin ; il avait même juré ses grands dieux qu'il ne commanderait rien de plus « fort » que des seiches cuites dans leur encre. D'autre part Paco avait annoncé son intention de passer plusieurs jours à Séville ; Liona pouvait par conséquent le contacter le lendemain si elle éprouvait le besoin de lui demander davantage d'informations.

— Je vais peut-être… commença-t-elle en jetant un vague coup d'œil derrière son épaule, en direction de la piste de danse.

Elle n'acheva pas sa phrase. Devant elle, les bras gracieusement relevés au-dessus de la tête, se tenait la femme qu'elle avait vue à Madrid, au bras de Rafael. Le guitariste accordait tranquillement son instrument, se chauffait les doigts en prévision de la virtuosité dont il allait devoir faire preuve. Et la danseuse attendait, plus belle que jamais dans sa longue robe en dentelle noire et son jupon rouge à volants. Avec ses yeux de braise, son long cou gracile, son costume profondément décolleté, elle faisait penser à un bel oiseau exotique prêt à prendre son envol. Son partenaire, un Espagnol râblé, prenait à ses côtés une pose théâtrale, le dos cambré, les talons prêts à frapper furieusement le sol.

La danse commença. Il s'agissait bien des *sevillanas* attendues par Paco, et dont il se régalait à l'avance aux premiers accords de guitare : des figures complexes, élaborées, extrêmement rapides et précises furent exécutées par les deux danseurs, en parfaite harmonie l'un et l'autre. Les jupons volaient, les pieds tournoyaient pour revenir donner le rythme au son des castagnettes ou des battements de mains effrénés.

C'était un spectacle extraordinaire, époustouflant ; Paco était manifestement sous le charme. Mais Liona avait l'impression d'avoir reçu un coup dans le plexus, et n'arrivait pas à s'en remettre. Sous ses yeux évoluait avec grâce et prestance une femme qui, elle en était intimement persuadée, avait été la maîtresse de Rafael. Une femme qu'il n'avait pas repoussée, qu'il n'avait pas obligée à supplier, à demander, à s'abaisser... La soirée, déjà gâchée par les déroutantes révélations de Paco, prenait décidément une tournure acide. Dès que le numéro de danse prit fin, la journaliste se leva, prête à partir.

Tout en présentant ses excuses à son assistant, elle vit du coin de l'œil la danseuse se diriger vers une table retirée. A cette table l'attendait un enfant d'environ six ans, seul ; en le voyant, Liona se laissa retomber lourdement sur sa chaise, comme écrasée.

Paco suivit son regard, intrigué par son comportement atterré, et s'exclama :

— Mais bien sûr ! Il me semblait bien que le visage de cette femme m'était familier... Nous l'avons croisée à Las Ventas, près de l'infirmerie. Elle était avec Don Rafael. Et seigneur, cet enfant est certainement son fils naturel, cela crève les yeux !

En effet, il n'y avait pas à s'y méprendre. Aucun doute. Le visage long et mince, au teint mat ; les méplats anguleux, admirablement dessinés, bien qu'encore adoucis par l'enfance ; les yeux noirs, profondément enfoncés dans les orbites. D'où elle se trouvait, Liona ne put distinguer s'il avait lui aussi des paillettes d'or dans l'iris, mais elle en aurait mis sa main au feu. Elle avait devant elle l'enfant naturel de Rafael.

— Vous ne vous sentez pas bien ?

Paco, qui s'était tourné vers elle avec un gentil

sourire, fut immédiatement consterné par la pâleur de son visage.

— Tenez, buvez une gorgée de cognac, suggéra-t-il en lui tendant son verre de liqueur.

— Non, merci. Ce n'est rien, je vous assure. Un malaise passager, sans doute…

Elle accepta néanmoins de tremper les lèvres dans le cognac, puisque son compagnon insistait gentiment, et peu à peu elle retrouva ses couleurs. Mais elle devait une explication à Paco.

— C'est l'effet de surprise, voilà tout. Après ce que vous m'avez dit de Don Rafael, je ne l'aurais jamais cru capable d'abandonner une femme de la sorte, la mère de son enfant…

Le jeune homme haussa les épaules.

— Tiens, et pourquoi pas ? La morale n'a rien à voir avec le courage ! Quand Don Rafael était matador, les femmes se jetaient à son cou, lui tombaient dans les bras comme des fruits mûrs. Des chanteuses, des actrices, des comtesses… Si vous ne m'aviez pas prié de ranger ces coupures de presse, vous auriez constaté par vous-même l'étendue impressionnante de ses succès féminins ! Allons, vous êtes certainement au fait de ces pratiques, depuis que vous connaissez Don Miguel !

Paco s'interrompit, se rendant compte de ce qu'il venait de sous-entendre, et eut un petit rire gêné.

— Mais bien sûr Don Miguel a changé depuis qu'il vous a élue ! corrigea-t-il.

— Nos fiançailles n'ont rien d'officiel, et vous m'avez promis de garder le secret, lui rappela Liona.

— Motus et bouche cousue, je tiens ma parole ! Mais pour revenir à cet enfant… la situation n'a rien d'étonnant. Je suis même prêt à parier qu'il existe en Espagne d'autres bambins dignes de figurer dans la galerie de portraits de la famille de Los Reyes, bien qu'ils n'en portent pas le nom ! Don Rafael est… comment dire… très *macho*, vous ne trouvez pas ? Il ne peut tout de même pas épouser toutes les femmes qu'il rencontre ! La seule chose qui m'étonne, c'est qu'il ait osé présenter à sa mère une danseuse de cabaret.

— Tout à l'heure vous disiez qu'elle était extraordinaire, lui rappela la journaliste, une pointe de sévérité dans la voix.

Paco eut un sourire confus.

— En Espagne, il y a deux catégories de femmes : celles que l'on épouse, et celles que l'on n'épouse pas.

— Même si elles portent votre enfant ? Et leur liaison doit durer depuis longtemps : ce garçon a au moins six ans.

— Ah, certaines femmes s'y entendent pour garder les faveurs de leur amant !

— Paco... voulez-vous l'inviter à prendre un verre avec nous ? demanda Liona. Pour la convaincre, dites-lui que nous connaissons Rafael, que je séjourne à l'Alkabir et suis une amie de la Marquise ; ainsi elle ne me prendra pas pour une rivale.

— Si vous voulez...

La jeune Anglaise regarda Paco s'approcher de la table du fond. Elle le vit s'incliner devant la jeune femme, qui d'abord l'écouta, souriante et attentive : il devait lui débiter des compliments fleuris, en guise d'entrée en matière. Mais quelques instants plus tard, la danseuse se leva, furieuse, et remit vertement Paco à sa place. Celui-ci ne demanda pas son reste, et regagna sa place, piteux et déconfit.

— C'est une vraie furie ! marmonna-t-il.

— Oh, Paco, je suis désolée. Peut-être devrais-je essayer de lui parler...

— Vous n'y arriverez pas, et elle ne parle pas anglais, de toute façon : je le lui ai demandé au début de notre « conversation ». C'est tout ce que j'ai pu tirer d'elle, avec son nom et celui de son enfant. Elle s'appelle Concepción, et son garçon Rafael. Comment a-t-elle pu lui donner le nom de son père ? Elle doit vraiment être folle de lui !

— Mais enfin pourquoi s'est-elle mise en colère ?

— Elle a bondi comme une furie dès que j'ai prononcé le nom de la Marquise. Elle m'a alors dit d'aller au diable… enfin, quelque chose d'approchant mais d'un peu plus cru, que je n'ose répéter et qui est d'ailleurs intraduisible.

— Je me demande vraiment pourquoi elle s'est fâchée, murmura pensivement Liona.

— Peut-être la Marquise l'a-t-elle mal reçue à Madrid, hasarda Paco. Don Rafael a été bien désinvolte de la lui présenter…

Lorsque Liona fut de nouveau installée dans la limousine de son hôtesse, en route vers l'Alkabir, elle essaya de mettre de l'ordre dans ses idées et d'établir un plan d'action.

Les paroles de Rafael la hantaient depuis cette désastreuse soirée : « Je n'ai jamais éprouvé le besoin de me marier. » Et celles de Paco : « La morale n'a rien à voir avec le courage. »

Cette fois, Rafael avait un peu trop agité sa *muleta* écarlate en forme de cœur.

9

En fin de compte, si ce n'avait été pour Magdalena, Liona aurait peut-être attendu davantage avant d'établir son plan d'action, et les événements auraient certainement pris une tournure différente.

Revenue dans ses appartements une heure plus tôt que prévu, elle ne fut pas étonnée de constater l'absence de sa femme de chambre. Elle se prépara donc tranquillement au sommeil. Après avoir enfilé une légère chemise de nuit en coton jaune citron bordée de jours, idéale pour les nuits chaudes, elle se démaquilla, se brossa les cheveux, puis décida de se mettre au lit sans tarder ; elle n'avait envie de parler à personne, il était donc inutile d'attendre le retour de Magdalena.

Elle prit la peine de lui laisser un petit mot dans l'entrée, pour lui dire qu'elle était déjà couchée. Et elle gagna sa chambre, éreintée, à bout d'émotions. Malgré cette fatigue qui aurait dû la prédisposer au sommeil, elle dormit très mal ; elle ne cessa de s'agiter, de se retourner dans son lit, torturée par des rêves troublants : des yeux sombres et moqueurs la regardaient, des mains tenant une cape essayaient de l'hypnotiser, et une voix de velours cherchait à l'amadouer, comme celle d'un matador qui pousse doucement son adversaire à charger.

Elle se réveilla en sursaut, incapable de savoir si elle avait vraiment dormi, ni combien de temps. Pourquoi n'avait-elle pas entendu rentrer Magdalena ? Le cadran lumineux de son réveil, posé sur la table de nuit, indiquait trois heures du matin. La jeune fille s'était peut-être glissée sans bruit jusqu'à sa chambre, de crainte de la réveiller... Mais la lumière du couloir était restée allumée, or Magdalena n'aurait pas manqué de l'éteindre. Pour se rassurer, Liona sortit de son immense lit à baldaquin, enfila un peignoir assorti à sa chemise de nuit et se dirigea vers la chambre de la jeune fille.

Le lit n'était pas défait.

Trois heures du matin... Magdalena avait-elle décidé de passer la nuit chez son père ? Mais non, si c'était le cas elle se serait arrangée pour faire parvenir un message à l'Alkabir... Et si elle n'était pas chez son père, où était-elle donc ? Il n'y avait qu'une réponse possible ; il ne fallut pas très longtemps à Liona pour la trouver. Vingt-quatre heures plus tôt, elle avait donné à sa jeune amie des nouvelles de Tomás. Or la propriété de Rafael se trouvait beaucoup moins loin que le *pueblo* où vivait la famille du jeune homme : une demi-heure à pied, avait précisé Rafael. Mais Magdalena prenait d'énormes risques en s'absentant ainsi à des heures indues, et encourait sans doute une sévère punition, que sa rencontre avec son bien-aimé fût innocente ou non. En Espagne, il était aisé de perdre sa réputation.

Il fallait faire quelque chose, décida la journaliste. Tout de suite. A la campagne, les paysans se levaient tôt ; si Magdalena n'était pas rentrée avant l'aube, on risquait de la voir.

Il était inutile d'aller la chercher seule, à pied, décida sagement Liona. Même si elle pouvait trouver son chemin dans l'obscurité, elle ignorait tout de l'aménagement de la propriété de Rafael et du lieu où étaient logés les ouvriers. Une solution s'imposait, et pour cela il lui faudrait faire entièrement confiance au seul homme dont elle avait appris à se méfier.

Il ne lui fut pas très difficile de trouver son numéro de téléphone dans l'annuaire. Elle laissa sonner long-temps, tandis qu'elle priait pour que Rafael répondît, et non Doña Xaviera, la gouvernante.

Lorsqu'elle entendit enfin la voix de Rafael, encore ensommeillée et plus rauque qu'à l'ordinaire, elle poussa un soupir de soulagement. En deux mots, sans entrée en matière superflue, elle lui exposa la situation et lui expliqua ce qu'elle lui demandait.

— Je vais aller vérifier tout de suite, répondit-il, complètement réveillé maintenant, la voix claire et alerte.

S'il était surpris de découvrir les liens étroits qui existaient entre Tomás et Magdalena, il n'en laissa rien paraître.

— Si je la trouve, ajouta-t-il, je la ramènerai directe-ment à l'Alkabir. Sinon je vous rappelle.

— Ne la conduisez pas jusqu'à l'entrée principale. J'ouvrirai l'autre porte, celle qui donne de plain-pied sur les jardins. Surtout ne faites pas de bruit en rentrant : un domestique dort juste à côté.

— Entendu, conclut-il avant de raccrocher.

Après avoir ouvert la porte du jardin, Liona regagna son appartement et fit nerveusement les cent pas dans le salon. Les minutes lui semblaient interminables. Enfin, moins d'une heure après son coup de fil, elle entendit des bruits de pas étouffés dans le couloir. Rafael entra presque aussitôt dans le salon, suivi de Magdalena ; celle-ci arborait un air de défi mêlé d'une certaine culpabilité. Ses paupières étaient lourdes, et ses lèvres très rouges, légèrement gonflées, comme si elles venaient d'être longuement embrassées.

— Oh, Magdalena, vous êtes là ! s'exclama la jeune Anglaise en courant à sa rencontre. J'étais si inquiète !

— Allez vous coucher, Magdalena, ordonna sévèrement Rafael. Demain je parlerai de tout cela avec votre père.

— Oh, Don Rafael, je vous en supplie, ne lui dites rien ! Il serait capable de tuer Tomás !

— Dans ce cas pourquoi n'avez-vous pas attendu que Tomás soit en mesure de fonder un foyer avant de vous livrer tous les deux à ces petites escapades nocturnes ? Mais je ne souhaite pas en parler davantage ce soir. Allez vous coucher.

Magdalena quitta la pièce en réprimant avec peine un sanglot. Liona remarqua soudain l'accoutrement de Rafael : un haut de pyjama en soie grise, déboutonné jusqu'à la taille, et rentré à la hâte dans un pantalon de coton noir, manifestement enfilé pour cette petite sortie inattendue. Elle prit alors conscience de la légèreté, sinon de l'incongruité, de sa propre tenue, qui constituait une bien maigre protection pour une heure aussi tardive, pour ce lieu isolé du reste du palais, pour une confrontation avec cet homme qui justement connaissait fort bien les contours de ce qu'elle voulait cacher. Pourquoi ce tissu était-il aussi fin, aussi transparent ? Si elle avait pensé se trouver seule en tête à tête avec Rafael, elle n'aurait pas manqué de se changer pour une tenue plus décente ; mais elle était si inquiète au sujet de Magdalena qu'elle n'y avait pas songé une seule seconde. Et maintenant il était trop tard ; elle ne pouvait disparaître dans sa chambre pour se changer, car cela reviendrait à avouer qu'elle craignait d'être seule avec lui, et voulait se protéger, se cuirasser. Il ne lui restait donc plus qu'à se draper dans sa dignité, à défaut d'autre chose, et à mettre un terme à leur entretien aussi rapidement que possible, dans la limite des convenances.

— Merci infiniment pour votre aide, lui dit-elle d'une voix aussi calme que possible.

Elle restait debout à quelques mètres de lui, en

territoire neutre, les bras croisés autour de la taille comme pour se protéger.

— J'étais tellement inquiète… poursuivit-elle. Si vous n'aviez pas retrouvé Magdalena, je ne sais ce qui aurait pu arriver…

— Cela n'aurait probablement rien changé, étant donné ce qui s'est *déjà* passé, observa Rafael.

Liona s'alarma.

— Que voulez-vous dire ? Que faisaient-ils quand vous les avez trouvés ?

— Oh, quand je suis arrivé ils ne faisaient plus rien. Mais lorsque vous trouvez deux jeunes gens allongés l'un près de l'autre dans un bosquet, en pleine nuit, nus et endormis, il est aisé de deviner ce qu'ils ont fait.

— Oh non, murmura la journaliste. Magdalena est si jeune…

— Elle a dix-sept ans, Tomás a le sang chaud : à quoi vous attendiez-vous d'autre ?

— Mais elle est espagnole ! Lorsqu'elle se mariera, son mari voudra… vous savez ce qu'il voudra.

— C'est un fait, les Espagnols préfèrent épouser une femme dont la vertu est intacte, convint sèchement Rafael en se passant une main dans les cheveux, dans un geste plein de lassitude, presque émouvant.

Il semblait d'habitude si maître de ses mouvements, si contrôlé…

Il ajouta d'un ton acerbe, comme pour rompre cet enchantement :

— Je n'aurais pas cru qu'une fille comme vous pût s'inquiéter de la virginité de Magdalena.

Il la raillait, cherchait à la faire sortir de ses gonds, c'était manifeste. Elle ferma les yeux et compta rapidement jusqu'à dix avant d'ouvrir la bouche. Elle ne voulait pas échanger de passes d'armes avec lui tant qu'elle n'aurait pas décidé de la méthode à employer pour se venger de son inconduite ; elle ravala donc la réponse acide qui la démangeait, et répondit calmement :

— Je vous demande seulement de ne rien dire au père de Magdalena. Du moins pas encore.

Rafael fronça les sourcils.

— Rassurez-vous, je ne lui aurais pas dit la vérité. J'espère seulement pouvoir arranger une cérémonie officielle... des fiançailles.

— A mon avis son père refusera. Il ne porte pas Tomás dans son cœur, et avait même interdit à sa fille de lui adresser la parole.

— Ils ont largement dépassé le stade des politesses verbales, vous ne croyez pas ? observa cyniquement Rafael. Estimez-vous qu'il est préférable de les laisser faire ? Il y a deux secondes vous vous préoccupiez pourtant de la vertu de Magdalena !

— Et je m'en préoccupe encore ! Mais je me pose d'autres questions, par exemple sur la meilleure solution à trouver. Ce problème est grave, et mérite réflexion.

— Il mérite surtout de l'action — de la part du père de Magdalena. Elle est saine, solide, en pleine santé : si elle continue de voir Tomás en cachette, elle ne tardera pas à être enceinte. Et vous l'ignorez peut-être, mais elle s'expose alors à être mise au ban de la société. La plupart des Espagnols sont extrêmement stricts sur ce plan : les amoureux n'ont même pas le droit de se tenir par la main avant d'être fiancés.

Liona s'efforça de garder son calme.

— J'aimerais néanmoins que vous ne parliez pas à Porfirio Torres avant que j'aie eu le temps de discuter avec Magdalena.

— Que comptez-vous faire ? interrogea-t-il d'un ton plein de sarcasme. Lui enseigner la contraception ?

La jeune femme dut serrer les poings pour ne pas exploser. Elle répondit patiemment :

— Ce serait mieux que d'avoir un enfant non désiré.

— Manifestement, Don Esteban n'a pas fait grande impression sur vous avec ses leçons.

Un pâle sourire se dessina sur les lèvres de Rafael tandis qu'il poursuivait :

— Pour parler encore de contraception, vous avez dû renoncer à épouser Miguel, je présume. Est-ce trop espérer ?

— Rafael…

Elle fit malgré elle un pas vers lui, et scruta son visage émacié.

— Pourquoi est-il si important pour vous d'empêcher ce mariage ? Cette question semble vous obséder… Vous devez me cacher quelque chose.

Liona crut entendre dans sa voix l'ombre d'une hésitation.

— Avez-vous jamais songé que je vous voulais peut-être pour moi ? demanda-t-il doucement.

La jeune femme sentit son cœur se serrer, et ses mains devenir moites. Etait-ce là une autre de ses ruses, ou disait-il la vérité ? Il n'y avait qu'un moyen de le savoir… Impulsivement, elle décréta :

— Je n'épouserai pas Miguel. J'ai l'intention de le lui annoncer dès qu'il sera en mesure de le supporter.

— Et quand le direz-vous à ma mère ?

— Je… je préfère ne rien lui dire pour le moment.

— Elle n'est pourtant pas invalide, vous pouvez être honnête avec elle, lui dire la vérité…

— Je ne suis pas encore prête à lui dire.

— Je vois.

— Rafael…

Elle fit un autre pas vers lui, à moitié suppliante, puis s'arrêta, furieuse contre elle-même. Rafael venait une fois de plus de lui mentir, d'abuser de sa confiance, de l'humilier ; c'était encore une ruse de sa part, et qui avait réussi. Ne venait-elle pas, par ses paroles, de se livrer complètement à lui ? Elle aurait aussi bien pu lui demander de l'épouser ! Un homme qui avait donné un enfant à une autre femme, un homme qui l'avait blessée, humiliée, accablée de son mépris… Et voilà qu'elle venait de lui ouvrir son cœur sans espoir de retour ! Comment avait-elle pu croire une seule seconde qu'il voulait faire d'elle sa femme ? Et surtout comment avait-elle pu se nourrir d'un espoir aussi fou, désirer ce moment où il lui demanderait sa main ? Sous le coup de cette douche froide, Liona décida soudain ce qu'il lui restait à faire. Les yeux baissés pour ne pas laisser voir leur expression changeante, elle conçut son plan à la vitesse de l'éclair et formula sur-le-champ les mots qui allaient lui permettre de tendre sa toile.

— J'ai réfléchi, je ne veux pas épouser un Espagnol, pas plus que je ne souhaite vivre en Espagne. Cette idée m'a séduite quelque temps, mais vous aviez raison en disant que j'avais été aveuglée par un habit de lumière — il est très excitant d'aimer un homme qui joue sans cesse avec la mort !

Elle s'obligea à le regarder dans les yeux mais ne rencontra qu'une sombre et double énigme, ce qui ne l'aida pas à proférer son mensonge honteux.

— Don Esteban m'a appris que vous aviez été matador vous aussi, Rafael… que vous jouiez avec la mort.

Son cœur battait si fort qu'elle craignait de s'évanouir. N'avait-il pas compris ? Manifestement, non.

— J'aimerais avoir une aventure avec vous, Rafael, acheva-t-elle avec difficulté.

Allait-il rester planté là, sans répondre, et lui laisser toute l'initiative ? Elle décida de poursuivre, en désespoir de cause, car s'il refusait ce qu'elle lui offrait l'humiliation serait plus grande encore, et elle ne parviendrait pas à se venger comme elle l'espérait.

— Vous m'avez dit que vous refuseriez de me faire l'amour tant que Miguel se dresserait entre nous. Vous n'avez désormais plus aucune raison de refuser.

Elle baissa de nouveau les yeux pour cacher son

ressentiment croissant. Pourquoi la faisait-il tant attendre ? Elle ne chercha pas à dissimuler le tremblement de sa voix, ni la nervosité de ses mains ; ces deux éléments conféraient en effet une certaine sincérité à ses paroles.

— Je ne vous implorerai pas, Rafael. Voulez-vous avoir une liaison avec moi ou non ?

— Si je veux...

Il n'acheva pas. En une enjambée il fut auprès d'elle. D'une main il lui prit le menton pour l'obliger à le regarder, de l'autre il lui encercla la taille. Puis il la plaqua sauvagement contre lui et l'embrassa possessivement, avec une incroyable violence mêlée de passion. Cambrée contre lui, défaillante, Liona oublia momentanément l'esprit de vengeance qui l'animait et avait motivé son action. Elle s'accrocha à son cou comme pour ne pas tomber.

— *Dios,* Liona, si tu savais combien je te désire, et combien il m'en a coûté, l'autre jour, de ne rien faire ! Aucune autre femme n'aurait pu me faire oublier le tourment que je ressentais en pensant à toi. C'est toi que je veux, toi, toi, seulement toi...

Et, la serrant étroitement contre lui, il la mena vers la chambre.

Liona oublia un instant que les choses n'étaient pas censés se terminer ainsi. Déjà Rafael venait de la coucher sur les draps froissés par sa courte nuit de sommeil, et s'allongeait maintenant à ses côtés ; elle voyait ses beaux yeux sombres, tourmentés de désir, graves, se rapprocher d'elle.

— A ton tour de me déshabiller cette fois, murmurat-il bientôt, tout en lui mordillant l'oreille.

Il lui prit la main, et guida ses doigts captifs vers sa ceinture. La jeune femme ne savait plus si c'était sa propre respiration haletante qu'elle entendait, ou celle de Rafael. Il chuchotait maintenant d'une voix dangereusement persuasive :

— Tu ne veux donc pas te venger de ce que je t'ai fait l'autre jour ? Déshabille-moi, touche-moi comme je t'ai touchée... Mais surtout ne me fais pas attendre...

L'expression « se venger » électrisa la jeune femme, la ramena à la réalité. Elle retira sa main, roula sur le lit pour s'écarter de son compagnon, les cheveux en bataille.

— Non, Rafael, pas ici... pas maintenant. Nous ne pouvons pas... Magdalena risque de venir. Elle... elle est venue me voir l'autre nuit après avoir fait un cauchemar.

— Viens là, murmura-t-il en l'attirant contre lui.

Quand elle sentit sur elle ses longues mains brunes et fermes, possessives, elle se demanda si les choses n'étaient pas allées trop loin.

— Magdalena n'est plus une enfant, ajouta-t-il doucement. Crois-tu qu'elle oserait dire quoi que ce soit, après ce qui lui est arrivé ?

Liona se débattit faiblement.

— Je ne veux pas, à cause de la Marquise... et de Miguel. Je veux avoir une aventure avec vous, mais pas ce soir, pas ici, à l'Alkabir...

Rafael la maintenait prisonnière sous lui, et une lueur de méfiance s'alluma dans ses yeux noirs.

— Que voulez-vous exactement ? interrogea-t-il froidement, reprenant ses distances. Vous n'essayez pas de me faire marcher, j'espère ? *Dios,* Liona, si c'était le cas...

— Non, je vous assure que je suis sincère, murmura-t-elle d'une voix entrecoupée. Mais je pensais que nous pourrions nous retrouver ailleurs... à Cordoue, par exemple. Je prétexterai un petit voyage d'études pour mon article. Don Esteban est pris tous les week-ends, je ne suis donc pas tenue d'être ici samedi. Paco pourra me conduire en voiture jusqu'à Cordoue, et personne ne se doutera de rien.

— Et pour quand exactement voulez-vous fixer ce

petit rendez-vous amoureux ? s'enquit-il avec cynisme, sans la lâcher.

— Je vous l'ai dit, samedi soir... ce n'est pas très loin. Nous aurons une nuit entière devant nous, Rafael. N'est-ce pas mieux qu'une heure volée sous le toit de votre mère, qui a la gentillesse de m'offrir l'hospitalité ? Et puis maintenant il est déjà très tard ; il doit être près de cinq heures, les domestiques se lèvent tôt. Il ne serait pas raisonnable que vous restiez plus longtemps ici.

Il eut un rire sarcastique. S'il sentit la peur qui s'était emparée de Liona, il choisit de l'ignorer.

— Vous avez l'art de fixer des rendez-vous auxquels vous ne venez pas, *querida*, observa-t-il d'un ton glacial. Comment puis-je être sûr que vous ne me ferez pas encore faux bond ?

— Me croyez-vous assez sotte pour récidiver ?

Elle se mordit les lèvres, consciente de n'avoir pas été assez convaincante, et ajouta d'une voix tremblante :

— Si je vous fais faux bond, vous pourrez m'ôter à jamais votre confiance. Mais je ne me déroberai pas cette fois... J'ai trop envie de vous pour ne pas être là, Rafael.

— Prouvez-le moi. Prouvez-le moi, sinon je vous prends ici même, sans attendre.

— Il m'est un peu difficile de vous prouver quoi que ce soit quand vous ne me laissez même pas assez d'espace pour respirer...

— Débrouillez-vous autrement, rétorqua-t-il d'un air septique.

— Comme cela ? articula-t-elle dans un souffle.

Elle redressa la tête afin de pouvoir effleurer sa bouche, mais sans succès. Rafael ne broncha pas, ses lèvres demeurèrent rigides, intransigeantes ; il lui résistait. Alors elle se mit à lui mordiller le menton, d'abord doucement, et à le caresser de sa langue. Puis ses dents s'enfoncèrent progressivement, jusqu'à ce que son compagnon poussât un gémissement de douleur. Elle en profita pour prendre sa bouche par surprise, et cette fois il répondit ardemment à son baiser.

Quelques instants plus tard, il se dégagea abruptement et se leva aussitôt.

— Je ne vous croyais pas si inventive, si douée d'imagination, remarqua-t-il d'une voix rauque. Avez-vous d'autres tours dans votre sac ?

— De meilleurs, susurra-t-elle en papillotant des cils, car elle savait qu'elle avait gagné. Vous les découvrirez en venant me rejoindre à Cordoue. Je vous promets que vous n'oublierez jamais Cordoue, Rafael...

10

Avant de se rendre à Cordoue et même de mûrir son plan, Liona avait plusieurs affaires à régler, dont la plus pressante était la situation de Magdalena. Il y eut une scène larmoyante le lendemain matin, à l'issue de laquelle la journaliste promit à la jeune fille que Rafael ne dirait rien à son père — du moins pendant quelques semaines.

Quand Magdalena eut séché ses larmes, elle expliqua d'une voix hésitante :

— Si Tomás ne va plus dans les champs la nuit, et commence à mettre un peu d'argent de côté, peut-être mon père le verra-t-il d'un autre œil. Don Rafael lui verse un bon salaire, et il aura même droit à une prime s'il arrive à réparer la jeep ! Il pourra alors s'acheter un costume... Ah, mon père serait impressionné ! Tout le monde ne peut pas s'offrir un costume, chez nous !

Liona réprima un petit sourire amusé. Si le fait d'acheter un costume pouvait résoudre tous les problèmes de Tomás, comme la vie serait facile ! Un costume, elle le savait, coûtait plus d'un mois de salaire à un ouvrier moyen, et l'élevait immédiatement à un rang plus respectable ; mais elle avait également la prémonition que Porfirio Torres était bien trop endurci pour se laisser impressionner, et encore moins amadouer, par un signe aussi extérieur de réussite sociale.

D'autre part, certains besoins plus urgents engouffreraient rapidement le salaire du jeune homme. Améliorer les conditions de vie de sa famille, entre autres...

— Mais en attendant que tout soit arrangé, pouvez-vous me promettre, Magdalena, de ne plus voir Tomás ? Sinon je ne pourrai pas défendre votre cause auprès de Don Rafael.

Il y eut un silence, pendant lequel la jeune fille réfléchit. Puis elle finit par murmurer :

— Je vous le promets, sur la tête de mon saint patron. Mais uniquement à condition que mon père ne soit au courant de rien, car je n'aurais pas le courage de lui tenir tête.

— Et ce week-end, en mon absence, je vous demande de rester au village et d'habiter chez votre père.

— Oui, Doña Liona, promit Magdalena avant d'éclater de nouveau en sanglots.

La journaliste téléphona ensuite à Paco. Il accepta de la conduire à Cordoue samedi matin. Pour rendre son prétexte crédible, elle lui inventa quelques tâches, un petit travail de recherches sur place, et lui assura qu'ils prendraient le temps de visiter la ville dans l'après-midi.

— Réservez-vous une chambre dans un hôtel, Paco. Moi je séjournerai chez des amis. Je serai assez prise, par conséquent je ne pense pas vous revoir après samedi après-midi. En fait, je rentrerai à l'Alkabir par mes propres moyens. Si je change d'avis, je saurai où vous joindre, de toute façon. Vous resterez disponible, n'est-ce pas ?

Elle pourrait donc se rabattre sur l'aide de Paco si les choses tournaient mal, ou si son plan ne se déroulait pas comme prévu. Mais si tout marchait bien, elle devait effectivement rentrer à l'Alkabir par ses propres moyens...

Elle reçut le même jour un coup de fil de Rafael. Il

lui confirma brièvement leur rendez-vous et lui indiqua
le nom de l'hôtel où il avait fait des réservations à son
nom. Il devait la rejoindre là-bas en fin de journée.

Plus tard, Liona se résolut à téléphoner à Miguel.
Elle l'appelait par devoir et faillit à plusieurs reprises se
trahir, tant il lui en coûtait de mentir sur ses véritables
sentiments.

— Nous attendons tous ton retour avec impatience,
affirma-t-elle.

C'était la vérité, bien que les raisons pour lesquelles
elle était impatiente de le revoir n'auraient rien fait
pour le réconforter.

— Ces maudits docteurs sont vraiment des poules
mouillées, répondit-il avec une pointe de mépris dans la
voix. Je devrais déjà avoir quitté l'hôpital !

— Ta mère pensait que nous pourrions aller te voir
la semaine prochaine. Elle t'en a parlé ?

— Oui, et je lui dit de ne pas se déplacer : d'ici là,
j'aurai quitté Madrid, même s'ils essaient de me passer
la camisole de force. Profite de ton séjour à l'Alkabir,
et dis à Don Esteban de se dépêcher de faire ton
éducation religieuse ! Ah, ce sera difficile d'attendre le
jour du mariage... Je prévois déjà une date, et
ensuite... Nous annoncerons publiquement nos fiançailles dès que je serai là-bas.

— Miguel, je...

Liona se mordit la lèvre et reprit :

— A mon avis, c'est un peu prématuré. Tu seras
encore trop affaibli pour penser à la cérémonie. Nous
parlerons de tout cela à ton retour, veux-tu ?

— Je n'en peux plus d'attendre. J'ai tellement hâte
de te sentir contre moi...

Cette conversation ambiguë éveillait des remords
chez la jeune femme, mais la rassurait également :
Miguel semblait se remettre rapidement, et serait
bientôt en état d'apprendre la nouvelle.

Après avoir raccroché, Liona laissa passer l'heure de

la sieste puis demanda à Angel de la conduire à Séville, car elle désirait faire quelques emplettes. Le chauffeur lui indiqua les boutiques les plus élégantes de la ville, où elle finit par trouver ce qu'elle cherchait.

Ce soir-là, au dîner, elle annonça ses projets à la Marquise et à Don Esteban ; elle passa évidemment sous silence l'aspect peu avouable de son excursion. Fort heureusement, Rafael n'était pas là pour entendre ses mensonges.

— J'aimerais terminer mon article tant que Miguel est encore à l'hôpital, expliqua-t-elle le plus naturellement possible. J'ai besoin de me documenter davantage, et je crois que Cordoue est le lieu idéal pour recueillir de précieux renseignements.

— C'est la ville natale de Manolete, observa le vieil aumônier.

La jeune Anglaise réprima un frisson d'appréhension. Manolete, le célèbre matador que Paco et Don Esteban avaient comparé à Rafael... Peut-être avait-elle commis une erreur en choisissant cette ville pour être le théâtre de sa vengeance.

Mais Isabela de los Reyes approuva entièrement son invitée.

— Vous avez raison, une fois que Miguel sera rentré, vous n'aurez plus guère l'occasion ni le temps de faire ce petit voyage. Et quand vous serez mariée, vous n'aurez plus une minute ! Mais dites-moi, avez-vous l'intention de suivre toutes les corridas de Miguel ou préférerez-vous rester à l'Alkabir et attendre son retour ?

— J'ai toujours pensé que la place d'une femme était aux côtés de son époux, répondit la journaliste en essayant d'être sincère sur ce point au moins.

— Bien sûr, je le comprends, soupira la vieille dame. Vous mènerez une existence de nomade, comme moi ! Et les jours passeront très vite, surtout si vous avez des enfants...

Après le dîner, Don Esteban raccompagna Liona, et lui confia, chemin faisant :

— La Marquise est impatiente d'avoir des petits-enfants, vous savez...

— C'est curieux, j'ai pourtant cru comprendre que pendant des années elle a refusé toutes les « prétendantes » que lui présentait Miguel. Et elle a eu beaucoup de mal à m'accepter lorsque je l'ai rencontrée !

— Peut-être estimait-elle que les amies de Miguel manquaient toutes de caractère, et n'étaient pas dignes de l'épouser.

— A vous entendre il a déjà pensé plusieurs fois au mariage...

— Oh, cela fait des années qu'il ne l'a pas envisagé sérieusement. A ma connaissance, il n'y a vraiment songé qu'une fois.

— Et que s'est-il passé ? Cette femme n'avait pas de lettres de noblesse ? D'après Don Rafael, la Marquise est très fière de sa naissance...

— C'est vrai, elle en est fière et à juste titre. Elle descend de l'une des plus grandes familles d'Espagne. Mais ce n'est pas tout. La Marquise n'est pas aussi « snob » qu'elle en a l'air. Et dans cette circonstance précise, je comprends pourquoi elle ne pouvait donner son consentement à ce mariage.

Ils étaient arrivés dans la Cour des Jouvencelles. Le vieil aumônier s'arrêta, et secoua tristement la tête. Liona lui jeta alors un regard interrogateur. Il lut dans ses yeux la question muette qu'elle n'osait formuler, et répondit en souriant :

— Non, il ne s'agissait point d'une femme de mauvaise vie. Mais la Marquise ne pouvait néanmoins autoriser cette union. Miguel s'est incliné devant le refus de sa mère, à mon sens justifié, mais Rafael, lui, n'a pas caché sa désapprobation. Il a accusé sa mère de manquer de cœur ; peut-être ignorait-il en partie ce qui justifiait ses réticences... Pendant des années il s'est disputé avec elle à ce sujet. Miguel avait demandé la main de cette femme, et Rafael estimait que le mariage devait avoir lieu. Il a un grand sens de l'honneur, poussé parfois jusqu'à l'extrême...

« Sauf lorsqu'il s'agit de femmes comme Concepción et moi », songea Liona en son for intérieur.

— Rafael n'a pas exactement les mêmes critères que sa mère, poursuivit Don Esteban. Il a conscience d'être pour moitié un Montañes, c'est-à-dire un paysan ! Contrairement à Miguel, il se souvient très bien de son père, et lui portait une grande affection ; il est fier de ses origines terriennes. Il pensait que sa mère avait tort d'empêcher ce mariage, et n'a fait aucun effort pour essayer de la comprendre.

— Il peut parfois se montrer très dur, je crois, observa la journaliste sans oser regarder le prêtre dans les yeux. Aussi dur que sa mère...

— Un prêtre voit quelquefois ce que le commun des mortels ne voit pas. Notre petite fenêtre sur le monde nous permet d'entendre tant de confidences ! Aimeriez-vous me confier votre tourment, Dona Liona ?

— Non, mon père. Pas maintenant.

Le cœur de la jeune femme battait la chamade, bien qu'elle s'efforçât de conserver son sang-froid. Rafael avait-il parlé à Don Esteban ?

— Quand voudriez-vous m'en parler ? insista gentiment l'aumônier. Après votre retour de Cordoue... ou avant de partir ?

Cette fois elle le dévisagea sans se cacher. *Il savait.* Don Esteban savait. Mais elle ne lut aucune accusation dans ses traits emplis de bonté, adoucis par les ans, plutôt de la pitié... Et ses yeux d'un bleu délavé étaient comme un miroir qui lui renvoyait l'image de sa propre indécision.

— Je ne puis en parler pour le moment, Don Esteban. Même à vous...

— Vous ne pouvez rien me dire, mon enfant ? Un prêtre respecte le secret de la confidence, vous savez.

Après avoir longuement hésité, Liona avoua :

— Je ne vais pas épouser Miguel, mon père.

— Je suis heureux de l'apprendre, répondit l'aumônier.

Mais elle était sûre qu'il le savait déjà, que Rafael le lui avait dit.

— J'ai l'intention d'informer Miguel de ma décision dès qu'il sera rétabli, ajouta-t-elle. Et je préviendrai également la Marquise le plus tôt possible.

— Elle sera bouleversée par l'annonce de cette rupture. Elle vous aime beaucoup. Ne serait-il pas préférable de le lui dire dès maintenant, avant qu'elle ne bâtisse des projets d'avenir ? Sans vouloir se l'avouer, elle espère tellement avoir des petits-enfants qui ne seront pas élevés pour devenir matadors !

— Peut-être lui annoncerai-je bientôt la nouvelle. Quand je serai rentrée de Cordoue.

— Pas avant ? insista doucement le prêtre.

— Non, mon père, pas avant. Je... j'ai mes raisons.

Liona avait d'abord l'intention de faire souffrir Rafael comme il le méritait. L'honorable Rafael ! Elle allait le voir baisser la tête, s'avouer vaincu... Mais elle ne pouvait avouer un pareil dessein à Don Esteban. Il était toutefois difficile de lui cacher toute la vérité, et lorsqu'ils se séparèrent un peu tristement, elle eut la conviction qu'il lisait en elle, et n'osa croiser son regard.

*
**

TOUS LES PARFUMS DE L'ARABIE... S'il existait au monde plus mauresque que Séville, ce devait être Cordoue, décida Liona en découvrant l'antique cité. Rafael avait choisi un hôtel au nord de la ville, au pied de la Sierra Morena ; de son balcon la jeune

femme contemplait Cordoue qui s'étendait paresseusement sous le soleil tiède de l'après-midi finissant. Des
senteurs de pins, d'amandes et de fleurs d'orangers
emplissaient l'air du soir. Toujours cet entêtant parfum
d'oranger, épicé, évocateur...

Dans la journée, elle avait déambulé à loisir, en
compagnie de Paco, dans les ruelles antiques. Elle avait
été séduite et émerveillée par la splendide mosquée
avec sa forêt de colonnades en porphyre, en marbre et
en jaspe, et son élégante Cour d'Oranges. Son assistant
l'avait arrachée à ce fabuleux spectacle, un peu trop
vite à son gré, pour lui montrer la statue de Manolete
ainsi que la maison où vivait ce matador aux yeux
tristes, fermée par des grilles auxquelles s'accrochaient
des liserons.

Paco l'emmena ensuite visiter le palais de la Medina
Azahara, bâti par un descendant d'Abderrahman, le
géant borgne qui avait fait de l'Espagne son empire.

— Abderrahman III a édifié cette merveille pour
faire plaisir à sa femme préférée, al-Zahra ; ce nom
signifie Fleur d'Oranger. Les murs et les plafonds
étaient jadis recouverts de feuilles d'or, et au milieu de
la cour coulait une rivière de mercure, taillée dans un
bassin en porphyre, et dont les reflets dansaient sur les
murs dorés.

— Tout cela pour une femme ? plaisanta Liona en
riant.

— Les Maures savaient aimer leurs femmes, répliqua Paco avec un clin d'œil. Et al-Zahra savait certainement gâter son époux !

Et pourtant, songeait maintenant la jeune Anglaise
en regardant la ville, les Arabes étaient également
passés maîtres dans l'art de la vengeance. La sienne
leur aurait semblé bien douce... En mille ans, combien
de femmes, dans la cité rêveuse de Cordoue, avaient
tout risqué pour savourer un petit moment de vengeance ? Ce foisonnement de passions échevelées

n'avaient cependant pas modifié, au cours des siècles, l'harmonieuse ordonnance des ruelles étroites et sombres, ni celle des maisons passées à la chaux, éblouissantes de blancheur, ni le lit paisible du Guadalquivir, qui serpentait à travers la ville. Sa propre vengeance allait-elle pouvoir influer sur le cours des choses ?

— Oh...

Elle venait de sentir quelqu'un effleurer sa chevelure, et le temps parut suspendre son vol. Pétrifiée, elle sentit ensuite des mains descendre le long de ses épaules et trouva le courage de se retourner.

— Rafael !

Elle s'était attendue à l'entendre frapper à la porte de sa chambre. La chambre de Rafael était voisine de la sienne, et les deux pièces communiquaient entre elles par une salle de bains commune. Mais la jeune femme avait pris soin, avant de sortir sur le balcon, de fermer à clef les deux portes de sa chambre, afin d'être prévenue de l'arrivée de Rafael. Elle avait même mis dans son sac la clef de la porte qui ouvrait sur le couloir. Celle de la salle de bains, en revanche, fermait à l'aide d'un verrou à l'intérieur, et à l'extérieur une petite chaîne l'empêchait de s'ouvrir si on le désirait. Mais la chaîne était mise, elle s'en était assurée... Rafael n'avait donc pu entrer par aucune de ces deux entrées. Comment donc avait-il réussi à arriver jusqu'à elle ?

La réponse ne se fit pas attendre.

— J'ai enjambé mon balcon pour vous rejoindre, expliqua-t-il en souriant. Ce n'était pas très difficile. Je me suis arrangé pour ne pas faire de bruit, car je voulais vous surprendre.

— Vous avez réussi ! concéda-t-elle.

L'espace qui séparait les deux balcons lui paraissait infranchissable, et la vue du vide la terrifia.

— Ce n'était peut-être pas une très bonne idée, observa son compagnon. Vous tremblez comme une feuille ! Une très belle feuille au demeurant, délicate et fragile...

La comparaison n'était guère déplacée, car la tenue que portait Liona ce soir-là, en mousseline gris-vert d'une extraordinaire fluidité, évoquait le frémissement argenté des feuilles d'olivier. C'était la toilette qu'elle avait trouvée à Séville, d'une coupe audacieuse qui ne cachait rien de ses formes : un deux-pièces presque transparent, boléro et pantalon bouffant, comme en portaient autrefois les femmes dans les harems. Pour être sûre de ne pas s'égarer dans le feu de la passion, Liona avait fait rajouter à la fermeture Éclair du pantalon toute une rangée d'agrafes. Ce caprice avait laissé la vendeuse perplexe, mais le prix de l'ensemble excusait toutes les excentricités de la cliente, et la couturière de la boutique s'était empressée d'ajouter tous les petits crochets métalliques de façon à ce qu'ils fussent invisibles.

— Je devrais plutôt vous comparer à une odalisque, rectifia Rafael. Cette tenue est difficile à porter, mais vous sied à ravir...

— Je suis bien trop blonde pour être une odalisque, répliqua doucement la jeune femme en laissant remonter ses mains le long du revers de la veste de soirée rouge.

Rafael était ce soir extraordinairement beau. Pourquoi ne l'avait-elle pas trouvé beau lors de leur première rencontre à Madrid ? Elle avait jugé son visage trop anguleux, trop fier, trop cruel. Ses traits n'avaient pourtant pas changé ; rien en lui n'avait changé. Mais il était devenu beau à ses yeux. Liona sentit les battements de son cœur se précipiter.

— Ne saviez-vous pas que les odalisques les plus appréciées étaient blondes ? observa son compagnon. Leurs fils l'étaient aussi. Après deux siècles d'occupation arabe, les califes de Cordoue étaient blonds aux yeux bleus. Et tout cela parce que leurs ancêtres, des

Maures à la peau brune comme moi, choisissaient des femmes à peu près semblables à vous.

Les lèvres de Rafael se posèrent sur ses cheveux, tandis que ses mains caressaient sa taille dénudée.

Mais Liona s'écarta. Il était encore trop tôt pour laisser les choses se conclure, fût-ce dans la limite qu'elle leur avait d'ores et déjà fixée. Il lui fallait tabler sur la faveur de l'obscurité, à la nuit tombée, et elle avait besoin d'un peu plus de renseignements.

— Pour un Maure, vous m'avez l'air extraordinairement civilisé, ce soir, susurra-t-elle en s'accoudant à la balustrade.

Il se mit à rire doucement.

— Quand je vous vois, je ne me sens absolument pas civilisé. En fait, je sens plutôt naître en moi de sombres instincts primitifs ; mais il serait injuste d'attribuer ces pulsions au sang arabe qui coule dans mes veines...

— Du sang arabe ?

— Presque tous les Andalous descendent des Maures, qui ont vécu ici pendant des siècles.

— Miguel tient-il des califes de Cordoue ses yeux bleus et ses cheveux blonds ? s'enquit ingénument la jeune femme.

Rafael fronça les sourcils ; alors qu'il s'apprêtait à poser de nouveau les mains sur Liona, il s'arrêta. Il n'appréciait manifestement pas cette allusion à son frère. C'était là un détail précieux, songea la jeune femme : toute référence à Miguel avait le pouvoir d'assombrir Rafael, de le distraire de ses caresses.

Il finit par répondre d'un ton cassant :

— Non, je ne pense pas. Il les a plutôt hérités des Wisigoths, qui eux aussi ont conquis l'Espagne entre l'invasion romaine et la conquête arabe ; ils nous ont légué de petits barbares aux cheveux jaunes, d'où sont issus les hommes de la famille Montañes. C'est ce sang-là que vous devriez craindre, et non le sang arabe. Les Maures sont du côté de ma mère, et ont certainement exercé sur notre lignée une influence bénéfique ; les Arabes étaient parfois cruels, mais pendant des siècles ils ont maintenu la civilisation en vie.

Sur ces paroles, Rafael s'accouda à son tour à la balustrade et contempla le paysage. Le soleil, boule de néon rose, venait de disparaître à l'horizon. Dans ce crépuscule hésitant, entre chien et loup, les lumières de la ville commençaient timidement à scintiller. Au bout d'un long moment de silence, Rafael reprit la parole.

— Saviez-vous qu'à Cordoue les rues sont éclairées depuis plus de mille ans ? C'était alors une ville d'un demi-million d'habitants ; la bibliothèque publique contenait quatre cent mille ouvrages ! Il y avait l'eau courante, des thermes, des égouts... d'illustres érudits, poètes, musiciens, mathématiciens, astronomes... A l'époque, Londres n'était qu'un ramassis de taudis ; les Arabes ont beau avoir dans les veines le sang chaud du désert, ils n'en sont pas moins civilisés.

— Sauf avec les femmes, lui rappela Liona.

Il se tourna vers elle avec un étrange rictus. Dans le soir naissant, ses dents luisaient plus blanches que jamais dans son visage hâlé.

— Aimeriez-vous vraiment qu'un homme se montre « civilisé » en amour ? Qu'il observe les bonnes manières ?

Il se rapprocha d'elle, et elle sentit bientôt la chaleur magnétique, presque animale, qui émanait de sa personne.

— J'espère que non, enchaîna-t-il, car ce soir je n'ai aucune intention d'observer les bonnes manières. Je compte même faire exactement le contraire, et savoure à l'avance toutes les infractions que je vais faire au code de la politesse et de la décence...

Il lui effleura les épaules, puis ses mains glissèrent légèrement le long de ses manches bouffantes et aériennes pour venir lui emprisonner les doigts. Il embrassa la paume claire de ses mains avec sensualité, avant de lui mordre délicatement le poignet.

— J'espère que vous êtes encore d'humeur inventive, murmura-t-il.

Brûlée par le feu de sa langue, Liona dut faire un effort pour garder la tête froide. N'avait-il pas déjà promis de lui faire découvrir les joies de l'amour ? Et que lui avait-il donné lorsqu'elle s'était offerte ? Qu'avait reçu Concepción en échange de son amour ? Combien d'autres femmes avait-il fait souffrir ?

Elle retira ses mains des siennes, émit un rire voilé, totalement artificiel mais bien imité, et s'écarta légèrement de lui pour se tourner vers la porte-fenêtre ouverte sur la chambre. Au passage, elle lui coula un regard faussement séduisant et langoureux sous ses longs cils dorés ; mais paradoxalement il y avait également de la timidité dans ce regard provocant, car il faudrait ce soir faire appel à toute sa volonté, à toutes ses possibilités de comédienne, à toute sa force de caractère, pour faire aboutir son projet. Il n'était pas facile de séduire un homme et de finalement se dérober au moment du dénouement fatidique... Mais Rafael ne la croyait-il pas dépourvue de toutes ces qualités qui font la force d'une personnalité ?

— Vous devrez pourtant observer une règle de politesse élémentaire, observa-t-elle d'une voix légèrement haletante. Avant de vous permettre quoi que ce soit : n'allez-vous pas m'emmener dîner ?

— Je ne puis décemment vous emmener au restaurant dans cette tenue, riposta-t-il en souriant. Il n'y a encore pas très longtemps, le port du bikini était interdit en Espagne, même sur les plages. Or j'ai vu des bikinis plus modestes...

— Je croyais que vous aimiez les femmes féminines.

— En effet, mais pas à ce point-là quand il s'agit de sortir et de se montrer en public. Vous vous feriez lyncher, peut-être même arrêter.

— Voyons, l'étoffe est un peu transparente mais des broderies cachent tous les endroits... vitaux. Et d'ailleurs j'ai une tunique de brocart assortie qui rend l'ensemble tout à fait décent. Oh, j'ai tellement faim ! Paco et moi avons déjeuné très tôt aujourd'hui, je n'ai rien avalé depuis des heures !

Elle posa la main sur sa manche dans un geste implorant.

— Je vous en prie... susurra-t-elle.

— Je préfère vous avoir en face de moi comme vous êtes, et donc manger dans un lieu où je n'ai pas à faire un effort d'imagination pour deviner... ce que vous cachez. Mais de toute façon j'ai déjà demandé, dès mon arrivée, qu'on nous fasse monter un dîner dans ma chambre : la cuisine de l'hôtel a une excellente réputation.

Il jeta un rapide coup d'œil à sa montre en or extraplate, mise en valeur par le duvet brun qui recouvrait son poignet, et déclara :

— Le dîner devrait nous être servi dans moins d'une heure.

« Zut, zut, et zut ! » s'exclama intérieurement la jeune femme. Il était indispensable pour l'exécution de son plan de savoir où était garée la voiture de Rafael : voilà pourquoi il eût été commode de dîner en ville. Et bien il lui faudrait recourir à un autre stratagème !

— Dans ce cas emmenez-moi prendre un apéritif ? J'ai entendu dire qu'il y avait à Cordoue d'excellentes *tapas*.

— J'y ai également songé ; un plateau nous attend dans ma chambre.

— J'aurais voulu boire du champagne, minauda Liona bien que cette boisson mousseuse lui répugnât.

— Il est frappé, dans un seau à glace.

A court d'arguments, la journaliste se retrouva quelques minutes plus tard dans la chambre de son compagnon. C'était une pièce spacieuse, comme la sienne, lambrissée de bois sombre et climatisée. Sur une petite table recouverte d'une nappe d'un blanc immaculé étaient disposés des couverts en argent, des assiettes en porcelaine et des chandeliers. Un éclairage tamisé donnait à l'ensemble une douce intimité. Pendant que Rafael débouchait le champagne, la jeune femme lui demanda d'un air faussement détaché :

— Vous avez mis longtemps pour venir ?

— Non, pas très longtemps, répondit-il en versant le liquide dorée dans une flûte en cristal.

— La Lamborghini est vraiment une très belle voiture... J'espère que vous l'avez garée dans un lieu sûr ?

Elle crut sentir que Rafael marquait une légère hésitation avant de répondre ; où était-ce le fruit de son imagination ?

— J'ignore où se trouve le parking de l'hôtel, déclara-t-il en lui tendant son verre.

Une lueur énigmatique luisait dans son regard sombre, comme s'il lisait dans ses pensées. Mais Liona fut rassurée lorsqu'il ajouta tranquillement :

— Quand je prends une chambre ici, le portier s'occupe toujours de ma voiture. Il est très compétent, et je m'arrange toujours pour lui laisser un généreux pourboire. Je suis sûr qu'il aura trouvé une bonne place ; et dès que j'ai besoin de sortir, il me suffit de lui donner les clefs et il l'amène devant l'entrée.

La jeune femme se sentit apaisée. Elle avait déjà discrètement repéré l'endroit où Rafael avait rangé ses clefs, sur la commode, près de son portefeuille.

— C'est curieux, les femmes font rarement attention à la marque de ma voiture, poursuivit-il.

Il dédaigna le champagne pour se servir un verre de whisky.

— Mais tout le monde n'a pas un frère dans la compétition automobile, ajouta-t-il. Avez-vous reçu de ses nouvelles, récemment ?

— Non, Graham n'aime pas écrire. Il doit bientôt venir en Espagne pour une course importante ; mais je doute que j'y sois encore quand il arrivera.

— Il a dû vous apprendre à conduire toutes sortes de véhicules, je suppose. Je vous laisserai peut-être le volant de la Lamborghini, un jour. Pensez-vous pouvoir la conduire ? Elle n'est pas automatique, vous savez.

— Oh, cela ne me dérange pas : j'ai l'habitude des changements de vitesse. Mais j'aurai quand même besoin de quelques leçons, car en Angleterre on conduit à gauche...

Liona s'était reprise habilement, car elle ne voulait pas lui mettre la puce à l'oreille : mieux valait jouer la carte de l'humilité et du manque d'assurance, attributs essentiellement féminins.

— Oh, ça ne devrait pas poser de problèmes pour une jeune femme aussi intelligente que vous !

Au grand soulagement de Liona, Rafael abandonna ce sujet de conversation pour parler à nouveau des Arabes. Elle n'avait pas besoin d'en savoir davantage sur la voiture.

Pendant le dîner, au cours duquel on leur servit des cailles rôties accompagnées d'asperges, elle conversa avec facilité, et finit par demander à son compagnon pourquoi il avait abandonné la tauromachie.

— Don Esteban m'a dit que vous aviez mis très jeune un terme à votre carrière, avança-t-elle, passant sous silence les révélations de Paco. Vous êtes-vous mis à haïr cette pratique ou bien... aviez-vous d'autres raisons d'abandonner ?

— J'ai connu de bons moments dans l'arène, répondit-il sèchement, visiblement peu désireux de lui fournir des explications. Pourquoi cette question ? Ma réponse influera-t-elle sur votre comportement à mon égard ?

— Non.

Une demi-heure plus tard, autour du dessert, des

liqueurs et du café noir, ils abordèrent la question des amours de Magdalena. Liona expliqua à Rafael la promesse qu'elle avait réussi à obtenir de la jeune fille.

— Il m'a été difficile d'exiger d'elle un comportement plus conforme à la morale, avoua-t-elle. Je me suis sentie coupable quant à mes projets pour le week-end...

— Pourquoi ? A moins que vous ayez d'autres projets secrets, je ne vois pas de quoi nous aurions à nous culpabiliser.

« Vous devriez, pourtant », eut envie de rétorquer Liona. Mais elle le laissa prendre sa main dans la sienne et répondit à la douce pression de ses doigts ; elle fut toutefois émue par son regard intense, allumé de pépites d'or, et, dans un moment de faiblesse, elle décida de lui donner une dernière chance.

— Vous n'avez même pas de remords par rapport à cette femme que j'ai vue à Madrid ? Votre maîtresse ?

Rafael prit une expression indéchiffrable.

— Ma maîtresse... Cette pensée vous dérange-t-elle ?

— Pas le moins du monde, répondit-elle avec une désinvolture un peu trop affectée.

Il se mit à rire doucement.

— Vous êtes jalouse, je m'en réjouis. Rien de tel que la jalousie pour pimenter une intrigue amoureuse ! Eh bien je vous laisserai mijoter sans vous donner un seul détail sur elle.

— Vous ne voulez même pas me dire depuis combien de temps vous la connaissez ?

— J'accepte de répondre à cette question : depuis huit ans.

— Elle n'a pas dû se faire prier pour vous céder, je suppose, avança Liona d'un ton acide.

— Mauvaise langue ! Eh bien sachez qu'autant que je me souvienne il m'a fallu beaucoup de persuasion pour l'amener dans mon lit.

— Et sa réticence a dû « pimenter » vos relations !
s'indigna la jeune femme en lui enlevant sa main.

— N'est-ce pas naturel ?

— N'avez-vous pas honte de séduire des jeunes filles
vierges et innocentes ?

Rafael devint évasif et répliqua calmement :

— Je laisse à d'autres le soin de séduire cette
catégorie de femmes.

— Dans ce cas votre « amie » n'a pas dû faire
beaucoup de difficultés. Sans doute surestimez-vous
votre pouvoir de séduction.

— Sans doute, convint-il d'un ton moqueur.

— Ce doit être follement excitant d'avoir deux
maîtresses à la fois, poursuivit Liona avec acharnement, ne pouvant plus contenir sa rage. Cela aussi doit
« pimenter » vos idylles !

— Oh, certainement.

Elle le fusillait du regard, et son visage s'était
empourpré sous l'effet de la colère.

— Et êtes-vous certain de pouvoir nous satisfaire
toutes les deux ? lança-t-elle sur le ton du défi.

— Tant que vous serez aussi belle que maintenant,
oui.

Liona dut se raisonner pour cesser de répondre à ses
provocations. Elle ne s'était jamais fait d'illusions sur
l'attitude de Rafael à l'égard de la gent féminine, alors
pourquoi l'aveu de son cynisme la dérangerait-il ?
C'était d'ailleurs elle qui la première avait parlé de
Concepción, dans l'espoir d'en apprendre davantage,
de le laisser se justifier. En fait il s'était montré plus
franc qu'elle ne s'y attendait, mais il n'avait rien
expliqué. Elle ne pouvait donc l'absoudre : sa vengeance suivrait son cours.

De son côté, Rafael choisit de poursuivre ce petit
jeu, qui était sans doute plus cruel qu'il ne le soupçon-
nait.

— Préféreriez-vous que je la quitte ? Je suis prêt à le

faire si vous me le demandez, et à me consacrer à une seule femme.

Liona éclata d'un petit rire qui sonnait faux.

— Vous regretterez peut-être vos paroles demain. De toute façon, je... je ne compte pas rester longtemps en Espagne. Je ne vous ai pas dit que je haïssais ce pays ? Je refuse d'y rester pour devenir la femme de Miguel, je ne vais pas changer d'avis pour être votre maîtresse.

Il la dévisagea, et progressivement son sourire moqueur fit place à une expression d'une extrême gravité, lourde de menace.

— Peut-être regretterez-vous vos paroles, vous aussi, après cette nuit.

Il se leva, fit le tour de la table et aida sa compagne à se lever.

— Oui, je vous forcerai à retirer ce que vous venez de dire, murmura-t-il en caressant sa chevelure couleur de miel.

Il se pencha pour embrasser doucement la courbe de son épaule, la naissance de sa gorge, et ses mains prirent possession de sa poitrine à travers l'étoffe soyeuse.

Le cœur de Liona battait la chamade ; elle frémissait dès qu'il la touchait, et ferma les yeux pour ne plus voir ses longs doigts sur sa peau, qui brillait en transparence sous la mousseline gris-vert.

Il allait regretter les promesses qu'il lui avait faites et n'avait pas tenues ; il allait payer très cher l'humiliation qu'il lui avait fait subir.

Elle posa délibérément ses mains sur les siennes, et tourna légèrement la tête pour lui mordiller amoureusement le lobe de l'oreille. Il lui fallait absolument enflammer le désir de Rafael avant de se laisser emporter elle-même par le feu de la passion ; et pour cela elle se servirait des armes qu'il avait utilisées pour la séduire elle, les retournerait contre lui. Elle avait appris sa leçon. Ce soir, elle garderait la tête froide.

Elle laissa glisser ses mains le long des cuisses de Rafael, et se pressa davantage contre lui quand elle sentit dans ses reins l'ardeur de sa réponse.

— Quelle idée avez-vous eue d'exiger deux chambres séparées ? lui chuchota-t-il à l'oreille, par-dessus son épaule. Comment avez-vous pu croire que je vous laisserais dormir seule, fût-ce pour une heure ?

— Vous devriez au contraire vous réjouir de mon initiative, car si nous allons maintenant dans ma chambre nous ne serons pas dérangés : le serveur va bientôt venir débarrasser.

Elle savait qu'il aurait fallu tôt ou tard attirer Rafael dans la pièce voisine : les circonstances la favorisaient de manière inattendue.

Elle réussit donc à l'amener où elle voulait, mais très vite elle craignait de voir la situation lui échapper. Car c'était maintenant Rafael qui l'étendait sur le grand lit, la caressait, enlevait sa veste, sa cravate, défaisait un bouton de sa chemise, puis deux...

— Non, Rafael, c'est mon tour cette fois, articula-t-elle dans un souffle, soudain étrangement peu sûre d'elle.

— Ton tour ? demanda-t-il en riant.

Liona sentait sa gorge se nouer. Ce n'était pas si simple, contrairement à ce qu'elle avait imaginé...

— Oui, tu m'as promis... que ce serait à mon tour de... te déshabiller.

Elle lut dans ses yeux une expression indéchiffrable, qui lui fit peur. Puis il sourit et décréta d'un ton péremptoire :

— Soit, si tu y tiens. Mais déshabille-toi d'abord.

La consternation se lut sur le visage atterré de Liona ; elle n'avait pas envisagé cette éventualité.

— Non, je...

— J'insiste. Aurais-tu peur ?

— Non.

Faisant appel à tout son courage, elle entreprit d'enlever lentement son boléro ; ses mains tremblaient. Heureusement, la pièce n'était que faiblement éclairée, et pourtant cette concession lui fut extrêmement pénible. Le doux halo de la lampe brillait maintenant sur sa poitrine nue. Liona tendit les bras et attira son compagnon vers le lit.

— A toi, ta chemise, murmura-t-elle d'une voix à peine audible.

Comme il ne bougeait pas, elle s'avança vers lui et défit un à un les boutons de sa chemise, avant de la faire glisser le long de ses épaules, puis embrassa son torse musclé.

— Continue, ordonna-t-il.

Elle s'attaqua aux boutons de manchette, mais ses doigts manquaient singulièrement d'agilité. Devant sa maladresse, Rafael demanda doucement :

— As-tu déjà déshabillé un homme ?

— Bien sûr, je…

Mais elle se reprit : il serait plus simple de reconnaître la vérité.

— A vrai dire, non, c'est la première fois. Je me sens un peu… nerveuse. Je préférerais éteindre la lumière, si cela ne te dérange pas.

Il scruta son regard avec le même visage énigmatique que précédemment, et finit par rire doucement. Puis il s'approcha de la lampe et tourna le commutateur. La pièce fut plongée dans l'obscurité, hormis un faible rai de lumière qui filtrait par la porte de la salle de bains, et le clair de lune qui ruisselait sur le tapis. Pendant un long moment, la jeune femme ne bougea pas, laissant ses yeux s'accoutumer à la demi-pénombre. La voix presque moqueuse de Rafael la fit sursauter.

— Voilà, j'ai enlevé ma chemise.

Emplie d'appréhension, elle s'approcha de lui à l'aveuglette, car le recoin où il se trouvait n'était pas du tout éclairé. Une main de fer s'abattit sur son poignet et l'attira sur le lit.

— Alors, c'est tout ? railla-t-il. Je m'attendais à plus d'initiative de ta part ! J'aurais déjà eu dix fois le temps de m'endormir !

Il guida ses doigts vers la large ceinture qu'il portait à la taille, mais elle se déroba, voulant retarder aussi longtemps que possible ce moment crucial. Elle se mit donc à explorer de ses mains tremblantes son torse nu… et sentit plusieurs cicatrices.

— Tu as vécu si dangereusement… murmura-t-elle. Trop dangereusement.

— Je croyais que tu aimais les cicatrices, *querida*. Allons, cesse de te retenir…

Elle embrassa sa poitrine, plus émue qu'elle ne voulait se l'avouer. Etait-ce là la cicatrice de son avant-dernier combat, celle qui l'avait fait renoncer à la corrida ? La gorge nouée, elle se rappela qu'il ne lui était rien, qu'elle ne l'aimait pas, qu'elle voulait uniquement se venger de l'affront qu'il lui avait fait subir. Comme il ne bougeait pas, ne lui rendait pas ses caresses, elle se sentit peu à peu moins vulnérable. Elle était redevenue maîtresse de la situation.

— Tu me feras mourir d'impatience, *mi amada*, murmura-t-il, toujours tendu et immobile.

Faisant appel à tout son sang-froid, elle fit descendre ses doigts plus assurés le long de son torse, et acheva de le déshabiller. Il ne l'aida pas.

Et le moment qu'elle avait tant attendu était enfin venu : Rafael était nu, à sa merci. Liona n'en revenait pas de sa propre audace, tandis qu'elle contemplait silencieusement son long corps ambré, sculptural, faiblement éclairé par le croissant de lune.

Pour se remettre de ses émotions, elle s'assit au bord du lit, tremblante et un peu effrayée.

— C'est tout ? se moqua-t-il.

Il devint grave, soudain, et sortit de sa passivité pour prendre la jeune femme dans ses bras.

— Liona, Liona, tu vas me rendre fou...

Il se mit à la couvrir de baisers enflammés, et entreprit de lui enlever le pantalon mousseux qui la protégeait de son ardeur. La jeune femme, à cette minute, faillit oublier ses véritables motivations. Mais les jurons étouffés de Rafael la ramenèrent à la réalité.

— *Infierno ! Que maldito...*

Il venait en effet de rencontrer l'obstacle que constituait la rangée d'agrafes habilement placée à l'endroit stratégique. Il n'aurait pas ce qu'il voulait, il ne parviendrait pas à ses fins, même s'il suppliait...

— Oh, c'est une fermeture un peu compliquée, articula-t-elle avec difficulté. Laisse-moi faire...

Mais il s'acharnait fébrilement sur les agrafes, à tel point qu'elle crut qu'il allait tout déchirer.

— Je t'en prie, fais attention ! Je tiens beaucoup à ce vêtement et...

— Je t'en achèterai une douzaine comme celui-ci, marmonna-t-il.

Le désastre était imminent.

— Non ! s'écria-t-elle. Je n'ai jamais laissé Miguel m'acheter de vêtements, je ne te laisserai pas non plus m'entretenir !

Le seul mot de « Miguel » semblait avoir produit un effet magique : Rafael étouffa de nouveau un juron, se retourna et alluma la lampe, complication que Liona n'avait pas prévue... A la vue de son corps nu, viril et musclé, elle faillit perdre ses bonnes résolutions et dut fermer les yeux pour retrouver son courage.

— Non, s'il te plaît, murmura-t-elle en se levant.

Elle éteignit de nouveau la lampe et ajouta :

— La fermeture doit être coincée, ces crochets sont impossibles. Je vais chercher des ciseaux dans ma trousse de toilette, et s'il le faut je les couperai.

Elle prit d'abord la peine de ramasser les quelques

effets épars au pied du lit, puis, nue jusqu'à la taille, se précipita vers la salle de bains.

— Que fais-tu de mes vêtements ? interrogea Rafael d'un ton sarcastique, comme s'il n'était pas dupe.

Le cœur battant — son plan ne pouvait pas échouer au dernier moment ! — elle inventa un mensonge.

— Je voulais les accrocher au porte-manteau, mais si tu ne préfères pas...

— Oh, fais donc, répondit-il sèchement. Ne sois pas longue.

Le temps de refermer la porte derrière elle, et Liona se retrouva en sûreté dans la salle de bains, à bout de souffle. Elle ne savait si elle devait en rire ou en pleurer.

Elle poussa silencieusement le verrou, puis, pour ne pas éveiller tout de suite les soupçons de Rafael, fit couler de l'eau dans le lavabo ; elle prit ensuite la tunique assortie à son pantalon, qu'elle avait eu soin d'accrocher au porte-manteau, ainsi que son sac à main qui contenait la clef de sa chambre. Quelques secondes plus tard, elle était dans la pièce voisine, tira la chaîne qui fermait la salle de bains de ce côté-là : Rafael était bel et bien prisonnier, enfermé, sans vêtements.

Elle trouva facilement les clefs de sa voiture, déposa sur son lit un petit mot griffonné au préalable, et en deux minutes elle se retrouva dans le hall de l'hôtel.

— *Buenas noches,* dit-elle précipitamment au portier. *Por favor, el automóvil de Don Rafael... del señor de los Reyes.*

Elle lui décocha un sourire enjôleur en lui tendant les clefs. Il devait penser qu'elle était la maîtresse de Rafael ! Mais quelle importance...

Il la regarda curieusement, puis s'éloigna sans émettre de commentaire. Ce fut seulement lorsqu'elle n'eut plus qu'à attendre dans le hall désert le retour du portier que Liona se rappela que Rafael n'était pas complètement enfermé. Il lui restait le balcon. Mais il lui faudrait une dizaine de minutes, avec un peu de chance, pour se rendre compte du piège dans lequel il était tombé. Une ou deux minutes de plus pour reprendre ses esprits, puis le temps de passer par le balcon, de s'habiller... Elle serait loin alors, car déjà elle entendait un bruit de moteur, et deux phares éclairèrent l'allée. Elle se précipita sans attendre sur le perron de l'hôtel, afin de sauter immédiatement dans la voiture. Un pourboire à la main, aveuglée par les phares, elle regarda le portier se garer devant les marches.

Mais l'image qui s'offrit à sa vue la pétrifia. Elle ne pouvait en croire ses yeux. Elle devait rêver.

Machinalement, elle donna le pourboire au portier, bredouilla un incompréhensible *gracias,* et n'entendit même pas la lourde porte vitrée se refermer derrière elle.

Ce n'était pas la Lamborghini.

C'était une jeep.

Une vieille jeep poussiéreuse, hideuse, cabossée, ouverte à tous les vents.

Eh bien, si elle roulait ? réfléchit Liona. Mais pourquoi Rafael lui avait-il laissé croire qu'il était venu avec son autre voiture ? Avait-il honte de rouler dans cet engin antédiluvien ? Etait-ce pour cela qu'il n'avait pas voulu l'emmener dîner en ville ? Allons, décida-t-elle, il ne rimait à rien de se poser toutes ces questions. L'essentiel était d'arriver à faire démarrer ce tacot.

Elle s'installa avec détermination sur le siège du conducteur. Le volant à gauche, le levier de vitesses à droite, enregistra-t-elle mentalement, peu habituée aux automobiles du continent. La Lamborghini lui aurait de toutes manières posé le même problème, ce n'était pas insurmontable. Mais que signifiait... ? *Deux* leviers de vitesse ? Et à quoi servaient tous ces petits boutons sur le tableau de bord ? Ah, quelque chose était inscrit près d'un cadran... Elle se pencha pour déchiffrer, car elle

n'y voyait goutte ; c'était en espagnol, naturellement !
Et le seul mot qu'elle pût comprendre était : PELI-
GRO, ce qui signifiait « danger ». Elle cessa aussitôt de
tripoter les boutons, comme s'ils l'avaient brûlée, et un
horrible désespoir s'empara d'elle, lui ôta toute
volonté. Mais elle n'avait que dix minutes maintenant
pour arriver à faire démarrer cette stupide voiture !

Il fallait trouver un moyen.

Elle essaya courageusement plusieurs boutons, dans
l'espoir de tomber par hasard sur le démarreur, lorsqu'une voix derrière elle la fit sursauter.

— Vous avez besoin d'aide ?

— Rafael... !

Elle fit volte-face, le cœur battant.

— Comment avez-vous pu...

— Prendre si longtemps pour descendre ? acheva-t-il
d'un air narquois, en lui adressant un sourire glacial.
J'avoue avoir été un peu long : il me fallait régler la
note, et donner des instructions pour que le gérant nous
réexpédie nos valises plus tard. Mais je pensais bien
vous trouver encore devant l'hôtel.

Son sourire s'évanouit, et il s'avança vers la voiture,
avec son inquiétante démarche de grand fauve.

— Poussez-vous, ordonna-t-il sèchement.

Pendant que Liona glissait piteusement sur le siège
du passager, il ajouta :

— Ces voitures ne sont pas faites pour être conduites
par des écervelées comme vous.

— Comment... comment saviez-vous ? balbutia-t-
elle.

— Depuis l'autre jour je me demande quel tour vous
alliez bien pouvoir me jouer... comme à votre habitude.

Il remit en place les manettes touchées par la jeune
femme, et poursuivit :

— Quand vous m'avez habilement questionné à
propos de la Lamborghini, j'ai compris que vous

mijotiez quelque chose. C'est pourquoi je ne vous ai pas confié qu'elle avait besoin d'être réparée, et que j'avais pris la jeep à la place. Tomás venait justement de la remettre en état ! J'ai également pris un malin plaisir à vous indiquer la méthode à suivre pour faire sortir la voiture du garage... Je dois cependant avouer qu'il m'est arrivé à plusieurs reprises d'oublier mes suspicions ; cette négligence bien compréhensible est imputable au feu de la passion... J'ai beaucoup apprécié, soit dit en passant, le raffinement de la fermeture de votre pantalon d'odalisque !

Il tira violemment sur le starter, tout en ajoutant :

— Mais aucune femme au monde ne prend soin d'accrocher au porte-manteau les vêtements de son amant. Dès que je vous ai entendue tourner le robinet dans la salle de bains, j'ai enjambé le balcon.

— N... nu ?

— Oui, nu. Cela vous amusait de me laisser enfermé dans une chambre d'hôtel sans vêtements ?

— J'aurais dû penser au balcon ! s'exclama-t-elle rageusement.

Au bord des larmes, elle s'accrocha à la portière au moment où la jeep démarra.

— Je vous ai observée, de l'extérieur. Si vous aviez fait un geste pour fermer la fenêtre, j'aurais eu le temps de vous en empêcher. N'ayez donc aucun regret : je vous avais prise de vitesse.

— J'espère que vous avez lu mon mot ? Oui, Rafael, j'aime encore Miguel, je l'aimerai toujours, et je vais l'épouser ! Je vous ai menti ! Vous vous apprêtiez à faire l'amour avec la femme qui va devenir l'épouse de votre frère... et je vous souhaite de ne jamais l'oublier, jusqu'à la fin de vos jours. Cela au moins pèsera sur votre conscience !

Rafael ne découvrirait pas la vérité sur ses intentions de rupture avant plusieurs jours. Elle pourrait donc savourer au moins cette courte vengeance.

— Et cette fois, conclut-elle avec colère, c'est *moi* qui vous ai empêché d'arriver à vos fins ! Moi seule ! Je vous hais, Rafael, je vous méprise d'avoir essayé de briser mon mariage avec Miguel ! Je vous hais… je vous hais…

— Je ne désespère pas d'arriver un jour à mes fins avec vous, décréta-t-il avec arrogance.

— Même si vous devez me prendre par la force ? Même si je suis mariée à votre frère ?

Il ne répondit pas, mais ses mains se crispèrent sur le volant, et ses phalanges blanchirent. Ils roulaient à présent dans les rues de Cordoue, qui semblaient avoir perdu de leur charme. Ils rejoignirent en silence la route de Séville et commencèrent leur long trajet. Dans l'air nocturne vibraient les parfums de l'Arabie, qui eux aussi avaient perdu de leur douceur. Toute à son tourment, Liona ne s'aperçut pas des kilomètres grignotés, et ne vit même pas le tournant qui menait vers la propriété de la Marquise.

Sans desserrer les dents, Rafael gara la jeep à quelque distance de l'Alkabir et accompagna ensuite la jeune femme jusqu'au portail de la Cour des Jouvencelles. Liona ouvrit la grille à l'aide de la clef qui lui avait été remise par la gouvernante. Les fontaines taillées dans le marbre étaient encore éclairées par des projecteurs. En silence, drapée dans sa dignité, elle laissa Rafael l'escorter jusqu'à la porte de ses appartements : elle ne voulait plus de scènes.

— Bonne nuit, dit-elle d'un ton glacial lorsqu'il se fut effacé devant la porte ouverte.

Mais il fut plus rapide, et s'engouffra derrière elle avant qu'elle n'ait eu le temps de refermer.

— Sortez d'ici ! ordonna-t-elle rageusement. Cette fois je n'aurai pas peur de crier. Un domestique dort dans une pièce voisine, je vous le rappelle.

Le rire de Rafael résonna, sardonique, dans le vestibule.

— Je connais Pablo ; c'est un brave père de famille qui adore sa femme et ses enfants. Vous sachant absente, croyez-vous qu'il résisterait à l'envie d'aller dormir chez lui, au village ? Oh oui, ma petite princesse de harem, nous sommes absolument seuls dans ce sérail ce soir. Les murs sont épais, étouffent les sons : vous pouvez crier tant qu'il vous plaira.

Les yeux écarquillés de stupeur, Liona recula.

— Non, vous n'allez pas...

Si, il avançait sur elle, sombre et menaçant, avec la souplesse ramassée du félin prêt à bondir sur sa proie.

Il la souleva dans ses bras puissants et la porta jusqu'à la chambre ; elle criait de toutes ses forces, se débattait, donnait des coups de pied. Mais sans écouter ses protestations il la jeta sur le lit et déchira sa tunique d'un geste précis. Pendant quelques minutes il caressa ses seins nus, sauvagement, sans aucune tendresse. Le premier moment de choc passé, elle se mit à hurler de plus belle, jusqu'à ce que la langue de Rafael, telle une arme aiguisée sur sa peau, lui fît ravaler ses cris.

Il déchira ensuite son pantalon de mousseline. Elle était totalement à sa merci, mais refusait de se rendre. Tandis qu'elle se débattait et le griffait comme une diablesse, il se servit habilement de l'étoffe déchirée pour lui lier les mains et les attacher aux montants du lit à baldaquin. Elle était nue, incapable de se défendre ; les mains de Rafael couraient sur son corps, ravageuses, dévastatrices, vengeresses. Mais la plus grande honte qu'elle éprouva fut de sentir monter en elle, en dépit de sa volonté, une réponse à ces caressees fiévreuses.

Quand Rafael se redressa puis se leva, elle crut qu'il allait se déshabiller. Elle ferma les yeux de terreur et d'humiliation, épuisée ; elle n'avait plus la force de crier et tremblait de tous ses membres.

— Si Miguel vous voyait en ce moment...

En entendant cette phrase, Liona rouvrit les yeux. Il

n'avait pas ôté ses vêtements comme elle l'avait cru, et dans son regard il n'y avait plus que du mépris, sans la moindre trace de désir.

— Je ne vous prendrai pas de force, même si vous ne valez rien, laissa-t-il tomber dédaigneusement. Oh, ne vous inquiétez pas : si je n'ai pas de vos nouvelles dans la matinée, j'enverrai quelqu'un vous délivrer.

Puis il se dirigea vers la porte et se retourna sur le seuil. Son visage était devenu un masque cruel, impitoyable.

— A vous d'expliquer à la Marquise la raison de cette embarrassante situation, jeta-t-il avant de disparaître.

L'écho de son rire dans le couloir fut pour Liona aussi cinglant qu'une gifle.

*
**

C'était sans doute à dessein que Rafael n'avait pas serré les nœuds qui liaient les poignets de Liona aux colonnes du lit : sa cruauté n'allait pas jusqu'à vouloir la faire souffrir très longtemps. Après cinq minutes d'efforts, la jeune femme parvint à se libérer. Si elle s'était dégagée de ses liens, elle ne s'était pas pour autant déchargée du fardeau qui l'accablait, de la honte, de l'humiliation. Au matin, les cernes de ses yeux témoignaient de l'amertume des pensées qui l'avaient tenue éveillée jusqu'à une heure avancée de la nuit.

Une douche presque froide lui redonna quelque énergie, et un semblant de dignité. Magdalena n'étant pas là pour lui apporter le petit déjeuner, elle décida de gagner le bâtiment principal ; elle tenait à prévenir Doña Encarna de son retour prématuré.

Une jeune bonne, qui regarda Liona avec effarement comme si elle venait de voir un fantôme, courut avertir la vieille gouvernante. Celle-ci ne tarda pas à apparaître, plus menue que jamais semblait-il, et dans un état d'agitation extrême.

— Doña Liona… loué soit le ciel, vous êtes là ! La Marquise a téléphoné à tous les *paradores* de Cordoue pour essayer de vous contacter. *Válgame Dios,* il m'est tellement difficile de vous annoncer cette nouvelle…

Le visage de Doña Encarna se plissa comme une vieille pomme, sous l'effet d'un chagrin intense.

— Que s'est-il passé ? Parlez, je vous en prie !

— C'est Miguel, *señorita.* Miguel est mort.

11

« Ce furent des funérailles grandioses. Cent mille personnes ont suivi le cortège funèbre. Tout Séville était là pour voir porter en terre le grand disparu. »

Cette description par les journaux de l'époque de l'enterrement de Juan Montañes préfigurait tragiquement les obsèques de son fils Miguel. En Espagne, un matador est toujours plus grand mort que de son vivant ; même ceux qui avaient critiqué le manque de sobriété du style de Miguel étaient venus grossir les rangs des pleureurs. Pourtant, ce dont Liona devait toujours se souvenir, au-delà de la pompe et de la magnificence de la cérémonie, au-delà de la tristesse générale et de la solennité ambiante, c'était le visage de la Marquise : masque de pierre ciselée, il n'exprimait rien de la souffrance intérieure d'Isabela de los Reyes.

Mais les funérailles appartenaient désormais au passé. Le corps de Miguel, sinon sa mémoire, reposait en paix. La presse, toutefois, chantait encore ses louanges, ne tarissait pas d'éloges sur ses multiples qualités, y compris sous la plume des plus féroces critiques. Son décès, dû à une brutale embolie pulmonaire contractée alors qu'il venait de quitter l'hôpital de sa propre initiative, contre l'avis formel des médecins, fut interprété comme un défi suprême lancé à la mort ;

cette version romantique vint alimenter la légende naissante d'*El Sol*. Les journalistes exhumèrent de vieux articles et les remanièrent à leur façon, pour satisfaire la curiosité croissante des lecteurs sur la vie bouillonnante du jeune matador.

Liona se félicita, au milieu de cette macabre effervescence, d'avoir gardé secrètes ses fiançailles avec Miguel. Aucune information n'avait filtré à ce sujet, bien que la photo de la jeune Anglaise ait paru en première page parmi celles des autres conquêtes du disparu. Sa présence lors de la cérémonie funèbre n'avait pas été remarquée, car elle avait pris soin de se faire accompagner uniquement par Doña Encarna au lieu de se montrer aux côtés de la Marquise. Il aurait cependant été facile aux amateurs de *scoop* de retrouver sa trace à l'Alkabir, d'interroger quelques paysans du village, les domestiques du palais, ou certains proches de Miguel, et de découvrir que Liona avait suivi des cours d'éducation religieuse. Mais pour le moment on la laissait en paix, et elle espérait rester dans l'anonymat.

Après l'enterrement, et sur l'insistance expresse de la Marquise, elle avait accepté de passer encore quelques semaines à l'Alkabir. Ce geste, elle le savait, constituait un maigre sacrifice comparé au chagrin de la vieille dame ; si sa présence devait alléger les souffrances de cette dernière, elle ne pouvait se dérober. Car que pouvait-elle faire d'autre pour elle, hormis lui donner les dernières photos qu'elle avait prises de son fils ? Elle avait en effet décidé de ne pas vendre ses précieux clichés à la presse, à la suite de la mort tragique de son ancien fiancé.

Elle prit bientôt contact avec Paco et mit fin à leur contrat, le cœur gros car il était devenu pour elle un véritable ami ; elle lui envoya par chèque un excellent salaire, accompagné de lettres de recommandation.

La jeune femme profita de l'extension de son séjour

à l'Alkabir pour poursuivre ses cours d'éducation religieuse avec Don Esteban. Elle dut avant de parvenir à cette décision résoudre un profond dilemme : pour une raison inconnue d'elle-même elle tenait à parfaire cette instruction, tout en appréhendant fortement de se trouver seule en face du vieil aumônier ; l'expédition de Cordoue et son rôle dans cette lamentable affaire allaient tôt ou tard parvenir à sa connaissance ; or elle craignait ce moment de vérité.

Mais le prêtre l'amena en douceur à soulager sa conscience, après avoir précisé qu'il n'avait besoin d'entendre aucun détail.

— Ce que vous devez vous demander, mon enfant, c'est pourquoi vous avez agi ainsi. Il est inutile de me dévoiler davantage la nature de vos sentiments à l'égard de Don Rafael ; vous employez des mots tels qu'antagonisme, haine, vengeance. Connaissez-vous vraiment leur portée ? L'inimitié ronge l'âme, vous devriez y mettre un terme. Pourquoi ne pas parler à Rafael ? Il sera peut-être plus aisé que vous ne l'imaginez de résoudre vos différends...

— Don Rafael m'évite soigneusement, mon père. Et si j'exprimais le souhait de lui parler, il refuserait, j'en suis certaine. D'ailleurs, je ne veux rien lui demander.

— Ah, l'orgueil ! Ce vilain défaut doit être engendré par le climat espagnol !

— Il ne s'agit pas d'orgueil, mais de défense.

Plus tard, seule dans sa chambre, elle devait se demander pourquoi Don Esteban avait évoqué son orgueil et non celui dont Rafael faisait preuve.

Ce dernier évitait effectivement de se trouver seul en sa compagnie. Il dînait pourtant presque tous les soirs dans les appartements de la Marquise, sans doute pour apporter à sa mère quelque réconfort. A l'occasion des funérailles, il avait daigné présenter des excuses à la jeune femme, d'une manière certes assez sèche et dépourvue de tout sentiment ; après avoir fait ce premier pas, il s'attendait peut-être à un geste de sa part, dans la même direction. Mais Liona avait alors la gorge complètement nouée, aucun son n'avait pu sortir de sa bouche. Face à son silence, Rafael s'était durci, fermé. Et depuis il avait adopté envers elle un comportement poli mais extrêmement distant.

La jeune Anglaise voyait approcher la fin de son calvaire. Juin était venu, puis juillet ; dans les jardins de l'Alkabir, les orangers s'étaient dépouillés de leur dentelle de fleurs, l'air ne sentait plus le printemps. Les fruits commençaient à faire leur apparition, grossissaient à vue d'œil, verts encore contre le ciel implacablement bleu. La chaleur devenait lourde, pesante, énervante, et même les nuits étaient accablantes, n'apportaient aucune trêve, aucune fraîcheur. Les rares ondées printanières étaient loin déjà, et la longue sécheresse estivale commençait à brûler les pâturages andalous. Six semaines s'étaient écoulées depuis l'enterrement de Miguel. Liona sentait qu'il était temps pour elle de quitter l'Espagne, bien que la Marquise eût souhaité la retenir davantage.

Afin d'éviter tout incident de dernière minute avec Rafael, elle attendait maintenant la première occasion pour prendre congé de son hôtesse sans avoir à dire au revoir à son fils. Cette occasion se présenta lorsque ce dernier annonça un dimanche soir son intention d'aller passer toute la semaine suivante à Madrid, pour affaires. Lorsqu'elle quitta la table du dîner, Liona avait pris sa décision : elle profiterait de son absence pour partir, sans risquer d'altercation déplaisante avec son ennemi juré. Comme il avait affirmé à la Marquise ne pas pouvoir être de retour avant samedi, la journaliste fixa son départ à vendredi ; elle prendrait le train à Séville.

Repliée sur ses sombres pensées, Liona n'avait guère prêté attention aux états d'âme de Magdalena. Mais quand le mardi matin la jeune fille laissa tomber sur le tapis la tasse de café qu'elle apportait à sa maîtresse, Liona s'inquiéta et se rendit compte rétrospectivement que depuis quelques jours sa femme de chambre donnait tous les signes d'une extrême nervosité.

— Qu'y a-t-il, Magdalena ? s'enquit-elle avec sollicitude, après avoir suivi jusque dans sa chambre l'adolescente en larmes.

Celle-ci sanglotait sur son lit, et balbutia entre deux hoquets :

— C'est la lune, *señorita*. Elle sera pleine pendant trois jours.

— Tomás ne va tout de même pas retourner dans les champs !

— Si, *señorita*, j'en suis certaine.

La journaliste dévisagea sévèrement le petit minois éploré de la jeune fille.

— Comment le savez-vous ? Vous avez cherché à le revoir ?

— Oh non, *señorita*. Mais il m'a affirmé qu'il le ferait, il y a deux mois, la nuit où...

Elle s'interrompit et reprit :

— Il m'a dit qu'il ne renoncerait pas à s'entraîner. Il veut gagner assez d'argent pour que nous puissions nous marier et que mon père ne l'accuse pas d'être un...

— Un bon à rien ? acheva Liona en soupirant.

La mauvaise réputation de Tomás n'allait pas changer du jour au lendemain, elle s'en doutait, surtout s'il s'obstinait à braver la loi.

— Et c'est pour cela que vous êtes inquiète ? Vous craignez qu'il ne se soit fait prendre hier soir, dans les champs ?

— Je me le demande, avoua l'adolescente. J'avais peur aussi le mois dernier, au moment de la pleine lune, mais Don Rafael était là pour le surveiller, alors que maintenant il est à Madrid...

— Ecoutez, si vous voulez, vous pouvez descendre au

village et vous assurer qu'il n'est rien arrivé. Vous irez aussi aux nouvelles demain et après-demain.

Le visage de Magdalena s'éclaira de gratitude. Elle s'essuya les yeux et lissa sa jupe froissée. Mais un doute tenaillait Liona.

— Si c'est tout ce qui vous préoccupe, Magdalena, tant mieux. J'avais peur que vous ne soyez enceinte.

La jeune fille s'apprêtait à remettre un peu d'ordre dans sa chevelure ; ses mains s'arrêtèrent en chemin.

— Ça aussi, *señorita*.

— Oh, non…

La journaliste fut effondrée par cette nouvelle. Tant de femmes demeuraient stériles alors qu'elles désiraient un enfant, et voilà qu'une adolescente innocente tombait enceinte à la suite de sa première et unique expérience amoureuse ! Comment n'avait-elle pu s'en apercevoir plus tôt ?

— Bon, eh bien il faut absolument parler à votre père, décida-t-elle fermement.

— Plutôt m'enfuir d'ici ! Je ne lui dirai rien, rien ! D'ailleurs, je me trompe peut-être…

— Vous devez aller consulter un médecin.

— Je ne veux pas voir le docteur de mon père, il lui dirait tout !

— Alors je vous emmènerai à Séville avant de partir. Je me charge de prendre un rendez-vous, votre père ne sera au courant de rien. Et avec un peu de chance…

Liona prit rendez-vous chez un médecin de Séville pour le jeudi, la veille de son départ. Mais ce jour-là, un événement imprévu empêcha les deux femmes de quitter l'Alkabir.

Pour la troisième matinée consécutive, Magdalena s'était rendue au village pour s'assurer que Tomás n'avait pas été pris. Elle fut cette fois absente si longtemps que la journaliste, inquiète, s'apprêta à la rejoindre. Elle venait d'enfiler une légère robe de coton beige et se coiffait les cheveux lorsqu'elle entendit des bruits de voix dans le vestibule. Elle reconnut immédiatement celle de sa femme de chambre... et celle de Rafael. Il était rentré de Madrid plus tôt que prévu ! Alarmée, elle prit son courage à deux mains et les rejoignit.

— Allez faire vos bagages, ordonnait gentiment Rafael à la jeune fille. Je vous attends au salon.

— Que... que se passe-t-il ? s'enquit Liona avec épouvante.

— Allons au salon, je vous expliquerai. Dépêchez-vous, Magdalena, sinon votre père va s'énerver.

— Mais enfin pourquoi doit-elle faire ses bagages ? Je croyais qu'elle resterait à mon service jusqu'à mon départ, et...

— Vous vous passerez d'elle, répondit sèchement Rafael en la précédant. Magdalena est en disgrâce. Elle doit rentrer chez elle. Une autre jeune fille vous servira de femme de chambre ; elle s'appelle Blanca et ne parle pas un mot d'anglais, mais vous avez dû faire des progrès en espagnol, non ?

— Ce n'est pas cela qui m'inquiète, je veux savoir ce qui est arrivé à Magdalena !

— Eh bien elle est arrivée sur la place du village il y a une demi-heure, un peu avant moi. A mon retour de Madrid, ce matin, j'ai trouvé tout le monde dans un état de grande effervescence. L'homme que j'avais chargé de surveiller Tomás s'est endormi la nuit dernière... vous imaginez la suite : le garnement n'était pas rentré chez lui ce matin. Je suis aussitôt parti aux nouvelles, et j'ai trouvé Tomás sur la place du village, bien entouré.

— Oh, non...

— Si. Et Porfirio Torres a décidé d'exécuter avec zèle les ordres de ma mère, et de le faire fouetter.

— Avez-vous réussi à l'en empêcher ?

— Non, Magdalena s'en était chargée avant mon arrivée. Elle était manifestement entrée dans le village au moment où son père châtiait son bien-aimé. Elle a couru vers lui, et l'a enlacé alors que les coups de fouet pleuvaient sur lui. Evidemment Torres a dû arrêter, pour ne pas la blesser. Pour couronner le tout Magdalena a embrassé Tomás devant tous les villageois, ce qui équivalait à une déclaration publique. Torres est furieux, hors de lui. Plus personne maintenant ne voudra épouser sa fille.

Liona réfléchit rapidement. Mieux valait dire la vérité.

— De toute façon je doute qu'elle ait d'autres prétendants : elle attend un enfant.

Rafael se passa la main dans les cheveux, dans un geste de lassitude qui lui était peu coutumier.

— Bon, j'irai parler à Torres, et voir ce que l'on peut faire. Pourquoi ne pas m'avoir averti plus tôt ?

— Je l'ai seulement appris il y a deux jours, vous étiez absent. De plus Magdalena n'a pas encore vu le médecin, elle se trompe peut-être.

— J'en doute. Les jeunes Espagnoles en savent plus sur la grossesse que sur la contraception ; elle doit avoir constaté tous les symptômes habituels.

— Oh, Rafael, c'est affreux... Que va-t-elle devenir ? Si seulement Tomás avait une situation !

— Elle pourra aller vivre chez la famille de Tomás. Je viens de leur trouver une petite maison dans le *pueblo* de ma propriété, car une famille de *vaqueros* vient de déménager pour aller s'installer ailleurs ; oh, ce n'est rien d'extraordinaire, mais ils y seront mieux que dans ce taudis où vous m'aviez conduit. Pendant ses heures de loisir, Tomás a lavé toutes les pièces, a passé les murs à la chaux, c'est donc propre ; une voisine s'est déjà proposée pour aider sa mère, le temps que la fille aînée soit rétablie. Mais ce ne sera pas la situation idéale pour Magdalena, même si son père l'autorise à épouser Tomás : les voisins seront tout de suite au courant, et médiront d'elle. Elle aura une vie impossible.

— Ils pourraient tous les deux recommencer leur existence à zéro, ailleurs, hasarda la journaliste.

— C'est vite dit… Enfin, c'est ce qu'ils ont de mieux à faire, en tout cas. Bon, je vais parler à Torres en lui ramenant Magdalena.

— Je crois qu'elle préférerait lui annoncer la nouvelle elle-même. Elle en aura sûrement le courage, maintenant.

— Si elle a eu le courage d'embrasser ce lascar devant tout le monde, elle ne reculera plus devant rien ! concéda Rafael avec un sourire.

Ils se turent, et un silence gêné s'installa entre eux. Tous les deux pensaient à la même chose, sans oser se l'avouer ; le souvenir de leurs difficultés passées empoisonnait leurs relations. Finalement, pour détendre l'atmosphère, Liona prit la parole d'un ton faussement dégagé.

— Vous êtes rentré de Madrid plus tôt que prévu. Avez-vous réglé les affaires qui vous attendaient là-bas ?

— Plus ou moins, répondit-il évasivement.

Un instant de silence, puis il ajouta :

— Il est temps que nous réglions nos propres affaires, Liona. Il est temps que nous parlions de ce qui s'est passé.

— Nous n'avons rien à nous dire, affirma-t-elle, froide et distante.

Maintenant qu'ils abordaient un sujet un peu trop personnel, elle se rétractait.

— Il est temps d'enterrer les morts, insista Rafael.

Encore un long silence… Visiblement il avait du mal à ravaler sa fierté. Son visage était un masque rigide, impénétrable. Il s'efforça pourtant de continuer :

— D'enterrer Miguel et… d'autres choses. Une période de deuil respectable et…

— Et quoi ? Oh, j'arrive à vous cacher mon antipathie lorsque nous abordons des sujets anodins, tels que le temps, le prix des oranges… ou même Magdalena. Mais nous n'avons rien en commun. Une fois que j'aurai quitté l'Alkabir, nos chemins ne se croiseront plus. Je pars demain.

Si cette nouvelle abrupte le surprit ou le contraria, il n'en laissa rien paraître.

— Où irez-vous ? interrogea-t-il d'un air détaché.

— Je l'ignore. En Amérique, ou en Allemagne, ou encore en France. Rien ne m'attache à l'Angleterre, autant en profiter pour voyager pendant quelques années. Mon père m'a laissé de quoi vivre, j'ai un train de vie modeste ; je peux donc aller et venir à ma guise. Je n'ai pas de projets particuliers, mais je suis sûre d'une chose : je vais quitter l'Espagne pour ne jamais plus y remettre les pieds.

— La Marquise sera peinée de votre départ, observa-t-il en guettant sa réaction.

— Je sais. Mais elle comprendra que je ne puis m'éterniser ici indéfiniment. Plus rien ne justifie ma présence à l'Alkabir, et ne me retient auprès d'elle.

— Voulez-vous dîner avec moi ce soir ? En guise d'adieu ? demanda-t-il en affichant la plus parfaite désinvolture, comme si la réponse, positive ou négative, ne lui importait guère.

— Non, répondit froidement Liona, au moment où Magdalena entrait dans le salon, une valise noire à la main.

La jeune fille semblait à présent calme et déterminée, comme si le baiser donné à Tomás devant tout le village lui avait tracé sa voie. Seul l'avenir dirait si elle avait eu raison.

— Vous allez me manquer, Magdalena, murmura la journaliste avec sincérité. Je passerai vous dire adieu avant de partir. Maintenant dépêchez-vous, votre père doit vous attendre.

— Je dois surtout me hâter de rejoindre Tomás, répliqua l'adolescente avec une dignité tranquille. Mon père a promis à Don Rafael de ne plus le fouetter, mais il est sous surveillance et je dois nettoyer les blessures que le fouet a laissées sur son dos.

— Votre père ne vous autorisera peut-être pas à le voir, avança Rafael.

— Si, répondit-elle calmement, consciente de ses nouvelles responsabilités. Quand je lui aurai dit que Tomás est le père de mon enfant, il acceptera.

En voyant ses grands yeux graves et courageux, Liona sentit que Magdalena se tirerait de ce mauvais pas. Elle était jeune, intelligente, et même si elle allait avoir la vie dure au cours des mois à venir elle avait désormais trouvé une force de caractère qui l'aiderait à surmonter toutes les épreuves.

« Si seulement je pouvais en dire autant de moi ! » songea Liona avec mélancolie. Elle n'avait pas menti à Rafael : elle voulait vraiment quitter l'Espagne. Etre loin de ses passions et de sa fierté, de sa beauté et de son amertume, de ses haines et de ses peines de cœur, de ses contrastes et de ses cruautés, de son soleil et de ses ombres. Elle ne voulait plus rien avoir à regretter.

De tous les événements qui étaient venus bouleverser son existence, le seul qu'elle ne regrettait pas était d'avoir repoussé le moment d'annoncer la rupture à Miguel. Elle pouvait au moins quitter le pays sans avoir ce remords sur sa conscience ; car si elle avait parlé à son fiancé alors qu'il était encore à l'hôpital, elle se sentirait à présent responsable de sa mort. La Marquise l'aurait elle aussi considérée comme responsable, c'était probable. Non, elle avait bien fait de se taire si longtemps, et d'éviter ainsi une douleur à son hôtesse, qui avait déjà tellement souffert.

Blanca vint prendre son service en fin de matinée.

C'était une petite paysanne joyeuse et plaisante, mais Liona regrettait toutefois la présence de Magdalena.

Ce soir-là, le dîner au palais fut morose. Isabela de los Reyes se renfermait dans son douloureux mutisme, comme à l'accoutumée ; Don Esteban, quant à lui, tentait d'orienter la conversation vers des sujets neutres ; Rafael s'était excusé.

— Il est contrarié à cause de ce qui est arrivé à ce jeune Tomás, observa la Marquise. Comme si cette petite punition était la fin du monde !

— J'ai cru comprendre que Torres l'avait fouetté avec un peu trop de zèle, remarqua doucement le vieux prêtre. Il a la main lourde ! Le garçon s'est évanoui sous les coups, et gardera des cicatrices. Il n'est pas méchant, seulement un peu... têtu. Vous devriez peut-être lui donner sa chance lors de vos *tientas,* Marquise ; s'il emprunte la voie normale, il deviendra sans doute excellent matador.

— Jamais ! trancha la maîtresse de céans avec autorité. Et même si je le laissais s'entraîner sur les vaches, cela ne lui servirait à rien car les autres éleveurs lui mettraient des bâtons dans les roues ; il n'aurait donc pas assez d'entraînement au cours de l'année.

Don Esteban laissa échapper un profond soupir.

— Ce chenapan a un bon fond. Mais le cœur ne suffit pas toujours à faire bouillir la marmite ! Et bientôt il lui faudra, sur son salaire, nourrir une bouche de plus : sa femme.

L'incompréhension se lut sur le visage de la vieille dame. Liona, elle, n'avait pas besoin de dessin.

— Porfirio Torres est venu me demander aujourd'hui de célébrer le mariage de sa fille, expliqua l'aumônier. La cérémonie doit avoir lieu le plus tôt possible.

— Dans ce cas Tomás aura bientôt deux bouches à nourrir, observa sèchement la Marquise. Ah, les langues vont aller bon train ! Enfin, si le père de Magdalena a décidé de la soutenir…

— Pas vraiment, malheureusement, rectifia Don Esteban en secouant tristement la tête. Il refuse d'assister au mariage, et a même été jusqu'à interdire à Magdalena d'emporter ses effets personnels. Elle devra abandonner le trousseau qu'elle conservait depuis des années, et ne quittera la maison qu'avec les vêtements qu'elle aura sur le dos.

Une expression de forte désapprobation se peignit sur les traits de la Marquise.

— Vous direz à Porfirio Torres que je désire lui parler avant la cérémonie, décréta-t-elle.

Elle n'eut pas à s'expliquer davantage : Liona comprit que le père de Magdalena serait présent lors du mariage de sa fille.

En fin de soirée, la vieille dame évoqua le départ de son invitée, bien que ce sujet lui fût pénible.

— A quelle heure comptez-vous partir, demain ? s'enquit-elle d'une voix neutre.

— Vers six heures. Doña Encarna a demandé au chauffeur de passer me prendre, et Don Esteban a gentiment proposé de m'accompagner à la gare.

— Viendrez-vous me faire vos adieux avant de nous quitter ?

— Naturellement, Marquise. Je passerai vous voir demain, après la sieste.

— Ce sera difficile de vous dire au revoir, très difficile…

Cette remarque nostalgique, ponctuée d'un éloquent soupir, trahissait toute l'affection que portait la vieille dame à Liona. Le lendemain matin cependant, son attitude n'avait plus rien d'affectueux. Peu après le petit déjeuner, le téléphone sonna dans les appartements de la jeune Anglaise. C'était Doña Encarna qui l'informait du souhait de la Marquise de la voir sur-le-champ.

Liona se rendit immédiatement auprès de son hôtesse. Ce qu'elle apprit devait la laisser totalement abattue.

Assise à sa table monacale, Isabela de los Reyes terminait de boire son café ; elle avait sous les yeux les journaux du matin. Quand son invitée entra, elle la fusilla du regard, sans pour autant se départir de sa hauteur glaciale.

— Avez-vous lu les journaux ce matin, *señorita* ?

Ce retour à une formalité excessive n'augurait rien de bon, songea Liona avec appréhension. Qu'y avait-il dans ces lignes qui pût rendre la Marquise aussi hostile ?

— Non. Qu'y a-t-il donc ?

— Tenez, lisez vous-même, répondit la vieille dame en poussant le journal vers elle.

Elle ne prit même pas la peine de lui proposer un café, comme elle l'aurait fait habituellement. Médusée, vaguement inquiète, la jeune Anglaise parcourut les gros titres sans pouvoir les traduire. Deux photos, l'une de Rafael, l'autre de Miguel, accompagnaient l'article. De plus en plus nerveuse, elle dut s'éclaircir la gorge pour balbutier :

— Je n'ai guère progressé en espagnol, Marquise. Que dit cet article ?

— Apparemment un journaliste a découvert par hasard un fait dont ni vous ni mon fils Rafael n'avez jugé utile de m'aviser. Voulez-vous que je traduise ? Le titre dit à peu près ceci : *El Sombrio* s'amuse pendant qu'*El Sol* agonise ; suit l'article, qui affirme que Rafael, *Rafael !* se trouvait à Cordoue le soir de la mort de Miguel. *Cordoue, señorita !* Ce nom vous est-il familier ? Il aurait été aperçu en compagnie d'une Anglaise blonde de grande taille... Dois-je continuer ma lecture ? Ils sont descendus dans le même hôtel. Le nom de cette femme n'est pas précisé. Auriez-vous l'obligeance de m'éclairer sur ce point ?

Liona avala péniblement sa salive. A quoi bon nier l'évidence ? La Marquise savait pertinemment qu'elle s'était elle-même rendue à Cordoue ce jour-là, et avait découvert, pour avoir vainement essayé de la joindre, qu'elle ne s'était pas fait inscrire sous son nom au registre de l'hôtel. Faisant appel à tout son courage, Liona redressa fièrement la tête et soutint sans ciller le regard fiévreux d'Isabela de los Reyes.

— C'est exact, Marquise, je me trouvais ce soir-là à Cordoue avec Rafael. Mais il ne s'est rien passé entre nous, je vous assure. Mes motivations étaient toutes...

— Je me moque éperdument de vos motivations. Miguel est mort aujourd'hui, il ne peut plus souffrir. La presse, en revanche, ne laissera pas l'affaire s'arrêter là. Les journalistes suivront toutes les pistes pour découvrir l'identité de cette fameuse jeune Anglaise, d'autant que l'auteur de cet article a fait d'habiles recoupements avec une femme répondant à la même description et aperçue à plusieurs reprises aux côtés de Miguel. Ils vont fatalement découvrir la vérité, c'est une affaire de jours. Et je vous assure qu'ils ne seront pas tendres.

— Peut-être, Marquise, mais j'en supporterai seule les conséquences. Comme vous l'avez souligné, Miguel est désormais à l'abri de...

— Qu'en savez-vous ?

Pendant quelques instants, la vieille dame lui tint tête ; puis, avec une expression d'infinie tristesse qui bouleversa Liona, elle ajouta dans un soupir :

— C'est peut-être trop demander que de laisser intacte la mémoire d'un disparu.

— J'espère que vous ne me condamnez pas, Marquise, murmura la jeune femme, la gorge sèche.

Il ne servait à rien de raconter à la Marquise tous les détails de cette sordide affaire, pensait-elle ; cela ne ferait que ternir l'image du seul fils qui lui restait.

— Comment pourrais-je vous condamner ? répliqua Isabela de los Reyes avec une soudaine fatalité. Dans ce domaine, une femme perd souvent la raison. Je regrette toutefois que vous ne m'ayez rien dit. Vous ou Rafael. C'est sans doute aussi bien si vous partez aujourd'hui, en fin de compte.

La Marquise, par ces paroles, semblait la congédier.

— Puis-je revenir plus tard dans la journée, pour vous faire mes adieux ? demanda Liona, qui ne savait comment s'amender.

— Si vous le souhaitez, répondit la vieille dame d'une voix atone.

Liona passa le reste de la matinée enfermée dans son appartement, aux prises avec une immense détresse. La visite qu'elle avait promise à Magdalena attendrait l'après-midi, décida-t-elle.

Blanca lui servit un déjeuner léger, puis ce fut l'heure de la sieste. A cette heure de la journée, la chaleur était suffocante aussi était-il impossible de ne pas s'allonger. Mais la jeune Anglaise ne put fermer l'œil. Elle ne pouvait se pardonner d'avoir infligé à la Marquise ce tourment inutile, cet immense chagrin. Comment revenir en arrière ? Il fallait seulement espérer que la vieille dame se trompait, et qu'aucun journaliste ne chercherait à en savoir plus long... Liona se berçait de cette illusion, tout en sachant que les chroniqueurs en mal de sensationnel se lanceraient telle une meute aux abois sur la piste fraîche du scandale.

Vers trois heures, alors que la sieste touchait à sa fin, on frappa à la porte de l'appartement. Blanca ne bougea pas, elle devait encore dormir. Liona se leva donc, enfila un peignoir de soie sur sa tenue légère, et alla ouvrir ; de fines boucles de cheveux blonds collaient à ses tempes, moites de sueur.

C'était Rafael. Froid, le visage impénétrable. Il entra sans attendre d'y être invité. En dépit de l'écrasante chaleur, il avait l'air frais et dispos dans sa chemise marron et son pantalon de lin beige, impeccablement repassé.

— Je viens de voir ma mère, déclara-t-il sans ambages, préférant aller droit au but. Lui avez-vous parlé récemment ?

— Pas depuis ce matin. Elle était bouleversée quand je l'ai vue.

— Je m'en doute. Et les choses n'en resteront pas là.

Il entra dans le salon d'un pas décidé, comme s'il était chez lui. Force fut à Liona de le suivre. Il resta debout, et son visage trahissait des signes de tension qui n'apparaissaient pas dans son corps : il était toujours aussi sûr de lui, alerte et musclé, parfaitement contrôlé, se dispensant de tout geste inutile.

— J'ai reçu ce matin une douzaine d'appels de la part de journalistes, poursuivit-il. Apparemment ils se souviennent fort bien de votre brève liaison avec Miguel, et ont fini par vous identifier. Un reporter a montré votre photo au portier de l'hôtel ; un autre, encore plus ingénieux, a habilement questionné un domestique et a appris que vous séjourniez à l'Alkabir, où vous suiviez des cours d'instruction religieuse. De là à découvrir le pot-aux-roses, il n'y avait qu'un pas. On m'a donc demandé si vous étiez fiancée à Miguel. Je leur ai donné la seule réponse capable de les faire taire.

La jeune femme le regarda sans comprendre.

— Les faire taire ? Comment cela ? Rien ne les arrête une fois qu'ils sont sur une piste. Que leur avez-vous dit ?

— Je leur ai dit que vous étiez ma femme.

— Votre *femme !*

Les jambes coupées par cette nouvelle, elle dut prendre un siège. Rafael la dévisagea sans aménité.

— Oui. Je leur ai raconté qu'une cérémonie civile nous avait unis par les liens du mariage... avant l'accident de Miguel.

— Mais nous ne nous étions jamais rencontrés avant la corrida de Las Ventas ! protesta-t-elle, sidérée.

— Personne ne le sait, sauf vous et moi... et votre

ami Paco. Je lui ai téléphoné à Tolède ce matin ; il ne
parlera pas, et semble vous être très dévoué.

— Mais enfin vous êtes fou ! Les journalistes vont
découvrir tôt ou tard cet énorme mensonge ! Ils ne
croiront pas à une cérémonie civile, pour commencer.
Si nous étions vraiment mariés, pourquoi séjournerais-
je à l'Alkabir, et non dans votre hacienda ?

— C'est pratique courante en Espagne : la cérémonie civile précède souvent de quelques semaines la
cérémonie religieuse. Dans l'intervalle, notamment
chez les familles traditionnelles, la jeune mariée habite
chez ses beaux-parents.

— Jamais la presse n'accordera de crédit à vos
histoires ! Comme vous l'avez justement souligné, ils se
souviennent de mes relations avec Miguel.

— Je leur ai dit que nous nous étions rencontrés par
l'intermédiaire de mon frère... le coup de foudre
classique. Pourquoi mettraient-ils mes paroles en
doute ? Miguel n'avait parlé à personne de ses projets
de mariage.

Il s'interrompit, pour ajouter quelques secondes plus
tard, sur un ton d'homme d'affaires :

— Ils n'auront aucune raison de ne pas me croire si
ce que je leur ai dit est vrai.

— Mais rien n'est vrai !

— Les journalistes oublieront cette histoire de cérémonie civile quand ils découvriront que le mariage
religieux a déjà eu lieu. Or nous l'aurons célébré dès
demain.

La pièce et les meubles chavirèrent brusquement
autour de la jeune femme, avant de reprendre leur
position normale. Les dents serrées, elle réussit à
articuler avec toute la détermination dont elle était
capable :

— Je ne vous épouserai jamais, Rafael, fût-ce pour
faire cesser un scandale.

— Ai-je précisé qu'il s'agirait d'un véritable

mariage ? rétorqua-t-il avec mépris. Je ne désire pas me marier. Notre union n'existera que sur le papier, et sera déclarée nulle dans quelques mois, quand toute cette agitation aura pris fin. Nous aurons ainsi des preuves à l'appui si certains doutent encore. Vous devriez être flattée, *mi amada,* qu'un homme se donne tant de mal pour sauver votre honneur.

— Je me moque du scandale !

— Si le scandale ne vous fait pas peur, pensez au moins à l'honneur de *ma* famille. Le nom de los Reyes et sa réputation comptent beaucoup aux yeux de la Marquise : croyez-vous qu'elle se résigne à voir se ternir la mémoire de Miguel ?

Un éclat particulier brilla dans les yeux sombres de Rafael : les petites pépites d'or s'allumaient comme pour la mettre en garde, comprit Liona. Puis il ajouta :

— J'ai parlé à Don Esteban. Il m'a promis d'accélérer les préparatifs.

— Ecoutez, je dois réfléchir, objecta la jeune femme, incapable de prendre une décision à cet instant précis.

— Je vous donne cinq minutes. Nous nous marierons à six heures, avec Tomás et Magdalena pour témoins.

— A six heures ! s'exclama-t-elle horrifiée. Même Don Esteban ne pourra faire le nécessaire en un laps de temps si court !

— Et pourquoi pas ? Ma mère a des amis haut placés. Quoi qu'il en soit, tout est arrangé ; le comment ne vous regarde pas. J'ai également annulé votre réservation de train.

Les yeux de la journaliste s'écarquillèrent de stupeur. Elle froissa machinalement entre ses doigts les plis de son peignoir.

— Pardon ? Vous avez... Quelle présomption ! Vous deviez être bien sûr de vous ! Mais la Marquise... non, elle n'approuve certainement pas cette comédie ! Elle m'a demandé ce matin de ne pas retarder mon départ.

— Eh bien, elle a changé d'avis. Etant donné les circonstances, elle préférerait ne pas discuter de cette affaire avec vous : elle aurait l'impression d'être déloyale envers Miguel. Mais elle est d'accord. En fait, c'est elle qui a émis cette suggestion — ou plutôt cet *ordre*. Vous pouvez me dire non, Liona, mais oserez-vous dire non à ma mère ?

— Je...

— J'attendrai avec autant d'impatience que vous l'annulation de ce mariage, lui assura-t-il avec le plus parfait mépris.

— Comment puis-je en être certaine ?

Elle tremblait de tous ses membres, et malgré la chaleur elle éprouvait une sensation de froid. Comme pour se protéger, elle serra ses bras autour d'elle.

— Le divorce n'existe pas en Espagne, objecta-t-elle, essayant désespérément de retrouver sa lucidité. Je refuse d'être attachée à vous pour le restant de mes jours.

Le regard de Rafael devint ouvertement hostile et agressif.

— Croyez-vous qu'après notre dernière rencontre je veuille réellement vous prendre pour femme ? J'accepte uniquement pour apaiser ma mère, tout comme vous.

— Je n'ai pas encore dit oui.

— Si vous refusez, le scandale qui en découlera sera très pénible à supporter pour la Marquise. Etes-vous prête à la braver ? Allons, Liona, que décidez-vous ?

La jeune Anglaise baissa les paupières. La nécessité d'une décision rapide lui ôtait tout son pouvoir de réflexion. Rafael affirmait que le mariage ne serait pas consommé, mais ce risque serait suspendu au-dessus de sa tête, en permanence, comme l'épée de Damoclès ; s'il changeait d'avis ? Mais était-il si difficile de se plier aux vœux de la Marquise ? A dire vrai, il n'en était pas question si cette union devait être autre chose qu'un mariage blanc... Et il n'en était pas non plus question autrement !

— Je... je...

Bien sûr qu'elle ne pouvait accepter ! Rafael avait une maîtresse ; il lui avait donné un enfant et ne l'avait pas épousée. C'était non.

— J'accepte, prononça une voix qui ressemblait étrangement à la sienne.

Un peu moins de trois heures plus tard, dans une charmante robe couleur champagne, Liona réitéra son consentement, en espagnol cette fois. Assistaient à la cérémonie Don Esteban, qui célébra le service nuptial, un fonctionnaire municipal chargé de prendre acte au nom de l'état, Magdalena au bras de Tomás, encore un peu affaibli, et enfin la Marquise, qui ne daigna adresser la parole à personne.

Lorsqu'en fin d'après-midi Liona sortit de la chapelle de l'Alkabir aux côtés de son époux, elle espérait de tout cœur la prochaine dissolution de cette union, mais elle savait aussi qu'elle n'aurait jamais dû, sous aucun prétexte, épouser cet homme.

12

MUETTE et résignée, Liona regarda Rafael charger dans le coffre de la Lamborghini, réparée depuis longtemps par Tomás, les valises qu'elle s'était préparée à emporter à Séville. Elle savait qu'il lui faudrait emménager avec son mari, ce ne fut pas pour elle une surprise.

Après avoir bien réfléchi à la question, elle comprit que Rafael exigerait d'elle qu'elle se pliât au devoir conjugal : elle le connaissait assez pour en être certaine. Mais alors comment avait-elle été assez sotte pour accepter de l'épouser ? Elle en venait à douter de ses propres motivations. Pourquoi s'était-elle enfermée dans ce piège ? Car même s'il affirmait ne pas la vouloir comme épouse, résisterait-il à son désir ? Elle en doutait. D'ailleurs il devait avoir envisagé cette hypothèse, lui aussi ; il pensait peut-être que la Marquise était assez influente pour faire annuler leur union en prétendant que celle-ci n'avait pas été consommée — puisque c'était la condition *sine qua non* dans un pays où le divorce était illégal. Il se trouverait toujours des témoins pour prêter serment et confirmer ce mensonge...

— Je devrais peut-être dire au revoir à la Marquise, hasarda-t-elle timidement, n'osant avouer à son

« conjoint » que la perspective de quitter l'Alkabir l'effrayait. Elle est encore dans la chapelle et…

Rafael la guida vers le siège avant.

— Ce n'est pas nécessaire. Vous pourrez aller lui présenter vos respects dès qu'il vous plaira, l'hacienda n'est pas loin. Mais étant donné les circonstances, il serait préférable que vous ne lui rendiez pas visite pendant une semaine ou deux…

Magdalena se pencha à la portière et serra la main de Liona dans la sienne, tandis que Don Esteban présentait ses vœux de bonheur au couple de jeunes mariés. Rafael, taciturne, s'installa au volant et démarra. Les dés étaient jetés, comprit la journaliste en voyant s'estomper au loin les contours de l'Alkabir.

Les yeux clos, reposée contre l'appui-tête, elle se demanda une nouvelle fois comment Don Esteban avait pu bénir si rapidement cette union, alors que Tomás et Magdalena, eux, attendaient encore. Quel dommage que la Marquise n'ait pu régler de manière aussi expéditive le problème des deux adolescents !

Mais leur mariage aurait lieu dans le courant de la semaine suivante, leur avait-on affirmé. Et Isabela de los Reyes avait au moins usé de son pouvoir pour adoucir Porfirio Torres et le convaincre d'assister à la cérémonie ; il avait même accepté de laisser sa fille emporter son précieux trousseau ainsi que tous ses effets personnels, et l'avait autorisée à voir son fiancé avant le mariage, dans les limites prescrites par l'usage, bien entendu. Le garçon, encore affaibli par le châtiment qui lui avait été infligé, se remettrait rapidement, et Magdalena l'aimait tellement ! Comme il devait être bon d'épouser quelqu'un dont on était épris, et qui vous aimait de retour ! songea la jeune Anglaise avec un pincement de cœur.

Lorsque Rafael, quelques minutes plus tard, arrêta la voiture devant son hacienda, elle se rendit compte qu'elle avait les yeux emplis de larmes. Cela lui arrivait rarement, et elle ne savait pas au juste ce qui la faisait pleurer.

Quand elle sentit le regard dur et incisif de son compagnon posé sur elle, elle tenta vainement de retenir les larmes qui perlaient à ses paupières. Il sortit un mouchoir blanc de la pochette de sa veste bleu nuit, et la regarda s'essuyer les yeux sans l'ombre d'un sentiment de compassion. Son visage demeurait plus énigmatique que jamais.

— L'heureuse mariée est arrivée chez elle, murmura-t-il enfin.

Piquée par tant de sarcasme, la jeune femme retrouva sa combativité.

— Je devrais peut-être chanter de joie ? Les femmes pleurent souvent, dans les mariages, même quand c'est le leur. Il se trouve que je pensais à la merveilleuse journée que ç'aurait été si… si Miguel vivait encore.

Les mains de Rafael se crispèrent sur le volant.

— Si vraiment vous l'aimez encore, essayez de vous rappeler que vous avez accepté de m'épouser pour ne pas ternir sa mémoire. Je vous demande de bien vous tenir pour l'instant : mes domestiques seront là jusqu'à la tombée de la nuit, et Doña Xaviera a sa chambre dans l'hacienda.

— Et que se passera-t-il ce soir, après le départ des domestiques ? lança-t-elle avec colère. Aurai-je alors la permission de perdre tout contrôle de moi-même ?

Elle avait parlé sans mesurer pleinement la portée de ses paroles, qui avaient tout d'une provocation. Rafael descendit de voiture et claqua la portière derrière lui ; mais quand il contourna la Lamborghini pour aller ouvrir celle de Liona, il était redevenu parfaitement maître de lui.

Dans la cour de l'hacienda, la chaleur était écrasante ; à l'intérieur, cependant, il faisait bon, grâce à l'air climatisé, luxe que la jeune femme n'avait pas connu à l'Alkabir. Une poignée de domestiques attendaient l'arrivée des jeunes mariés, souriants et ravis ; ils avaient dû être informés des projets de leur maître dans l'après-midi, et avaient tous mis leur costume du dimanche. Les tabliers blancs et les coiffes de dentelle des femmes étaient impeccablement amidonnés et repassés. Ils accueillirent leur maître avec une joyeuse effervescence empreinte de respect. Ne pouvant participer à la conversation — tous parlaient en espagnol — Liona regarda autour d'elle.

Les circonstances eussent-elles été différentes, elle aurait été à même d'apprécier l'agréable hall d'entrée de l'hacienda, les tommettes rouges, les épais tapis marocains de laine blanche égayés de motifs géométriques, les murs blanchis à la chaux, décorés de plantes grimpantes, la grille d'entrée en fer forgé et les bacs de fleurs soigneusement entretenues, qui éclairaient la pièce de leurs couleurs vives. Cet intérieur à la fois sobre et chaleureux était infiniment plus accueillant que les enfilades de chambres vides de l'Alkabir. Lors de sa première venue à l'hacienda, le jour de ce mémorable pique-nique, elle avait seulement vu la cour, aménagée en patio...

Doña Xaviera la tira de ses réflexions en lui adressant un signe timide, et Rafael se donna la peine d'expliquer :

— Ma gouvernante va vous conduire jusqu'à votre chambre. Ne vous inquiétez pas, elle est voisine de la mienne, mais nous ferons chambre à part. Nous ne partagerons même pas la salle de bains, puisque vous aurez la vôtre, et vous pourrez fermer à clef la porte de communication.

Il savait que ses domestiques ne comprenaient pas l'anglais, et ponctua ces remarques aigres-douces d'un éclatant sourire avant d'ajouter :

— Peut-être désirez-vous vous remettre de vos émotions, vous reposer une petite heure ? A huit heures et demie, Doña Xaviera viendra vous chercher pour vous

conduire au salon. Nous y prendrons l'apéritif. A moins
que vous ne préfériez le champagne frappé ?

— Je déteste le champagne, répondit-elle avec un
sourire aussi plaqué que le sien.

Elle crut observer sur son visage émacié un imperceptible tressaillement, puis elle pivota sur ses talons et
suivit la gouvernante.

Sa chambre était claire, spacieuse et tout à fait
charmante. Le style de l'ameublement et de la décoration rappelait celui du reste de la maison. Derrière les
grilles en fer forgé, des stores protégeaient la pièce de
la chaleur du soleil. Les tons naturels prédominaient, et
quelques éléments de mobilier, manifestement neufs,
tendus de velours champagne, conféraient à l'ensemble
une note élégante et féminine. La salle de bains
attenante était très moderne, débauche de blancheur,
de miroirs, de plantes vertes et de moelleuses serviettes
jaune vif qui jetaient çà et là des taches de soleil sur les
carreaux en faïence. Et partout le même raffinement
dans le détail : ici de luxueux flacons de parfum, là un
ravissant coffret en jade qui se révéla être une boîte à
musique. Etait-ce dans cette chambre que Rafael
installait parfois sa maîtresse ? Il avait bien fallu une
main féminine pour décorer ces deux pièces avec autant
de goût... A cette pensée, le plaisir qu'avait éprouvé
Liona en découvrant son nouvel environnement fut
quelque peu gâché ; mais par égard pour Doña Xaviera,
elle émit en souriant deux ou trois compliments, grâce
aux rudiments d'espagnol qu'elle possédait. Cela, apparemment, suffit pour rasséréner la gouvernante, qui
s'éloigna en trottinant, agitant la tête d'un air satisfait.

Il fallut dix minutes à peine à Liona pour défaire ses
bagages. Elle accrocha ses vêtements aux cintres de la
grande penderie dont elle disposait, puis rangea sa
lingerie et autres petits articles dans les tiroirs d'une
très jolie coiffeuse ancienne surmontée d'un grand

miroir. Ensuite, épuisée par cette dépense d'énergie, elle s'assit dans le fauteuil et se regarda dans la glace.

Les événements précipités des dix dernières heures avaient dû laisser des marques sur son visage... Non, rien n'avait changé, sauf peut-être ces cernes mauves autour des yeux qui en deux mois s'étaient creusés davantage. Elle examina mélancoliquement ses hautes pommettes, ses yeux couleur d'ambre, légèrement fendus en amande, ses cheveux de miel, mi-longs et rebelles, son menton volontaire ; le seul détail nouveau était ce discret saupoudrage de taches de rousseur sur le nez, dû au soleil de l'Espagne. Que pouvait-elle faire pour remédier à ce désagrément ? Appliquer du jus de citron ? Mais pourquoi cette coquetterie ? se demandat-elle brusquement ; ce n'était tout de même pas pour séduire Rafael... ?

Son regard tomba alors sur la bague en or incrustée de rubis qu'elle portait à la main droite, selon la coutume espagnole. Les pierres précieuses brillaient telles des gouttes de sang à son doigt, et venaient lui rappeler les vœux qu'elle avait prononcés sans y croire une heure auparavant, lorsque cette bague lui avait été donnée par son époux.

— Oh, Rafael, gémit-elle sans savoir pourquoi.

Elle enfouit son visage dans ses mains, et dans ce geste désordonné renversa par mégarde une cassette à bijoux qui se trouvait sur le dessus de la coiffeuse. Le coffret tomba sur le tapis et s'ouvrit, déversant son contenu. Agacée par ce moment de faiblesse, Liona se baissa pour ramasser la cassette... et les bijoux qui s'en étaient échappés : un bracelet et un collier en vieil or sertis de magnifiques rubis, qui constituaient avec sa bague le complément de la parure.

La jeune femme éprouva un vertige passager. Rafael n'avait certainement pas placé ces bijoux sur la coiffeuse à son intention !

Elle reprit rapidement ses esprits. Non, Rafael

n'aurait jamais eu le temps d'aller dans une bijouterie, de choisir ce cadeau. Cette parure devait avoir été prêtée par la Marquise, devant l'urgence de la situation, et faisait sans doute partie de l'héritage familial. Isabela de los Reyes ne portait plus de bijoux... et avait estimé que sa belle-fille devait au moins avoir une bague, par respect des convenances. Curieusement, cette explication rationnelle la laissait désappointée...

Elle prit un bain pour se détendre et chasser ses soucis, au moins les alléger temporairement. Puis elle mit une longue robe en crêpe de Chine blanc, moulante et fluide, sans manches, au dos très décolleté. Cette toilette mettrait admirablement en valeur la parure de rubis, ainsi que son léger bronzage.

Elle se maquilla ensuite avec soin, par respect envers les domestiques, se dit-elle, plutôt qu'en l'honneur de Rafael. Avec lui, la question n'était pas de lui plaire mais de le repousser. Mais comment arriverait-elle à lutter contre ses avances, alors qu'elle frémissait malgré elle à la moindre de ses caresses ? Elle aurait beau se dire qu'il ne l'avait pas épousée par amour, qu'elle avait mille raisons de le détester, elle serait fatalement trahie par sa propre faiblesse...

Non, il fallait trouver une parade, un moyen infaillible de lui résister. Comment ? Elle réfléchit, et soudain, avec un sourire triomphant, elle marcha d'un pas décidé vers la porte de communication qui donnait dans la chambre de Rafael, et la déverrouilla.

A l'heure dite, Doña Xaviera vint la chercher pour l'escorter jusqu'au salon. L'hacienda, construite autour du patio central, n'avait pas d'étage mais possédait néanmoins un nombre impressionnant de pièces. Au passage, la gouvernante indiqua à sa nouvelle maîtresse les chambres d'amis, le bureau, la bibliothèque, la grande salle à manger dorée par les rayons du soleil couchant.

Rafael l'attendait déjà au salon, plus beau que jamais

dans sa tenue de soirée noire et bordeaux, une écharpe de soie glissée dans le col ouvert de sa chemise. La pièce, décorée avec goût, respirait la sérénité : les tons bruns et rouge sombre du mobilier tranchaient agréablement avec le crépi blanc des murs. Mais ce qui donnait son caractère pittoresque à ce salon était la collection de mappemondes en bois patiné, couleur sépia, qui tapissait un pan de mur entier. Les plus petites reposaient sur des étagères, les plus grandes à même le sol, sur leur pied ; certaines arrivaient à l'épaule de Rafael.

Celui-ci, sans doute pour faire illusion devant la gouvernante, vint à la rencontre de son épouse et déposa sur son front un léger baiser.

— Vous êtes splendide, murmura-t-il. Ces bijoux ont enfin trouvé l'écrin qui leur convenait.

Elle lui adressa un sourire faussement éclatant et s'écarta discrètement de lui pour répondre :

— C'est très gentil à votre mère de me les avoir prêtés. Naturellement je ne les garderai pas, mais cela me fait plaisir de les porter un peu : j'ai toujours eu un faible pour les rubis.

Il posa sur elle un regard inexpressif, voilé, puis se tourna vers un beau buffet ancien, chargé de verres et de carafes en cristal.

— Vous pouvez les garder si cela vous chante, lâcha-t-il avec indifférence. Ma mère ne les porte jamais. Que prendrez-vous ? Un cocktail ? Du Xérès ? Il y a d'autres alcools dans la salle à manger ; Doña Xaviera attend de connaître votre choix, si ce qu'elle a apporté ne vous convient pas.

— J'aimerais boire un vermouth avec de la glace. Est-ce trop compliqué ? Sinon une fine à l'eau. Ou n'importe quoi d'autre, peu importe.

— Eh bien ce sera un vermouth, offrit Rafael, tout en faisant signe à la gouvernante qu'elle pouvait se retirer.

Son verre à la main, Liona alla examiner de plus près l'originale collection de globes terrestres.

— Avez-vous hérité ces mappemondes de vos ancêtres ? questionna-t-elle afin de rompre le silence.

Il vint se placer derrière elle, en prenant garde de ne pas la toucher, et répondit d'un ton froid et impersonnel :

— Non, je les ai dénichées pour mon plaisir. La plupart sont très anciennes et constituent un singulier fatras d'erreurs géographiques ; certaines datent du XVIᵉ siècle... Je collectionne également les vieilles cartes ; elles sont rangées dans mon bureau, et j'en ai encadré certaines.

— C'est une curieuse passion ! Qu'est-ce qui vous a donné cette idée ?

— Christophe Colomb.

La jeune femme ne put s'empêcher de rire.

— Il est parti de Séville pour atteindre le Nouveau Monde, expliqua son compagnon. Vous avez certainement vu son tombeau...

— Je suis malheureusement allée très rarement à Séville, et...

Elle s'interrompit, car le souvenir de son dîner en ville avec Paco venait de faire surgir l'image de la maîtresse de Rafael.

— Nous remédierons à cette lacune, déclara Rafael avant de se tourner à nouveau vers sa collection. Regardez celle-ci, c'est la plus ancienne ; elle est particulièrement intéressante par ce petit détail...

Une heure entière s'écoula, et Liona ne vit pas le temps passer. Pour la première fois depuis leur rencontre, ils pouvaient converser agréablement, sur un terrain neutre. Rafael était extrêmement cultivé, et savait émailler d'amusantes anecdotes ses passionnants propos sur les conquistadors, l'Inquisition, l'Armada, les guerres d'Espagne, et une foule d'autres détails historiques qui avaient contribué à modifier les cartes.

A dix heures, Doña Xaviera vint leur annoncer que le dîner était servi et se retira aussitôt. Rafael conduisit Liona à la salle à manger. La pièce était éclairée uniquement par des bougies, placées dans des chandeliers en argent. Le couvert était mis. A côté de la longue table en chêne, protégée par des sets, une desserte roulante, équipée de chauffe-plats, était chargée de mets divers, tous plus appétissants les uns que les autres.

— Ce soir, expliqua le maître de céans, Doña Xaviera s'est arrangée pour que nous nous dispensions du serveur. Elle nous a préparé du crabe farci — sa spécialité — ou du veau, si vous ne tenez pas aux fruits de mer, et une macédoine de légumes. Nous boirons du Pouilly-Fuissé en accompagnement. A moins que vous ne préfériez du vin rouge ?

Rafael était absolument charmant, et fit oublier momentanément à Liona le grave différend qui les opposait. Il serait temps d'y penser plus tard, décida-t-elle. Elle s'étonna même de prendre plaisir à cette trêve... Mais la fin du délicieux repas marquait hélas la reprise des hostilités.

— Doña Xaviera rangera tout cela demain matin, décréta Rafael en aidant la jeune femme à se lever de sa chaise.

Il se pencha par-dessus son épaule pour souffler les bougies, et sa main reposa un instant sur le bras de Liona. Elle sentit aussitôt une vague de chaleur l'envahir, qu'elle tenta de réprimer.

Rafael l'escorta le long des couloirs obscurs, vers l'aile de la maison où se trouvaient les chambres. Elle s'écarta afin de le laisser ouvrir la porte de sa chambre, mais quand elle entra et s'apprêtait à refermer derrière elle, elle sentit sur son dos nu la main de Rafael. Son instinct ne l'avait pas trompée : il la désirait encore, il la désirait ce soir.

— J'ai oublié de laisser de la lumière, murmura-t-

elle, légèrement essoufflée. Pouvez-vous allumer la
lampe de chevet ?

Il s'exécuta. Quelques secondes plus tard la pièce fut
baignée d'une douce lumière d'or pâle. Maintenant que
Rafael s'était éloigné d'elle, Liona trouva la force
d'articuler :

— Voulez-vous passer la nuit avec moi, Rafael ?

— Liona…

En trois enjambées il fut auprès d'elle, les mains
tendues. Sa voix avait une intonation particulière,
rauque, chaude, émue, si intense qu'elle faisait mal à
entendre.

— Liona, si vous saviez combien…

Avant qu'il n'ait pu l'atteindre, la toucher, elle recula
et le maintint à une distance respectable, les bras
tendus.

— Attendez, murmura-t-elle, en maudissant la faiblesse qui menaçait de s'emparer d'elle.

Sa poitrine s'abaissait et se soulevait avec une
rapidité affolante. Elle vit le regard de son compagnon
s'assombrir ; il s'immobilisa complètement, et n'essaya
pas de franchir le barrage de ses bras.

— Qu'avez-vous en tête, au juste ? s'enquit-il froidement.

— Je voulais connaître exactement vos intentions.
C'est fait. Vous mentiez en m'affirmant que notre
mariage ne serait pas consommé.

Il y eut un moment de silence, puis il concéda
calmement :

— Oui, je mentais. Mais vous l'avez toujours su.
Vous connaissez fort bien mes intentions à votre égard.

— Vraiment ? Une fois, pourtant, vous n'avez pas
voulu de moi, vous m'avez rejetée.

En réponse à la question muette qui se lisait dans les
yeux de Rafael, elle précisa :

— Dans la prairie, sous l'arbre de paradis.

Il s'approcha enfin, et elle sentit ses doigts remonter le long de son bras, chercher la courbe de son épaule.

— Liona, si tu savais combien je te désirais ce jour-là ! Mais je te l'ai déjà dit : c'est ta réponse, uniquement, qui m'a fait revenir à la réalité...

— Je n'ai pas compris ce qui m'arrivait ce jour-là, Rafael, parce que je suis vierge.

Le visage de Rafael se figea, sa main cessa de caresser l'épaule de la jeune femme.

— Je vous l'ai dit, poursuivit-elle, je n'ai jamais été la maîtresse de Miguel. Vous avez pensé qu'il s'agissait d'une habile manœuvre de ma part, et que j'avais bien dû avoir d'autres amants. J'ai fini par vous laisser croire ce que vous vouliez, pour avoir la paix, ce ne fut pas difficile : vous aviez déjà une piètre opinion de moi !

— Peut-être étaient-ce mes propres instincts que je craignais, murmura-t-il, les yeux obscurcis par le regret. Vous auriez dû me dire... Si j'avais su ce jour-là...

— M'auriez-vous crue ? rétorqua-t-elle avec rage. Vous étiez trop enclin à penser que le dernier « flirt » de Miguel n'était qu'une vulgaire traînée ; vous en étiez tellement convaincu que vous vouliez l'empêcher de m'épouser ! A moins que votre esprit tordu n'ait trouvé d'autres motifs obscurs pour briser nos fiançailles... Bref, vous avez essayé de me séduire alors que vous n'aviez pas l'intention de faire l'amour avec moi ; vous l'avez reconnu vous-même ! Et si vous avez arraché cette réponse de mon corps, Rafael, c'est uniquement parce que j'étais trop inexpérimentée pour comprendre ce qui m'arrivait. Et peut-être...

Maintenant qu'elle avait en partie affaibli les défenses de Rafael, il était temps de consolider les siennes, aussi enchaîna-t-elle :

— Peut-être était-ce aussi parce que Miguel me manquait. Ce jour-là, c'était à lui que je pensais, et non à vous.

Avait-elle atteint à son but ? Avait-elle réussi à lui

porter le coup fatal, à le blesser ? Il ne trahit sur son visage aucune émotion, sauf peut-être par un imperceptible tressaillement...

— Mais maintenant je connais mieux mon corps, s'acharna-t-elle. Grâce à vous, j'ai découvert ce qu'était la sensualité ; c'est la seule chose qui nous lie, car il ne saurait être question d'amour entre nous. Vous conviendrez qu'un mariage ne peut être fondé uniquement sur le sexe ?

— Liona...

— Vous ne me possèderez jamais, Rafael. J'aime encore Miguel.

— *Por Dios...*

Il s'approcha d'elle et la plaqua sauvagement contre le mur. Prise de panique, elle dut prendre sur elle pour ne pas fondre à sa chaleur, pour avoir la force de le repousser avant qu'il pût l'embrasser.

— Si vous me prenez, Rafael, ce sera par la force. Que vous soyez désinvolte vis-à-vis des femmes expérimentées, c'est un fait... Mais vous pardonnerez-vous le viol d'une femme vierge qui refuse de céder à vos avances ? Aurez-vous encore le courage de vous regarder dans une glace, Rafael, si vous abusez de moi ?

Un fulgurant éclair de colère traversa le regard sombre de Rafael. Il lui agrippa sauvagement les cheveux, sa main se moula sur son sein, et sa bouche prit brutalement possession de la sienne. Lorsqu'enfin il redressa la tête, ce fut pour affirmer d'une voix blanche :

— Il ne s'agira pas d'un viol, Liona, vous le savez. Vous avez envie de moi ce soir, tout comme vous aviez envie de moi l'autre jour. Vous ne pourrez pas résister.

— Qu'en savez-vous ? Je suis moins forte que vous, je serai donc obligée de me soumettre. Mais comment saurez-vous si je suis ou non consentante ? Et quand tout sera fini, consommé, il sera trop tard. Une femme ne perd qu'une fois son innocence, je vous le rappelle.

Pourrez-vous me rendre ma virginité, Rafael, quand vous me l'aurez prise de force ?

— *Por Dios...* répéta-t-il dans un souffle.

— Vous m'avez affirmé que vous laissiez les vierges aux autres hommes.

— Ne me provoquez pas, murmura-t-il d'un ton menaçant. Si cette vierge se trouve être ma femme, je n'éprouve aucune réticence particulière.

Liona sentit une boule se nouer dans sa gorge. Après tout ce qu'elle lui avait dit, Rafael ne renonçait pas à la conquérir. Eh bien il lui faudrait aller jusqu'au bout. N'avait-elle pas envisagé le pire recours lorsqu'elle avait pris soin d'ouvrir la porte de communication entre leurs deux chambres ?

— Alors prenez-moi, conclut-elle avec un rire amer. Peut-être avez-vous raison : ce ne sera pas un viol. Peut-être même y prendrai-je plaisir... Mais si c'est le cas, ce sera uniquement parce que je m'imaginerai tenir Miguel dans mes bras. Je rêve encore de lui, Rafael ; si grand, avec des épaules comme les vôtres, des jambes, des hanches comme les vôtres, et sa démarche de matador... J'aimerai toujours Miguel, et votre corps me rappelle le sien... jusqu'aux cicatrices. J'ai amèrement regretté de ne pas avoir connu de nuit avec lui, pour alimenter mes souvenirs. Mais dans le noir je pourrai faire semblant, prétendre que c'est lui, et non son frère, que je tiens dans mes bras. C'est la seule chose qui me reste de lui, désormais. Vous avez raison, Rafael, ce ne sera pas un viol. Faites-moi l'amour, Rafael.

— Arrêtez, Liona, grommela-t-il en renversant la tête de la jeune femme en arrière. Vous savez le mal que vous me faites par ces paroles. Me haïssez-vous donc à ce point ?

— Non, je ne vous hais pas. Si nous faisons l'amour maintenant, j'irai même jusqu'à vous dire que je vous aime, comme je l'aurais dit à Miguel le soir de notre nuit de noces.

Rafael étouffa un juron et la lâcha, malgré lui.

— Allez au diable, Liona.

— J'aime assez Miguel pour accepter de me donner à vous.

D'une main tremblante, elle défit délibérément le col de sa robe et dévoila sa poitrine nue. Le collier de rubis brillait sur sa gorge, lourd et froid.

— Ne me faites pas attendre, murmura-t-elle d'une voix étranglée. Je veux sentir Miguel dans mes bras.

Il ne la quittait pas des yeux, hypnotisé.

— Tu seras le premier, ajouta-t-elle ; toi et Miguel. Prends-moi, Rafael.

— Jamais, articula-t-il d'une voix blanche.

Liona se mordit la lèvre. Elle respirait avec difficulté, tant cette démarche l'écœurait. Mais même s'il lui en coûtait, elle tenait à écarter Rafael définitivement.

— Avec le temps je saurai te convaincre, poursuivit-elle, atone. Je pourrai passer ma vie à faire semblant. Oh, il m'arrivera de te détester, mais nos relations sexuelles seront, je crois, très satisfaisantes. Peut-être aussi satisfaisantes qu'elles l'auraient été avec Miguel ! Tu peux venir me trouver quand tu veux, me posséder... Tu es content ? J'ai même ouvert la porte entre nos deux chambres, et j'ai jeté la clef.

Rafael émit un gémissement inarticulé, puis s'écarta d'elle brusquement avant de se lancer dans une tirade de jurons. Quand il se tut, il resta un long moment immobile, en attendant de retrouver son calme.

Liona, quant à elle, était déterminée à jouer son rôle de composition jusqu'au bout. Pas une ride, en apparence, ne venait troubler les eaux calmes de son visage. Intérieurement déchirée, elle marcha aussi tranquillement que possible jusqu'à la coiffeuse, et s'assit en face du miroir. Elle joua un instant avec une brosse à cheveux, sans quitter Rafael des yeux, et en s'efforçant de ne pas voir sa nudité, honteusement exposée.

Il finit par se diriger vers la porte de communication et l'ouvrit.

— J'espère que vous ne changerez jamais d'avis, Liona. Car jamais je ne consentirai à faire l'amour avec vous, vous m'entendez? Même si vous venez me supplier dans ma chambre, même si vous vous allongez à mes côtés la nuit.

Il posa sur elle un regard douloureux, plus sombre que jamais, accusateur mais rempli d'orgueil.

— Rafael… balbutia-t-elle, effrayée par le piège qu'elle venait de tisser.

— La réponse est non, jeta-t-il d'un ton grinçant, avant de claquer la porte derrière lui.

Liona comprit que son stratagème n'avait que trop bien réussi. Ils étaient dans l'impasse. Elle leva les yeux, désespérée. Dans la glace, les rubis faisaient sur sa gorge comme des larmes de sang, et l'accusaient, tout comme l'avait fait le regard de Rafael.

13

CE fut seulement une semaine plus tard, à l'occasion du mariage de Magdalena, que Liona revit la Marquise. Rafael lui-même n'avait pas essayé de voir sa mère, et la jeune femme avait choisi de respecter sa décision de la laisser en paix quelques jours, après les épreuves qu'elle venait de traverser. Y aurait-il encore des dîners à l'Alkabir ?

La jeune Anglaise crut remarquer que la froideur d'Isabela de los Reyes s'atténuait après un bref tête-à-tête avec son fils. Cela suffit sans doute à rompre la glace, car le dimanche suivant, Liona et Rafael furent enfin invités à dîner à l'Alkabir.

Personne, au cours du repas, ne fit allusion au mariage précipité du couple. La Marquise conservait la condescendance glaciale qui l'aidait à se protéger du monde extérieur.

Ce soir-là, Liona portait sa parure de rubis. Sous l'œil légèrement défiant de son époux, elle remercia sa belle-mère de les lui avoir confiés.

— Ces bijoux reviennent traditionnellement à l'épouse du fils aîné de la famille, expliqua la vieille dame, sans avoir l'air d'y accorder une importance particulière. Dans la grande galerie se trouve un portrait de ma mère le jour de son mariage ; elle porte cette parure, vous verrez. Si cela vous intéresse, Rafael

vous montrera ces peintures un peu plus tard. Mais
dites-moi, Doña Xaviera prend-elle bien soin de vous ?
Vous me semblez pâle et fatiguée... De mon temps, on
ne demandait pas à une gouvernante de servir à la fois
de domestique et de cuisinière...

La Marquise poursuivit sur ce thème, essayant visiblement de traiter Liona comme sa belle-fille légitime.

Si seulement elle connaissait la vérité ! Elle savait,
bien sûr, qu'il s'agissait seulement d'un mariage blanc,
appelé à être annulé passé un certain laps de temps :
après tout, c'était elle qui avait émis cette idée pour
préserver l'honneur de sa famille. Mais mesurait-elle
l'étendue des ravages causés par cette union forcée ?
Les deux époux avaient les yeux battus, et nulle trace
de joie ne se lisait sur leur visage. La jeune femme était
épuisée par ses longues nuits de veille, au cours
desquelles elle guettait vainement, malgré elle, le pas
de Rafael, le bruit de la poignée de porte... Il n'était
pas venu. Dans la journée, il adoptait envers elle un
comportement distant, à la limite du dédain. Les petites
rides amères et impitoyables autour de ses yeux et de sa
bouche s'étaient creusées davantage ; ils ne connaî-
traient plus le plaisant interlude du premier soir à
l'hacienda. C'était seulement en présence de Doña
Xaviera ou d'autres domestiques qu'il s'efforçait de
maintenir dans leurs rapports un semblant de norma-
lité.

Une deuxième semaine s'écoula, marquée par deux
autres dîners à l'Alkabir. Et un beau jour Don Esteban
se rendit sans s'annoncer à l'hacienda de Rafael. Doña
Xaviera l'introduisit dans le petit salon où Liona passait
la matinée ; cette charmante pièce ouvrait sur le patio
par une grande baie vitrée, et l'air conditionné permettait de profiter de la vue sans souffrir de la chaleur. La

jeune Anglaise feuilletait un magazine sans parvenir à fixer són attention sur les articles ou les photos, tout entière absorbée dans ses sombres pensées. En voyant entrer le vieux prêtre, elle reposa le journal sur la table et se leva avec empressement ; elle se félicita au passage d'avoir pris la peine de se maquiller le matin même, afin de cacher un peu les cercles marbrés qui entouraient ses yeux ambrés. En fait elle aurait pu avoir l'air pimpante dans sa jupe plissée blanche et son chemisier bleu marine. Don Esteban ne remarquerait sûrement pas combien elle avait maigri au cours des deux dernières semaines...

Elle s'efforça d'adresser un sourire radieux à son visiteur.

— Rafael fait le tour de la plantation de citronniers, annonça-t-elle d'un ton faussement enjoué. Si vous voulez je peux envoyer Tomás le chercher, cela ne prendra pas longtemps.

— Ce n'est pas la peine, déclina l'aumônier en s'épongeant le front.

Il portait une soutane assez légère, mais encore trop chaude et encombrante pour la saison.

— Je passais par là par hasard, poursuivit-il avec sa bonhomie habituelle, et j'ai fait un petit détour pour pousser jusqu'ici : j'avoue avoir succombé à la tentation de l'air conditionné !

— Vous vous promenez à pied par ce temps ? s'inquiéta la jeune femme. Doña Xaviera va vous servir de la citronnade fraîche. Mais vous n'êtes guère raisonnable, mon père ; pourquoi n'avez-vous pas demandé au chauffeur de vous conduire ? Ou Tomás serait allé vous chercher en voiture... J'aurais même pu vous rendre ce service, à propos, puisque Rafael m'a offert une petite auto — une Seat !

Cette voiture, version espagnole de la Fiat, avait été livrée deux jours plus tôt à l'hacienda. Liona avait vivement protesté, et s'était proposée d'acheter elle-même le véhicule, mais Rafael l'avait fait taire d'un geste de la main, avec sa hauteur coutumière. La jeune femme avait fini par se résigner, et s'était consolée en se disant que lorsqu'elle quitterait Rafael, elle pourrait lui laisser la Seat. De plus elle appréciait la liberté de mouvement que lui donnait cette voiture.

— C'est très gentil à vous, répondit Don Esteban, mais si je vous avais téléphoné, je n'aurais pas pu vous cacher que ma visite était préméditée !

Il ponctua cet aveu d'un petit toussotement gêné.

— Oui, mon enfant, j'espérais bien vous trouver seule, et à dire vrai l'absence de Rafael me soulage.

Liona eut un rire fêlé, qui sonnait faux.

— Je crains de ne pas vous comprendre, mon père !

En réalité elle comprenait fort bien. Don Esteban n'avait pas les yeux dans sa poche, et avait dû l'étudier avec la perspicacité qui le caractérisait au cours de la semaine précédente.

— Je suis parvenu à la triste conclusion que vous n'alliez pas venir me voir de votre propre initiative, conclut-il avec un clin d'œil.

Puis il se carra dans un confortable fauteuil et aborda un sujet moins personnel.

— Avez-vous vu la petite Magdalena, récemment ?

— Oui, je lui ai rendu visite hier.

Le village où vivaient les ouvriers de la plantation se trouvait à environ dix minutes de l'hacienda. Après avoir parcouru à pied, la veille, sous la chaleur accablante, le petit kilomètre qui la séparait du *pueblo,* la jeune femme imaginait aisément la fatigue de Don Esteban qui avait fait tout le trajet depuis l'Alkabir.

— La nouvelle maison de Magdalena est très agréable, et elle m'a paru tout à fait heureuse.

— Ses voisins lui ont-il donné signe de vie ? s'enquit l'aumônier.

— Non, répondit la jeune Anglaise.

Elle se rappela avec tristesse que c'était là la seule

ombre au tableau dans le bonheur de Magdalena.
Hormis la femme qui venait quotidiennement aider la
mère de Tomás, personne n'avait daigné faire sa
connaissance. Pour l'instant la jeune mariée ne s'en
souciait guère ; mais cet ostracisme ne deviendrait-il pas
de plus en plus pénible et difficile à vivre au fil des ans ?

— Apparemment, elle s'entend très bien avec la
famille, observa la journaliste.

— Elle aurait pourtant besoin d'une vie plus indé-
pendante, soupira le vieux prêtre.

Liona ne répondit pas, mais il venait de formuler sa
propre opinion sur la question.

Fort heureusement Doná Xaviera choisit ce moment
pour faire son apparition ; elle portait une carafe
remplie de citron pressé et de glaçons, ainsi qu'un
plateau de petits fours. Don Esteban l'accueillit avec un
sourire gourmand, et lui adressa quelques commentaires en espagnol, en la complimentant. La gouvernante était aux anges lorsqu'elle quitta la pièce.

— Doná Xaviera est un fin cordon-bleu, observa la
jeune femme. Et elle aime tant faire la cuisine !

— Elle aime aussi qu'on mange ses petits plats, je
suppose... Vous n'avez pas peur de devenir filiforme ?

Stupéfaite, Liona bredouilla une excuse fallacieuse.

— C'est... la chaleur.

Le prêtre n'était pas dupe, mais il ne daigna pas lui
faire observer qu'avec l'air climatisé elle ne devait
guère souffrir de la chaleur.

— Dites-moi, mon enfant, pourquoi n'êtes-vous pas
heureuse ? Vous ne vouliez pas épouser Rafael ?

— Si, mon père. C'était un libre choix de ma part.

— Si j'avais cru que vous seriez malheureuse, je
n'aurais pas béni votre union. Je me demande à présent
si je n'aurais pas mieux fait de vous questionner
davantage avant le mariage...

— Si vous m'aviez interrogée à ce moment-là, je
vous aurais dit la même chose, affirma la jeune femme.

Les yeux bleus et délavés du vieil aumônier scrutè-rent son visage.

— Vraiment ? Aviez-vous compris alors... que vous l'aimiez ?

Elle baissa la tête, regarda les poings qu'elle gardait crispés sur ses genoux. Les yeux bleus de Don Esteban continuaient de la brûler.

— Non, mon père, dit-elle. Mes sentiments à l'égard de Rafael sont restés inchangés.

— Je me souviens des mots que vous utilisiez : antagonisme, haine... Mais je vous crois incapable de tels sentiments : vous ignorez la haine. J'espérais que vous auriez examiné votre conscience pour y découvrir autre chose... Pourquoi au juste avez-vous épousé Rafael ?

— A cause de la Marquise, pour la protéger du scandale...

— Croyez-vous sincèrement, mon enfant, que les ragots aient encore le pouvoir de la blesser ? Cette explication me semble bien légère !

Liona releva la tête, croisa de nouveau le regard serein du vieil homme.

— J'ignore pourquoi je l'ai épousé, confessa-t-elle.

— Est-ce la vérité ? murmura-t-il avec douceur.

Il y eut un long silence. Elle ne pouvait détacher les yeux des siens. Puis elle finit par avouer d'une voix étranglée, tandis qu'en elle quelque chose pleurait :

— Non, père, ce n'est pas vrai. Je l'ai épousé parce que je l'aime.

Et sans avoir la force de prendre poliment congé de son hôte, elle bredouilla à son intention une excuse à peine audible, avant de courir se réfugier dans le sanctuaire de sa chambre.

*
**

Dix jours plus tard, la situation était la même. Bien que Liona ait compris qu'elle aimait Rafael, trop de mal avait été fait de part et d'autre pour pouvoir revenir en arrière. Et un obstacle majeur s'opposerait toujours à leur bonheur, à supposer que le mariage ait eu quelques chances de succès : l'existence de la maîtresse de Rafael, et surtout du fils qui portait son nom. Même sans cette douloureuse complication, comment la jeune femme pouvait-elle se réconcilier avec son mari ?

Il avait affirmé qu'il repousserait toutes ses avances ; il avait dit vrai, elle en fit l'amère expérience. Un soir, peu après la visite de Don Esteban, elle décida d'oublier son amour-propre. Vêtue d'un léger déshabillé, elle se rendit dans la chambre de Rafael. Il l'ignora complètement. Echaudée, Liona n'était pas prête à renouveler cette marque de bonne volonté, qui s'était soldée par un cuisant échec. Il avait sa fierté, eh bien elle aussi ! Elle ne se laisserait pas humilier une seconde fois.

Le vieux prêtre ne chercha plus à la voir seule. Il avait sans doute le sentiment d'avoir accompli sa mission en arrachant à la jeune femme l'aveu de son amour, et devait penser que les blessures se répareraient en temps voulu. Lorsqu'ils allaient dîner chez la Marquise, Liona voyait fréquemment le regard triste de Don Esteban posé sur elle ou sur Rafael ; hélas, elle ne pouvait le rassurer, à moins de lui mentir.

Curieusement, l'événement qui devait finalement aider le couple à sortir de cette impasse fut la visite du frère de Liona. Celle-ci avait écrit à Graham peu après son mariage afin de l'informer de sa décision. Tout en sachant que cette union ne durerait pas, elle tenait à en informer son frère avant qu'il n'apprît la nouvelle par les journaux. Elle n'avait jamais parlé à Graham de Miguel, aussi son mariage soudain avec Rafael n'exigeait-il aucune explication détaillée.

Dans sa lettre elle n'avait pas pris la peine de l'inviter à leur rendre visite en Espagne. Mais il y avait toujours

eu entre son frère et elle une chaude affection, simple
et décontractée : il n'était pas nécessaire de lui envoyer
une invitation officielle.

Effectivement, un télégramme arriva qui annonçait
l'arrivée de Graham. Il passerait quelques jours à
l'hacienda avant de disputer la course automobile qui
l'amenait en Espagne, pendant que l'on remettrait à
neuf le moteur de sa voiture. L'un de ses amis, coureur
automobile espagnol établi à Madrid, lui prêterait en
attendant un véhicule de tourisme. Il viendrait donc
directement en voiture depuis la capitale, et se
débrouillerait pour trouver l'hacienda.

— Il arrive demain, annonça ce soir-là Liona à son
époux. J'espère que sa venue ne vous importune pas...

— Pourquoi en serais-je importuné ? Vous êtes ici
chez vous, faites ce qu'il vous plaira.

Elle se mordit la lèvre, gênée.

— C'est que... j'aimerais cacher la vérité à Graham,
avoua-t-elle. Je suis sa seule famille, nous sommes
extrêmement liés. Je préfère lui donner l'impression
que tout va bien.

— N'importe qui s'apercevrait du contraire ! Enfin...
qu'attendez-vous de moi ?

— Je vous serais reconnaissante de... donner le
change, pendant la durée de son séjour ici. S'il s'inquiète à mon sujet, il risque de perdre sa concentration
pour la course.

— Je ne voudrais pas être responsable d'un mauvais
classement éventuel, railla-t-il. Bon, je ferai ce que je
pourrai. Mais ne me demandez pas de « donner le
change » ce soir : je sors.

Sur ces mots il se leva de table, sans avoir fini son
assiette, et quitta la salle à manger. Restée seule, Liona
baissa la tête sur sa propre assiette, les yeux pleins de
larmes retenues. Lorsque Doña Xaviera revint quelques minutes plus tard, elle n'avait toujours pas mangé.

*
**

Graham arriva comme prévu le lendemain, en fin d'après-midi. Il signala immédiatement sa présence par un long crissement de pneus dans l'allée, accompagné d'un vigoureux coup de klaxon. Puis il bondit hors du coupé Mercedes emprunté à son ami pour se jeter dans les bras de Liona. Celle-ci laissa libre cours à sa joie de le revoir, et pour la première fois depuis des mois elle fondit en larmes publiquement. Il était clair qu'elle chérissait ce frère au physique d'Apollon et aux manières joyeusement désinvoltes.

Elle passa une main dans ses cheveux blonds, ébouriffés par la route, et s'exclama en le serrant contre sa poitrine :

— Oh, Graham, c'est si bon de te revoir !

Avec le dangereux métier qu'il exerçait, elle ne savait jamais si elle le reverrait entier... A son tour il la serra chaleureusement dans ses bras, puis s'écarta pour la détailler d'un œil critique.

— Ma parole, j'ai peur de te casser ! Tu es devenue un véritable sac d'os !

— Déjà des compliments ? rétorqua-t-elle en souriant d'un air faussement enjoué. Tu réserves généralement ces douceurs à tes admiratrices !

— N'en fais-tu pas partie ?

Il l'embrassa sur le front avant de se tourner vers son beau-frère. Liona fit les présentations, et fut reconnaissante à Rafael lorsqu'il l'entoura d'un bras protecteur, presque possessif. Il tenait sa promesse, et donnait admirablement le change. Il la dispensa même d'expliquer sa piètre condition physique en disant qu'elle ne supportait pas très bien la chaleur de son premier été en Andalousie.

Quand vint l'heure du dîner, les deux hommes s'étaient découvert plusieurs points communs, à commencer par les voitures, aussi la soirée se passa-t-elle agréablement et sans incident.

Lorsque Graham se fut retiré pour la nuit, Rafael et Liona se dirigèrent ensemble vers leurs chambres respectives. Arrivée devant la sienne, la jeune femme se tourna vers son époux.

— Merci, murmura-t-elle en essayant d'exprimer par son regard la gratitude qu'elle lui devait pour son comportement.

Il se contenta de hocher la tête, sans montrer aucune émotion. Maintenant qu'il n'était plus utile de jouer un rôle, il avait l'air fatigué, comme s'il n'avait pas dormi la veille.

— Votre frère est charmant, observa-t-il, et d'abord facile. C'est incroyable à quel point il ressemble à Miguel.

— Pas vraiment, sauf qu'ils ont la même couleur de cheveux, nia-t-elle. Graham a un physique beaucoup plus nordique que Miguel, il est moins grand...

— Je ne parlais pas du physique, je faisais seulement allusion au type d'homme que vous admirez.

Et sans rien ajouter il la laissa pour gagner sa chambre.

Liona eut du mal à s'endormir. Rafael avait-il vu juste ? se demandait-elle avec anxiété. Pour la première fois en deux mois, elle s'interrogea sur la nature de ses sentiments à l'égard de Miguel, sentiments qui n'avaient rien de commun avec ceux qu'elle éprouvait envers Rafael. Pourquoi s'était-elle éprise si rapidement de Miguel... et pourquoi avait-elle cessé de l'aimer aussi facilement ? Non, elle n'avait pas cessé de l'aimer car en réalité elle ne l'avait jamais véritablement aimé. Elle l'aurait toujours trouvé charmant et séduisant s'il avait vécu ; peut-être même l'aurait-elle épousé, si elle n'avait pas rencontré Rafael. Mais ce dernier avait raison : Miguel ressemblait étrangement à son frère. Ils possédaient la même insouciance, le même pouvoir de séduction, le même mépris face à la mort, la même légèreté désinvolte. Et tous deux avaient une quantité d'admiratrices à leurs trousses. Liona comprit qu'elle était tombée amoureuse de Miguel parce qu'il avait les mêmes qualités que Graham, et qu'elle lui avait pardonné ses faiblesses parce que son frère avait les mêmes. Voilà pourquoi elle n'en avait jamais voulu à son ex-fiancé d'avoir eu tant de maîtresses, et de ne s'être attaché à aucune d'entre elles.

Elle éprouvait de la jalousie uniquement lorsqu'elle songeait à Rafael et à *ses* maîtresses. La nuit dernière, l'avait-il passée dans les bras de Concepción ? se demanda-t-elle. Il était rentré à l'aube. Son orgueil l'avait empêchée de lui dire qu'en son absence elle n'avait pu fermer l'œil ; mais cette infidélité de Rafael était un clou de plus planté dans le cercueil de ses espoirs.

Graham resta trois jours de plus à l'hacienda. Deux incidents importants survinrent pendant son séjour, mais Liona ne leur accorda sur le moment aucune attention.

Le deuxième jour de sa visite, le jeune homme exprima le désir de goûter à la vie nocturne de Séville, souhait qui ne surprit pas sa sœur le moins du monde. A l'instar de Miguel, il aimait vivre sur un grand pied, connaître tous les plaisirs de l'existence. Rafael accepta volontiers de le conduire en ville et de lui servir de guide, mais la jeune femme refusa de les accompagner. Elle avait souffert d'insomnie les deux nuits précédentes, et la perspective de passer une soirée tranquille n'était pas pour lui déplaire. Rafael et Graham partirent donc tous les deux dans la Lamborghini. Liona dîna tôt, dans sa chambre, et ne tarda pas à s'endormir. Elle ne les entendit pas rentrer.

Le second événement notable se produisit le jour fixé par Graham pour son départ. Il avait prévu de se mettre en route de bonne heure. Mais peu après avoir chargé ses bagages dans le coffre et s'être installé au volant de la Mercedes, il en ressortit fou furieux et se mit à donner des coups de pied dans les pneus en débitant une bordée d'injures à l'endroit de tout ce qui était « Made in Germany ».

— Ils appellent ça une pompe à injection ! s'exclama-t-il furieusement, tout en se passant la main dans les cheveux. Cette voiture n'est qu'un tas de ferraille de luxe !

Avec une pointe d'amusement, Rafael le regarda ouvrir le capot et fouiller dans le moteur.

— Puis-je vous aider ? proposa-t-il enfin, lorsqu'il s'avéra que la panne ne pouvait être immédiatement réparée.

Graham émergea du moteur et grimaça.

— J'en doute. D'après moi c'est le circuit d'allumage ou l'arrivée d'essence. J'arriverai sûrement à localiser le problème, mais je n'ai aucun outil pour réparer. J'ai bien peur d'être obligé de vous demander de me remorquer jusqu'à Séville !

— J'ai mieux à vous proposer : j'ai un garage équipé de tout l'outillage nécessaire, et un excellent mécanicien, Tomás.

— Tomás ? Ah oui, le garçon qui conduisait la jeep... Je ne sais pas s'il...

— Nous verrons bien ! Liona, rentrez à la maison, il y fait plus frais.

Rafael prit Graham par le coude et l'entraîna vers les communs, où se trouvaient les hangars, les écuries et le garage. Quand ils s'éloignèrent la jeune femme entendit son époux affirmer :

— Tomás n'a peut-être pas encore rencontré ce

problème précis, mais il est très doué pour la mécanique, vous verrez...

Deux heures plus tard la Mercedes était en état de rouler, et Graham refit ses adieux à sa sœur et à son beau-frère.

*
**

Près d'un mois plus tard, une lettre de Graham arriva à l'hacienda. C'était déjà un événement en soi, car le jeune homme n'écrivait jamais ; mais le plus curieux était qu'elle était adressée à Rafael. Liona dut donc attendre le retour de son époux, parti faire un tour de sa propriété, pour satisfaire sa curiosité. Lorsqu'il revint elle était en train de prendre un bain, et ne le vit qu'avant le dîner, autour du traditionnel apéritif qu'ils partageaient chaque soir.

Comme à l'accoutumée, elle avait pris grand soin à sa toilette et avait choisi l'une des nouvelles robes qu'elle venait d'acheter à Séville. La raison de cette coquetterie était double : elle voulait dissimuler le plus possible sa maigreur croissante, mais également mettre en valeur la perfection de sa poitrine, qui restait son principal atout. Même si elle avait perdu en partie ses formes, elle réussissait encore à être fort séduisante dans sa longue robe de soie noire au décolleté plongeant. N'était-elle pas en droit de recourir au traditionnel arsenal d'artifices féminins pour essayer de conquérir son mari ?

Mais combien de temps encore pourrait-elle prétendre au titre d'épouse ? Rafael n'avait pas encore mentionné l'inévitable annulation de leur mariage, cependant elle savait que les jours étaient désormais comptés, et que tôt ou tard la mascarade prendrait fin. L'ambiguïté de leurs relations était un poison qui les rongeait tous deux : la jeune femme n'était pas seule à en souffrir. Le visage de Rafael, d'anguleux qu'il était,

était de plus en plus émacié ; ses pommettes et ses orbites s'étaient creusées, ses yeux sombres évoquaient plus que jamais l'incandescence des charbons ardents. Il était clair qu'il souffrait lui aussi. Et pourtant Liona ne pouvait s'empêcher de tenter de le séduire...

Comme il devait la haïr à présent ! Peut-être avait-il espéré de ce mariage une satisfaction purement sexuelle, mais elle le lui avait fait payer très cher, et avait réussi à le rendre malheureux. Il devait amèrement regretter de l'avoir épousée, car leur vie commune était devenue un enfer. Aurait-il pu apprendre à l'aimer, se demandait souvent la jeune femme, si elle n'avait pas détruit le soir de leur nuit de noces toutes leurs chances de bonheur ? Ils étaient dans une telle impasse qu'elle n'avait plus aucun moyen de découvrir les véritables sentiments de Rafael à son égard. Et elle ne pouvait se résoudre à aller le trouver dans sa chambre : la première expérience avait été trop humiliante.

Ce n'était qu'à l'Alkabir, ou en présence des domestiques et de leurs invités occasionnels, que Rafael s'efforçait d'avoir avec elle un comportement « normal ». Il feignait alors une sollicitude qui trompait tout le monde sauf Don Esteban, et ne rendait que plus pathétique leur absence de vie maritale.

Ce soir-là, comme à l'habitude, Rafael la rejoignit au salon au moment de l'apéritif. Liona sentit son cœur bondir dans sa poitrine en le voyant entrer. Sa chemise de soie couleur crème accentuait son hâle et la maigreur de son visage ; elle aurait tout donné pour pouvoir caresser son front, l'embrasser. Il semblait toujours aussi sûr de lui, mais une grande tension intérieure rendait ses mouvements plus secs, plus tourmentés. Il se mouvait pourtant avec autant de grâce virile, de sobriété dans chacun de ses gestes.

— Vous buvez quelque chose ? s'enquit-il avec lassitude.

Sans attendre sa réponse, il remplit deux verres.

— Vous avez reçu une lettre de Graham, aujourd'hui, observa-t-elle en prenant son cocktail.

— Mmmm... se contenta-t-il de répondre.

Voulait-il se venger par son mutisme ?

— C'est drôle, Graham n'écrit jamais.

— Vraiment ? Et il est votre seule famille ! Je vous croyais pourtant très liés...

— Nous le sommes ! s'énerva-t-elle.

Par fierté, elle s'efforçait d'ordinaire de conserver son calme en toute occasion ; mais ce soir son envie de connaître le contenu de la mystérieuse lettre la rendait irascible.

— J'adore Graham, et il m'aime beaucoup, mais nous n'entretenons pas de relations épistolaires. Je ne me rappelle même pas avoir reçu une lettre de lui, sauf peut-être lorsqu'il était en pension. Il préfère téléphoner, envoyer un télégramme ou débarquer sans crier gare.

— Rentrez vos griffes, Liona, répliqua Rafael d'un ton sarcastique. Votre jalousie n'est pas fondée. Graham m'a simplement adressé cette lettre parce qu'elle contenait un message pour Tomás, et qu'il ne se souvenait pas de son nom de famille.

— Un message pour Tomás ? s'étonna la jeune femme. Oh... il voulait le remercier d'avoir réparé la Mercedes, je suppose.

— Non, mieux que cela. Mais je ne vous ferai pas patienter plus longtemps.

L'ombre d'un sourire se dessina sur les lèvres de Rafael tandis qu'il expliquait :

— Après avoir regardé Tomás exercer ses talents de mécanicien sur la voiture, Graham et moi avons eu une petite discussion. Il a reconnu avec moi que ce garçon était très doué et intuitif quand il s'agissait de réparer un moteur ; et il n'a que dix-neuf ans ! S'il suivait une

bónne formation, il deviendrait un précieux atout dans
une équipe de coureurs automobiles.

Le visage de Liona s'éclaira.

— Et Graham lui a trouvé un poste dans son
équipe ? Oh, c'est merveilleux ! Rafael...

— Non, pas exactement, interrompit-il. Tomás ne
parle pas anglais, il aurait donc du mal à s'intégrer.
Mais votre frère a parlé de lui à l'un de ses amis, un
coureur espagnol, qui est prêt à le prendre à l'essai dans
son équipe de mécaniciens. Bien sûr il ne l'engagera pas
forcément, mais Tomás sera salarié pour la fin de la
saison et suivra toutes les courses. Ses frais de voyage
lui seront remboursés, et Magdalena peut l'accompagner. L'enveloppe qui m'était adressée contenait la
lettre à lui remettre, ainsi qu'une brève explication de
la situation.

— C'est tout ?

— Oui.

— Puis-je voir la lettre écrite à votre intention ?

— Je...

Il tapota les poches de sa veste, et fronça les sourcils.

— Je ne sais plus où je l'ai mise. J'ai dû la perdre en
donnant la sienne à Tomás, devant le garage. De toute
façon votre frère n'ajoutait rien de plus. Il vous
envoyait seulement son bonjour, et promettait de
repasser nous voir l'année prochaine.

Liona baissa la tête, sachant pertinemment qu'elle ne
serait plus en Espagne l'année suivante. Pour se donner
une contenance, elle fit tinter les glaçons dans son
verre.

— Tomás aura besoin d'un costume de ville pour se
rendre sur les circuits quand il ne sera pas en tenue de
travail, observa-t-elle au bout d'un moment, afin d'alimenter la conversation. Celui que lui a prêté Porfirio
Torres le jour du mariage était deux fois trop large pour
lui.

— C'est vrai, je n'y avais pas pensé. Il n'est pas du

genre à accepter un cadeau ! Il croira qu'on veut lui faire la charité ! Il a accepté le logement que je lui offrais uniquement pour aider sa famille, mais il est trop fier pour porter un costume qu'il n'aura pas acheté.

— Il faudrait qu'il puisse gagner l'argent nécessaire à cet achat, hasarda Liona.

— Oui, c'est la meilleure solution. J'y songerai ; je lui trouverai bien un petit travail supplémentaire. Toutes les primes que je lui ai données ont servi à nourrir sa famille ! Au moins il gagnera un salaire décent avec ce nouvel emploi, et ne tardera pas à s'enrichir s'il est pris... Je ne serais pas surpris si, d'ici quelques années, il prenait le volant ! Il conduit la Lamborghini à merveille, et possède toutes les qualités d'un excellent coureur automobile !

— Il y a beaucoup de « si »... murmura la jeune femme. Vous pourriez ajouter *si* la corrida cesse de l'attirer. Mais il n'aura guère l'occasion de s'entraîner, ni même d'y penser, s'il est amené à voyager à l'étranger.

Rafael se tourna vers la baie vitrée qui donnait sur la cour. La nuit était tombée, et un clair de lune illuminait le ciel d'un éclat blafard. L'ombre de l'arbre de Judée, dit aussi arbre d'amour, se projetait sur le dallage.

— La lune est pleine, encore, murmura-t-il d'un ton laconique. J'ai de nouveau envoyé l'un de mes hommes surveiller la maison de Tomás, et tout à l'heure, j'irai voir moi-même si tout va bien. Il a recommencé le mois dernier ; heureusement je l'ai attrapé avant qu'il n'ait pu arriver dans les champs de la Marquise, et nous avons passé presque toute la nuit à discuter dans la voiture, en roulant. Je lui ai assené quelques vérités sur le métier qui, j'espère, le calmeront pour un temps. Ce soir, la proposition qu'il vient de recevoir refroidira peut-être son enthousiasme pour la tauromachie... La course automobile est l'antidote rêvé !

Ils continuèrent à parler de Tomás et de Magdalena, et Liona se réjouit intérieurement de voir qu'ils pouvaient encore converser sans haine : cela ne leur était pas arrivé depuis longtemps.

Mais pendant le dîner Rafael devint de plus en plus taciturne, au grand désespoir de la jeune femme. Son visage se fermait à vue d'œil.

— Vraiment, je crois que vous avez raison, déclarat-elle pour la troisième fois au moins de la soirée : Tomás ferait un excellent pilote de courses.

— Hmmm...

Manifestement le sujet était épuisé. Et tous ceux qu'avait essayé d'aborder Liona au cours des dernières semaines, de l'agriculture à la cartographie, étaient également éventés. Elle poursuivit donc avec lassitude mais acharnement :

— Oui, il a toutes les qualités nécessaires : la détermination, l'intelligence de la mécanique, le désir d'être célèbre, des nerfs d'acier... il en faut pour aller affronter des taureaux au clair de lune ! Et surtout du courage, un extraordinaire courage, tout comme mon frère, j'en suis sûre...

Le poing de Rafael s'abattit sur la table et la fit taire. Plusieurs couverts tombèrent. Dans ses yeux luisait une rage qu'elle ne lui avait pas connue depuis leur « nuit de noces », deux mois auparavant.

— Est-ce donc la seule qualité que vous admirez chez un homme ? rugit-il.

Elle se renversa en arrière, prise de panique, et secoua la tête en signe de négation.

— Non, je...

— Ne niez pas ! marmonna-t-il les dents serrées. Je l'ai lu sur votre visage ! En disant ces mots, vous aviez l'air d'un gosse devant une vitrine de bonbons !

Liona retint son souffle, effrayée. Elle préférait pourtant voir Rafael en proie à une vive émotion, plutôt que froid et parfaitement maître de lui. Il observa un long silence, parut se calmer un peu, puis se baissa pour ramasser les couverts qui étaient tombés. A cet instant la jeune femme aperçut, glissée dans la poche de sa veste, l'extrémité d'une enveloppe ; elle reconnut immédiatement le timbre, qui dépassait légèrement.

— Vous avez la lettre de Graham, déclara-t-elle sans mettre aucune accusation dans cette affirmation.

Cependant son cœur se mit à battre plus fort. Se doutait-elle du contenu de cette lettre ? Avait-elle un pressentiment ? Pourquoi avait-il refusé de la lui montrer ? Car il savait certainement qu'il ne l'avait pas égarée…

Il regarda distraitement la lettre qui dépassait de sa poche, sans la toucher.

— C'est exact, répondit-il avec hostilité.

— Montrez-la-moi.

— Cette lettre m'était adressée.

— Alors j'en déduis que vous ne voulez pas me faire lire ce que vous dit Graham.

Elle réfléchit. A part le jour de son départ, au garage, son frère ne s'était trouvé qu'une seule fois seul en compagnie de Rafael.

— Est-ce qu'il… fait référence à la soirée que vous avez passée à Séville ?

— Liona, ce qu'il m'écrit ne vous concerne pas…

— Je n'en crois pas un mot !

Il n'avait tout de même pas présenté Graham à sa maîtresse ! songea-t-elle avec affolement. Non, il n'aurait pu faire une chose pareille ! Elle refusait d'y croire, et pourtant elle s'écria, presque malgré elle :

— Je connais l'existence de Conceptión, Rafael, et celle de son enfant. Essayez-vous de me protéger, pour quelque obscure raison ? Ce n'est pas nécessaire, je vous assure.

Les yeux de Rafael marquèrent un visible étonnement. Il ne s'attendait manifestement pas à une attaque aussi directe.

— C'est bien cela, poursuivit-elle avec désespoir, vous essayez d'épargner ma sensibilité. S'il vous plaît, donnez-moi cette lettre. Je ne serai pas choquée si vous avez offert à Graham... un petit divertissement. Vous n'êtes pas des anges, ni vous ni lui. Et je ne puis m'offusquer de vos infidélités étant donné nos rapports.

— Il ne s'agit pas de ce que vous pensez. Mais je présume que vous ne me croirez pas tant que je ne vous aurai pas laissée lire cette lettre. Et puisque vous êtes au courant pour l'enfant, il est inutile de vous la cacher plus longtemps.

Il sortit l'enveloppe de sa poche et la lui tendit.

— Qui vous en a parlé ? Ce n'est pas Don Esteban, je suppose... Aucun des domestiques ne le savait au palais... Quant à ma mère, elle ne vous en aurait jamais rien dit.

— Je n'ai pas eu besoin qu'on m'avertisse, puisque j'ai tout découvert...

Elle s'apprêtait à dire « de mes propres yeux », mais la lecture de la lettre griffonnée à la hâte par Graham l'empêcha de terminer se phrase.

« Dites à l'enfant qu'il recevra les autographes de tous les grands pilotes espagnols. Je pense toujours que vous êtes fou de ne rien dire à Liona. Elle n'est pas particulièrement puritaine : il y a quelques taches dans l'arbre généalogique de notre famille. Elle n'aurait certainement vu aucune objection à avoir une belle-sœur danseuse si Miguel avait épousé Concepción... »

Miguel. Concepción était la maîtresse de Miguel, non celle de Rafael. L'enfant était celui de Miguel, non celui de Rafael. Liona devint livide. L'enfant de Miguel. Et pourquoi pas ? Les deux frères avaient les mêmes gènes, non ? Le petit Rafael ressemblait à sa grand-mère et à son oncle, plutôt qu'à son père.

Soudain une multitude de petits détails prirent forme sous ses yeux et s'assemblèrent pour reconstituer le puzzle authentique, non le faux.

Tout s'expliquait : la présence de Concepción au chevet de Miguel, à l'infirmerie de Las Ventas, son emploi de danseuse dans un restaurant-cabaret connu d'Angel, le chauffeur de la Marquise : il avait dû y emmener Miguel plus d'une fois. Tout concordait, jusqu'aux paroles évasives de Rafael sur la question ; il avait dû vouloir protéger le secret de Miguel et de Concepción, et peut-être même lui cacher, à elle, Liona, l'existence de l'enfant illégitime de son fiancé.

Concepción était-elle la femme que Miguel avait voulu épouser dans le passé ? C'était vraisemblable, à en juger d'après l'éclat de colère de la danseuse à la seule évocation du nom de la Marquise. Paco en avait donné une autre explication, mais il avait pu se tromper. Si c'était bien elle, pourquoi Isabela de los Reyes s'était-elle obstinément refusée à donner son consentement au mariage ? Certains points restaient encore dans l'ombre... Liona comprit soudain avec horreur que son ignorance de la situation et ses jugements hâtifs avaient en partie guidé son attitude envers Rafael au cours des derniers mois. Et le mirage s'écroulait pour laisser place à la réalité.

— On dirait que vous venez de voir un fantôme, observa Rafael avec une sollicitude inhabituelle. Pourquoi cette réaction puisque vous m'avez affirmé connaître l'existence de l'enfant ?

— Je ne savais pas que c'était celui de Miguel. Je croyais que c'était le vôtre, articula-t-elle d'une voix éteinte.

Il fronça le sourcil.

— Je suis navré de vous avoir laissé lire cette lettre, mais il est trop tard maintenant pour rien vous cacher. Je regrette également que Graham les ait rencontrés : cela s'est produit tout à fait par hasard, dans la rue.

C'était le jour de congé de Concepción. Je ne pouvais me dérober, esquiver les présentations... ou pis, ignorer Concepción. L'enfant est à l'âge où l'on s'intéresse aux voitures ; j'ai mentionné le fait que Graham pilotait dans des courses, et de fil en aiguille nous sommes allés dîner ensemble, tous les quatre.

— Et vous avez demandé à mon frère de ne rien me dire... Quelle raison lui avez-vous donnée ? Car en fin de compte il n'a rien su de mes fiançailles avec Miguel.

— Je lui ai dit qu'il était inutile de faire sortir du placard nos vieux squelettes de famille, expliqua-t-il cyniquement. Je ne pouvais pas savoir que vous connaissiez Concepción, mise à part cette rencontre accidentelle à Madrid... et je ne désirais pas vous mettre au courant.

— Pourquoi vous avait-elle accompagné à Madrid ?

— Pour essayer de raisonner Miguel. Si vous vous souvenez bien, je m'inquiétais à l'époque de l'imprudence dont il faisait preuve dans les corridas. J'ai pensé qu'elle pourrait avoir sur lui une influence bénéfique. Leur liaison dure depuis des années, et il a toujours fini par lui revenir, d'une façon ou d'une autre. J'ignorais à l'époque que Miguel vous avait déclaré sa flamme, à vous aussi.

— Et pourquoi ne m'avez-vous pas dit immédiatement la vérité ? Vous ne vouliez pas me faire souffrir ? Je savais déjà que Miguel avait eu plusieurs maîtresses...

— Navré de vous décevoir, je ne cherchais pas à vous protéger, mais à protéger Concepción. Elle ne savait pas que Miguel vous avait demandé de l'épouser ; elle en aurait été bouleversée. Elle lui est restée fidèle pendant des années, et l'aimait encore, en dépit de toutes ses faiblesses. Elle n'avait jamais abandonné l'espoir de l'épouser un jour. C'était d'ailleurs ce qu'il voulait, mais ma mère s'y est opposée.

— Je comprends maintenant pourquoi vous teniez

tant à me séparer de lui... murmura Liona. Si vous m'aviez parlé de l'existence de cet enfant, j'aurais compris...

— Comment pouvais-je tabler sur votre indulgence, votre compréhension ? explosa Rafael. Vous êtes toujours si imprévisible ! Vous auriez pu décider d'aller trouver Concepción, or je voulais tout faire pour éviter cette rencontre. Mais apparemment vous avez fini par découvrir toute seule son existence... Vous ne lui avez rien dit sur vos relations avec Miguel, j'espère ?

— Je ne lui ai même pas parlé.

Elle se mit en devoir de lui expliquer les circonstances de sa rencontre avec la danseuse.

— Et lorsque j'ai appris que l'enfant s'appelait Rafael, acheva-t-elle, vous imaginez sans peine à quelle conclusion je suis arrivée. J'ai bien peur de vous avoir mal jugé. Je suis... désolée.

— Je n'ai que faire de votre opinion, trancha Rafael d'un ton sec. J'ai eu d'autres maîtresses. Comme vous l'avez souligné, je ne suis pas un ange.

La jeune femme sentit sa gorge se nouer, et regarda son verre pour demander :

— Pourquoi votre mère s'est-elle si violemment opposée à ce mariage ?

— C'est une longue histoire, plutôt sordide. Je ne pense pas que vous vouliez l'entendre.

Rafael serra les poings sur la table ; c'était là un signe de nervosité qui ne lui ressemblait guère.

— Cela remonte trop loin dans le temps, poursuivit-il, et je ne vais pas vous donner un cours d'histoire sur la guerre civile espagnole. Disons plus simplement que ma mère était contre l'union de deux cousins.

— Des cousins ?

— Oui, des cousins au second degré. En fait le cousin germain de Miguel se trouvait être le père de Concepción.

Liona récapitula rapidement. Les membres de la

famille de la Marquise avaient tous été massacrés jusqu'au dernier : elle n'avait oublié aucun des affreux détails que lui avait révélés Don Esteban.

— Des cousins... répéta-t-elle d'un air songeur, tout en essayant de comprendre.

— Elle s'appelle Concepción Montañes, lâcha froidement Rafael.

14

ASSISE sur son lit, Liona essayait de mettre un peu d'ordre dans tout ce qu'elle venait d'apprendre. Il n'était pas très tard : minuit passé, à peine. Aussitôt après dîner, Rafael s'était retiré dans son bureau, en claquant la porte derrière lui. Il n'avait manifestement aucune envie de passer la soirée avec elle. Pourtant la jeune femme ne s'était pas couchée, elle était restée habillée. Son intuition lui disait que la soirée n'était pas terminée. C'était une de ces nuits où l'on pressent qu'il va se passer quelque chose, curieusement ; une nuit de sabbat, une nuit de pleine lune.

« Pleine lune »... La lune était pleine, un mois plus tôt exactement, lorsque Graham leur avait rendu visite. Et elle avait cru que Rafael avait dormi dans les bras d'une autre ! Ne lui avait-il pourtant pas laissé entendre qu'il s'était occupé de Tomás ? Elle l'avait une fois de plus, à cette occasion, condamné sans autre forme de procès. Mais peu importe si Rafael la trompait des centaines de fois : elle ne cesserait de l'aimer.

Oui, tout était clair à présent. La conduite de Rafael, celle de Miguel, de la Marquise, de Concepción... Le grand-père de la danseuse était l'un des frères aînés de Juan Montañes, elle avait pu au moins obtenir ce renseignement de Rafael ; il avait donc certainement participé à la tuerie de l'Alkabir. A son retour d'Angle-

terre, Rafael avait effectué des recherches afin de
découvrir si certains membres du clan Montañes avaient
échappé aux représailles, à l'issue de la guerre civile. Le
grand-père de Concepción, le frère de Juan, avait été
fusillé avec les siens ; mais un fils lui avait survécu, qui
vivait encore et devait avoir quinze ans de plus que
Rafael. Celui-ci avait fait la connaissance de sa fille,
Concepción, et l'avait présentée à son frère. Miguel et
elle avaient à peu près le même âge : vingt et un ans à
l'époque, environ. Ils s'étaient rapidement épris l'un de
l'autre. Miguel avait demandé la main de la jeune fille
avant même d'informer sa mère de la situation : il
craignait sans doute un refus de sa part, sachant qu'elle
ne devait guère porter les Montañes dans son cœur.

Liona en savait assez, malgré les réticences manifes-
tées par son époux, pour imaginer la suite. L'obstination de la Marquise était certes compréhensible, après
les atrocités subies par elle et sa famille.

Don Esteban avait en partie brossé ce tableau lors de
leur visite au musée, en omettant toutefois certains
détails : il avait sans doute voulu lui éviter de découvrir
l'existence de la maîtresse de Miguel. Lui aussi avait
essayé de protéger tout le monde ! Mais c'était elle
Liona, qui avait tout gâché par ses conclusions hâtives.
Le silence du prêtre, à l'instar de celui de Rafael, était
tout à son honneur : elle ne pouvait leur reprocher leur
discrétion.

Elle se mordit le poing dans un geste enfantin, pour
ne pas s'abandonner au désespoir. Elle n'entrevoyait
cependant aucune issue au drame qui se jouait depuis
quelques semaines. Elle avait accusé Rafael d'avoir
d'elle une piètre opinion ; n'avait-elle pas été prompte à
le juger, elle aussi ? Il lui avait rendu la monnaie de sa
pièce. « Qui sème le vent… »

Elle s'efforça de se calmer et pensa à la Marquise.
Isabela de los Reyes avait traversé au cours de son
existence des épreuves infiniment plus terribles que les

siennes, et elle avait survécu... la tête haute. Qu'aurait fait cette grande dame en pareille circonstance ? Elle n'aurait certainement pas pleuré, ni gémi, ni demandé pardon ; elle ne se serait pas prostrée dans un coin pour lécher ses blessures ; elle ne se serait pas jetée à genoux en jurant un amour éternel à l'objet de ses pensées. Elle n'aurait pas non plus eu recours à la séduction, pensa Liona en regardant honteusement son profond décolleté. La Marquise n'était pas exactement belle, et ne l'avait jamais été. Et pourtant pendant des années elle avait réussi à retenir auprès d'elle celui qu'elle aimait, sans l'aide des liens du mariage, en dépit de tous les malheurs qui les séparaient, des tragédies successives, des brouilles, du ressentiment... ou grâce à tout cela et à leur volonté de faire face. L'homme qu'elle avait aimé était un beau matador, l'idole de sa génération, adulé par les foules, sans doute entouré de flatteurs et de femmes aimables, douces, faciles. Mais un homme de la trempe de Juan Montañes ne s'attachait pas à ce genre de femmes.

« Et Rafael non plus », se surprit-elle à songer. Elle se leva d'un bond, ouvrit la penderie et en sortit des vêtements simples et pratiques, comme ceux qu'elle portait lors de leur première rencontre : un pantalon noir et une légère chemise de soie claire. Rafael aimait la féminité chez les femmes, il ne le lui avait pas caché ; mais il y avait un temps pour tout, et cette fois il ne s'agissait plus de séduire. De toute façon cette méthode avait échoué. Le moment était venu de se battre.

Forte de cette conclusion, elle marcha d'un pas rapide jusqu'au bureau de Rafael. Elle n'avait pas été aussi alerte depuis longtemps, constata-t-elle avec plaisir. Ce regain d'énergie lui redonnait confiance en elle. Elle frappa à la porte, puis entra sans attendre la réponse qui, elle le savait, ne viendrait pas.

Elle trouva son mari debout à la fenêtre. Il avait enlevé sa veste, ses épaules puissantes saillaient sous l'étoffe tendue de sa chemise. A son entrée il se tourna lentement vers elle, le regard froid et distant, presque brumeux à force d'être las.

— Sortez, lui intima-t-il sèchement, sans s'embarrasser de politesse.

— Avez-vous peur de moi, Rafael?

— Ne dites pas d'absurdités.

— Oui, vous avez peur de moi, insista-t-elle avec aplomb.

Elle s'avança vers lui, la tête fièrement rejetée en arrière, le port délibérément agressif.

— Vous avez peur de moi depuis notre nuit de noces. Que craignez-vous exactement, Rafael? Que je vous pousse à commettre l'irréparable?

— Je vous ai demandé de sortir.

— Et si je refuse, qu'allez-vous faire? Recourir à la force? C'est cela qui vous fait peur, n'est-ce pas? De découvrir que sous vos apparences civilisées vous n'êtes en fin de compte qu'un animal. Comme votre père.

Il respira profondément; elle comprit qu'elle venait d'atteindre un point sensible.

— Oui, je connais l'histoire des Montañes, je sais que votre père a pris votre mère par la force. Et vous croyez valoir mieux que lui. Mais vous êtes une femmelette à côté de lui! Il a eu au moins le courage de savoir ce qu'il voulait, et de le prendre. Le courage, Rafael! Serait-ce ce qui vous manque?

Il faisait d'immenses efforts pour se contrôler. Liona se rappela alors les paroles de Paco : « Il est une catégorie d'hommes que l'on n'accuse pas de lâcheté. Rafael de los Reyes est de ceux-là. »

— Vous êtes un lâche, affirma-t-elle.

Elle était étrangement calme en prononçant ces paroles, car elle savait qu'elle faisait mouche.

— Vous vous demandez pourquoi j'admire des hommes comme mon frère, ou comme Tomás; oui, vous avez raison, j'admire la bravoure! Où est la vôtre ? Vous êtes vraiment lâche pour avoir peur de moi !

Rafael serra les poings, et la jeune femme crut un instant qu'il allait la frapper. Mais il se contenta de rentrer furieusement ses mains dans ses poches, avant de se tourner à nouveau vers la fenêtre et le patio baigné de lune. Les muscles et les veines de son cou saillaient, tendus à l'extrême. Pourtant il résistait, refusait de répondre à la provocation.

Elle décida de le pousser à bout, en mettant dans sa voix tout le mépris dont elle était capable.

— Vous auriez pu déjà demander l'annulation de notre mariage ; vous ne le faites pas parce que vous avez envie de faire l'amour avec moi. Vous me désirez, Rafael, pourquoi ne pas me prendre ? Pourquoi avez-vous peur de me toucher, de me regarder ? Je n'ai pas peur de vous, moi, Rafael de los Reyes ! Est-ce agréable d'être plus lâche qu'une femme ?

Il pivota brusquement sur ses talons et lui fit face. Jamais elle n'avait vu dans ses yeux un tel orage, une telle violence. Il la prit brutalement par la main et la traîna sans ménagement derrière lui ; ils sortirent du bureau, longèrent le couloir... Liona trébuchait tellement Rafael marchait vite, mais elle était aux anges car elle crut d'abord avoir gagné. Malheureusement elle s'aperçut bientôt qu'il ne la conduisait pas vers les chambres.

— Où... allez-vous ? demanda-t-elle d'une voix haletante lorsqu'il la fit sortir dans la nuit claire et tiède.

— Vous verrez bien, répondit-il sèchement, tout en refermant la porte derrière eux.

Il continua de la tirer par le bras jusqu'au garage, puis il la jeta sans ménagement sur le siège avant de la vieille jeep. Après s'être installé au volant, il fit marche en arrière pour sortir du garage, prit un virage dans un long crissement de pneus, et freina violemment devant l'hacienda trente secondes plus tard.

— Attendez-moi là, ordonna-t-il d'un air menaçant. J'ai besoin de quelque chose.

Il gagna à grands pas les marches du perron. Quelques minutes plus tard il réapparaissait, tenant sous le bras un paquet informe qu'il jeta sur le siège arrière. Puis il redémarra en trombe. Bientôt le village où vivaient les ouvriers se profila à l'horizon.

— Rafael, il est presque une heure du matin, vous ne songez tout de même pas... balbutia Liona.

Mais il était déjà descendu de voiture et frappait impatiemment à la porte d'une maisonnette en terre battue, aux murs de crépi blanc. La jeune femme reconnut aussitôt le logement de Tomás et de sa famille.

Le garçon ne tarda d'ailleurs pas à ouvrir, les yeux lourds de sommeil, les cheveux en bataille ; manifestement l'offre de travail qu'il venait de recevoir lui avait ôté le goût des escapades nocturnes.

Les deux hommes se parlèrent en espagnol, à voix basse, aussi Liona ne put-elle rien entendre. Finalement Tomás rentra dans la maison, mais laissa la porte ouverte, comme s'il allait revenir tout de suite. La nuit était douce, pourtant la jeune Anglaise frissonnait. L'étrange démarche de Rafael l'intriguait et l'emplissait surtout d'une peur sans nom. Elle ignorait ce qu'elle avait déclenché en lui en le provoquant, en le poussant à bout. Mais elle n'avait certainement pas souhaité créer une telle situation, d'où elle craignait de voir sourdre le malheur.

Un autre homme sortit de l'ombre. Ce devait être le garde chargé par Rafael de surveiller le jeune homme. Il fut renvoyé d'un geste de la main accompagné de quelques paroles rassurantes. Peu après Tomás réapparut, et prit place à l'arrière de la jeep ; il avait troqué son pyjama contre une chemise sombre et un pantalon de travail.

— Pourquoi avez-vous besoin de Tomás ? s'enquit Liona, qui ne pouvait s'empêcher de claquer des dents.

— Je vais lui donner l'occasion de gagner son costume.

Cette réponse sibylline ne la rassura pas le moins du monde. La jeep cahotait à présent sur les chemins de terre, traversait champs et vergers, phares allumés. La lune brillait assez pour éclairer le paysage, mais non les dangereuses ornières. Ils se dirigeaient vers l'Alkabir, mais avant d'atteindre le palais Rafael obliqua en direction des pâturages. Les chemins creux étaient de plus en plus impraticables, défoncés, et ralentissaient leur progression. A plusieurs reprises Tomás descendit de voiture afin d'ouvrir les barrières qui délimitaient les clôtures des champs. Ils croisèrent deux hommes à cheval, des gardes de la Marquise, qui leur ordonnèrent de faire halte ; mais dès que les cavaliers eurent reconnu Rafael, ils ouvrirent eux-mêmes la barrière qui les arrêtait et s'éloignèrent dans une autre direction, non sans avoir d'abord détaillé avec curiosité les occupants de la jeep.

Ici et là se dessinait la silhouette massive d'un taureau, qui se découpait telle une ombre chinoise contre le ciel clair. Rafael ralentissait alors ; la peur de Liona, de sombre pressentiment qu'elle était se transforma peu à peu en une froide certitude. Mais à chaque fois Rafael repartait dans une direction différente, en accélérant : manifestement il n'avait pas encore trouvé ce qu'il cherchait.

— Rafael, vous ne pouvez pas... vous ne pouvez *pas !* balbutia-t-elle.

Comme il ne répondait pas, elle le supplia de nouveau. Il finit par lui ordonner de se taire sans mâcher ses mots. Mais elle ignora cette mise en garde, et insista.

— C'est illégal... et c'est du suicide ! C'est même un meurtre !

Elle planta ses ongles dans les mains de Rafael, crispées sur le volant ; il la repoussa avec un juron. Une sombre et terrifiante détermination luisait dans ses yeux noirs.

Ils tournèrent pendant deux heures, dans une quête infernale, avant que Rafael n'arrêtât le moteur et n'éteignît les phares. Tomás cria quelque chose ; la jeune femme reconnut au passage le mot *vaca,* et fut momentanément soulagée : les vaches étaient certes dangereuses, possédaient elles aussi des cornes pointues, mais elles étaient moins lourdes, moins puissantes que les taureaux. Et surtout plus petites.

Plus petites ? Ce n'était pas le cas de l'énorme créature fièrement dressée sur un monticule de terre, tel le seigneur des alentours, et dont le pelage noir luisait dans le nuit, se confondant avec elle. Jamais Liona n'avait vu un animal aussi gros, aussi impressionnant. Ses gigantesques cornes brillaient telle une fourche au clair de lune, et il avait certainement appris à ce servir de cette arme redoutable en se battant avec ses congénères.

C'était le taureau reproducteur de la Marquise ! comprit la jeune femme avec épouvante. Il n'y avait aucun doute, il avait la prestance de l'étalon, et plusieurs vaches, nettement plus petites que lui, l'entouraient. Les taureaux destinés au combat dans l'arène n'étaient jamais mis en présence des vaches. L'énorme tête de l'animal se tourna lentement vers ceux qui venaient troubler le calme de la nuit ; ses yeux noirs et mats contemplèrent tranquillement la jeep sans manifester la moindre inquiétude. Le taureau était dans son élément, sur son territoire ; il avait en lui une confiance suprême.

— Rafael, vous n'avez pas sérieusement l'intention de…

Au même instant Tomás bondit hors de la voiture,

serrant contre lui le paquet jeté sur le siège par Rafael.
Liona respira, puis s'indigna de plus belle.

— Vous n'avez pas non plus le droit d'exposer ce
garçon à un pareil danger ! cria-t-elle, à la limite de la
crise de nerfs. Vous essayez de me faire mourir de peur,
c'est cela ?

— Je vais vous donner une leçon de courage, répondit-il froidement.

Tomás, pendant ce temps, avait déplié ce qu'il
portait sur le bras. C'était une grande cape de coton
jaune et bordeaux, de celles que l'on utilise dans les
jeux de cape, en première partie de la corrida. Il la
déploya et s'approcha prudemment du majestueux
animal.

— Qu'essayez-vous de prouver ? s'indigna Liona.
Vous avez essayé pendant des mois de faire renoncer
Tomás à s'entraîner au combat. Pourquoi l'encouragez-
vous, maintenant ? Vous m'avez dit qu'il était criminel
d'initier un taureau destiné à l'arène, qu'il constituait
un terrible danger pour le matador !

— Cessez de vous inquiéter. Ce taureau ne descen-
dra jamais dans l'arène, il est bien trop précieux pour
être mis à mort. C'est peut-être illégal de le combattre,
mais ce n'est pas amoral. Et maintenant taisez-vous,
voulez-vous ?

Il parlait d'une voix distraite, et ne la regardait pas :
ses yeux étaient rivés sur la scène qui se déroulait
devant eux. Dans le champ, Tomás entraînait petit à
petit le taureau à l'écart de ses femelles.

— Je dois me concentrer, maintenant, murmura
Rafael.

L'animal suivait Tomás, lentement d'abord, poussé
par la curiosité, sans aucune colère. Sûr de lui, il
n'éprouvait pas le besoin d'attaquer. Le jeune homme
l'attirait avec obstination, agitant la cape en l'air, ou la
laissant traîner sur le sol, à la manière des *bandilleros*;

il évitait la bête, changeait de direction lorsqu'elle s'approchait trop près de lui.

Pendant un quart d'heure, la jeep suivit lentement leur progression, tous phares éteints. Et soudain le taureau redressa la tête, huma l'air de la nuit, comme s'il s'inquiétait de ne plus sentir autour de lui la présence rassurante de son sérail. Il s'immobilisa, ses naseaux palpitèrent et ses muscles se tendirent sous sa robe luisante. Ensuite il gratta le sol du sabot, une première fois.

Lorsque Tomás agita la cape avec davantage d'autorité, le nœud de muscles qui formait une bosse sur le cou de la bête se gonfla de façon spectaculaire : le taureau se mettait en colère. Il chargea aussitôt, fonça sur la cape, puis se retourna pour charger encore.

— Rafael, je vous en supplie, arrêtez-le ! Vous ne pouvez pas laisser Tomás s'exposer de la sorte !

— Il fait juste quelques passes, ce n'est pas dangereux. S'il arrêtait, le taureau chargerait la jeep et nous soulèverait comme une plume. Tomás ne risque rien, il me tient simplement lieu de *bandillero*.

— Si je comprends bien vous... vous allez le combattre à votre tour ? s'enquit-elle.

La terreur lui glaça de nouveau les os. La confirmation de ce qu'elle craignait depuis le début ne tarda pas à venir.

— Qu'attendiez-vous d'autre ? J'ai demandé à Tomás de l'amuser un peu d'abord parce que ce taureau est dans la force de l'âge, et ne se fatiguera pas aisément. Cette nuit il n'y aura pas de picadors pour le saigner et lui faire courber la tête avant la mise à mort.

— Non, vous ne pouvez pas... vous n'oserez pas !

— Mais non, je ne le tuerai pas. J'aurai le sabre en bois de Tomás.

Il ne la regardait toujours pas, mais un sourire mordant et triomphal se dessinait sur ses lèvres.

— Rafael, je vous en supplie, je vous en conjure...

Il descendit de la jeep sans lui prêter aucune attention. Le cœur battant, les yeux écarquillés d'effroi, Liona tourna son regard vers le champ. Tomás avait réussi à faire tourner le taureau sur lui-même dans un espace plus court que son long corps, et la bête était toute désorientée. Elle cessa un moment de charger, les naseaux dilatés, haletante, mesurant de l'œil ses deux adversaires.

Le jeune homme en profita pour tendre la cape à Rafael. Ils échangèrent quelques commentaires à voix basse, sur le comportement du taureau. Puis Rafael se tourna vers Liona.

— Tomás est en fait venu pour vous raccompagner à l'hacienda. Vous pouvez partir dès maintenant si vous préférez.

— Et... et vous laisser là ? Jamais !

Il eut un sourire plein d'amertume.

— Non, je ne pensais pas que vous laisseriez passer l'occasion de voir du spectacle.

Il était trop tard pour empêcher quoi que ce fût. De sa démarche nonchalante, il était entré dans le champ. Avec sa chemise claire, il était infiniment plus visible et vulnérable que Tomás. Parfaitement décontracté, la cape à la main, il excitait le taureau ; seuls son poignet et sa main bougeaient, pendant qu'il parlait doucement à l'animal furieux.

Le taureau chargea. Tout alors devint cauchemar, un cauchemar au ralenti. Rafael bougeait à peine, ne prenait pas même le soin de se cambrer lorsque les cornes acérées le frôlaient, un peu plus près chaque fois. Liona connaissait assez la tauromachie pour voir qu'il procédait à une éblouissante démonstration de parfaite maîtrise ; il essayait toutes les différentes passes, des plus risquées aux plus subtiles. Cet étrange ballet avec la mort, au clair de lune, aurait pu être très beau. Mais pas aux yeux de la jeune femme, qui croyait à chaque seconde être sur le point de défaillir.

Lorsque Rafael coinça la bête et l'immobilisa sur place, pour avoir le temps de troquer sa cape contre le sabre en bois et la muleta, elle voulut lui parler, le supplier d'arrêter, mais aucun son ne sortit de sa bouche. Elle était pétrifiée.

Muni de la muleta de toile claire et du sabre, il s'avança de nouveau vers le taureau ; celui-ci commençait à comprendre qu'il ne chargeait que du vent en fonçant sur la cape, et cherchait une nouvelle tactique.

Si Don Esteban avait vanté la sobriété du style d'*El Sombrio,* il ne l'aurait pas reconnu cette nuit-là. Rafael exécuta toutes les passes les plus spectaculaires ; il alla même jusqu'à s'agenouiller devant la bête et à lui caresser les cornes, pendant la minute où celle-ci, acculée et désorientée, reprenait son souffle et ses points de repère. Puis il se releva, recula de quelques pas. Lorsqu'il agita la muleta d'un geste sec du poignet, le taureau chargea pour réapparaître, furieux, de l'autre côté de la cape.

— Olé ! chuchota Tomás d'un ton admiratif.

« Il est mort sans savoir qu'elle l'aimait »... avait dit Don Esteban. Pourquoi ne lui avait-elle jamais avoué son amour ? Peu importait l'orgueil, elle était prête à tout oublier, tout pardonner, pourvu que Rafael vive.

Enfin vint le moment le plus terrible de tous. Rafael venait d'immobiliser une dernière fois la bête, et s'avançait vers elle de profil, le sabre tendu vers la nuque épaisse, couverte de sueur ; de la main gauche il tenait la muleta devant lui, et l'agita doucement pour obliger le taureau à baisser la tête. Ce fut alors le Moment de Vérité : pendant de terrifiantes secondes l'ancien matador se pencha par-dessus la corne droite de la bête et fit mine de lui assener le coup fatal. L'homme et l'animal ne faisaient plus qu'un...

— Comment avez-vous pu faire une chose aussi absurde ? explosa Liona lorsque son époux revint s'asseoir au volant.

Après la peur intense qu'il venait de lui infliger, elle donnait libre cours à sa colère. Le cauchemar avait pris fin, l'avait laissée tremblante, au bord de la crise de nerfs.

— Comment avez-vous pu aller jusqu'au bout ? Vous m'aviez promis de ne pas simuler la mise à mort !

— Je vous avais simplement dit que je ne tuerais pas le taureau. Mais si je n'avais pas respecté toutes les étapes, ce n'aurait pas été un véritable combat, n'est-ce pas ?

— Ce n'était pas un Moment de Vérité, c'était... une mascarade, un suicide ! Vous n'étiez même pas armé !

Suffoquée par l'amour qu'elle éprouvait pour lui, elle ne pouvait que lui déverser son fiel, sa rage, comme du vitriol. Il n'avait pas le droit de lui faire aussi peur.

Il ne se donna pas la peine de lui répondre. Sans un mot il rangea ses accessoires de matador sur le siège arrière. Tomás se lança dans une tirade de compliments, mais il le fit taire avant de lui déconseiller fortement de tenter un « exploit » similaire : les taureaux étalons n'étaient pas faits pour les amateurs.

Le trajet du retour fut long et silencieux. En chemin Rafael déposa Tomás chez lui, puis continua en direction de l'hacienda. Liona eut le temps de récupérer, et de se remettre un peu de ses émotions. Mais un regard jeté à son mari à la dérobée lui indiqua que le cauchemar était loin d'être terminé. Son profil, ciselé par le clair de lune, restait de marbre, incroyablement rigide.

La jeune femme sentit la peur l'envahir de nouveau. Elle avait provoqué Rafael, il avait répondu par une folie suicidaire. Que lui réservait-il exactement, après cette éblouissante démonstration de son courage, dont elle se serait volontiers passée ? Pourrait-elle enrayer ce terrible engrenage si elle lui disait qu'elle l'aimait ? C'était peu probable. Enfin, elle pouvait toujours essayer, tenter le tout pour le tout... Mais pourquoi diable avait-elle eu recours aux méthodes de la Marquise ? Sa détermination s'était retournée contre elle. Liona comprit alors qu'elle avait négligé un détail important : Juan Montañes aimait Isabela, alors que Rafael ne l'aimait pas. C'était là toute la différence, ce qui expliquait son échec.

L'aube commençait à poindre lorsqu'ils arrivèrent à l'hacienda. Sans un mot Rafael fit passer la jeune femme devant lui. Dans le hall d'entrée, celle-ci se retourna brusquement et lui fit face.

— Rafael, vous devez me croire. Je n'ai jamais voulu vous pousser à faire une chose pareille. Je vous aime, Rafael. Si j'avais su...

Elle s'interrompit, car son regard venait de tomber sur une grande déchirure à la hauteur de sa hanche. Un mince filet de sang tachait le pantalon

— Vous êtes blessé, murmura-t-elle d'une voix blanche, en s'approchant de lui.

Il la repoussa brutalement.

— Ce n'est rien. Et vos motivations ont cessé de m'intéresser.

Il se dirigea vers le couloir, tandis qu'elle le suivait en protestant. Arrivé devant la chambre de Liona, il ouvrit la porte et lui fit signe d'entrer. Puis il entra derrière elle.

Une douce lumière, restée allumée, baignait la pièce d'un éclat d'or pâle. A travers les stores, l'aube naissante pointait timidement.

— Je veux que vous soyez partie avant ce soir, déclara Rafael avec dureté. Vous passerez la nuit dans un hôtel de Séville si vous n'avez pas le temps de faire le nécessaire pour votre voyage dans la journée. Ou bien prenez votre voiture, et partez... où bon vous semble. Je vous donnerai de l'argent. Je ne serai pas là pour vous dire adieu, alors laissez-moi une adresse où mes avocats pourront vous envoyer une pension. Le nom de votre banque et le numéro de votre compte suffiront, en fait.

— Mais... je vous aime, Rafael...

— Je m'en moque.

Malgré son amour-propre, la jeune femme sentit des larmes perler à ses paupières, amères et brûlantes. Elle trouva cependant la force de redresser la tête et de contrôler le tremblement de sa voix.

— Vous n'aurez pas besoin de m'envoyer de l'argent, décréta-t-elle. Dès que l'annulation du mariage aura été prononcée, vous n'aurez plus aucune obligation envers moi.

— Vous parlez d'annulation ?

Il eut un rire cynique, qui faisait mal à entendre.

— Cette nuit vous m'avez poussé à faire quelque chose que je m'étais juré de ne plus jamais faire. Vous m'avez demandé un jour pourquoi j'avais abandonné mon métier. Eh bien je vais vous répondre. Ce n'était pas parce qu'il me dégoûtait, mais plutôt parce que je commençais à y prendre goût, beaucoup trop à mon gré ! L'homme se sent devenir un dieu lorsqu'il joue avec la mort. L'acte de tuer peut devenir complètement destructeur pour l'âme, au même titre que l'alcool ou la drogue. Cette nuit vous m'avez obligé à me rappeler tout ce que je déteste en moi, tout ce que je m'étais promis d'oublier. Je ne vous le pardonnerai jamais ! Mais il me reste encore une phase de la corrida de cette nuit à exécuter, et celle-là je ne la regretterai pas. Quand ce sera fait, dans quelques minutes, il n'y aura plus d'annulation possible.

Le pli amer de sa bouche devint sensuel, menaçant. Il referma la porte de la chambre derrière lui et dévisagea la jeune femme avec un profond dégoût. Ce regard plein de désir et de mépris mêlés la fit frémir. Sans la quitter des yeux il se mit à déboutonner sa chemise. Liona recula, mais le lit lui coupa toute retraite. Non, elle n'avait pas souhaité en arriver là. Elle voulait faire l'amour avec lui, mais ce qu'il se préparait à faire n'avait rien à voir avec l'amour. Seule la haine le motivait.

Il eut à nouveau un rire douloureux.

— Si j'avais eu un vrai sabre, je l'aurais probablement enfoncé dans la nuque de ce taureau ! Je veux maintenant connaître ce moment qui m'a été volé, dérobé…

Il avança vers elle, laissant tomber sa chemise sur le tapis. Liona ne bougeait pas, hypnotisée par son regard sombre et vengeur, brûlant de désir.

— Oui, *mi amada*, railla-t-il, vous aviez raison sur un point : je n'ai pas encore eu mon Moment de Vérité.

15

IL lui arracha sa chemise en soie, son pantalon noir...
Couchée sur le lit, Liona attendait, incapable de
résister ni de répondre, trop épuisée après cette
longue nuit pour protester en paroles ou en actes.
Rafael n'éprouvait rien pour elle, il le lui avait montré
par la brutalité avec laquelle il l'avait déshabillée, par
l'indifférence qu'il opposait à ses déclarations d'amour.
La jeune femme était complètement abattue. Il n'était
plus qu'un étranger en proie aux instincts sauvages
déclenchés par le cauchemar qu'ils venaient de traverser. Il avait rejeté son amour. Et maintenant elle ne
supportait plus de voir son regard sombre posé sur elle
pendant qu'il se dévêtait à son tour.

— Je préfère éteindre, murmura-t-elle.

— Non.

Il acheva de se déshabiller, puis alla jusqu'à la
fenêtre et ouvrit le store afin de laisser pénétrer dans la
chambre la lueur rosée de l'aube. Liona remarqua au
passage sa blessure à la cuisse, bien visible à présent, et
ses yeux s'écarquillèrent d'horreur. Il remarqua son
émoi et demanda d'un ton grinçant :

— C'est cette égratignure qui vous fait peur ?

En proie à mille sentiments contradictoires, noyée de
fatigue, elle était en même temps fascinée par le corps

mince et musclé de Rafael, la longueur de ses membres, sa démarche féline. Elle retint son souffle.

Il se coucha alors sur elle, l'écrasa de son poids, la força à s'ouvrir, à se donner à lui. Il ne l'embrassa pas. Son visage était à quelques centimètres du sien, tourmenté, ravagé.

— Je veux voir ton visage, murmura-t-il férocement, pour ne jamais l'oublier.

Elle ferma les yeux pour ne plus voir son regard sans amour, sa bouche amère, incapable de tendresse.

— Ouvre les yeux, grinça-t-il.

Elle s'exécuta. Mal préparée à son assaut, elle éprouva soudain une douleur fulgurante, à laquelle elle ne s'attendait pas. Elle enfonça ses ongles dans les épaules de Rafael, et se mordit la lèvre pour s'empêcher de crier. Elle ne lui donnerait pas cette satisfaction. Rigide, les yeux grands ouverts, elle sentit sa vision s'obscurcir. Tout devint noir, et au milieu d'étoiles dansantes elle voyait encore le regard sombre et impitoyable de celui qu'elle aimait.

Mais elle n'éprouva bientôt plus aucune douleur. Leurs chevelures se mêlèrent, brune et blonde. Les mains de Rafael se mirent à la pétrir sauvagement, et ses lèvres, cruelles et pourtant sensuelles, exigeaient d'elle une réponse. Liona ne voulait plus se donner à lui, car il ne l'aimait pas, elle en avait désormais la certitude. Cependant lorsque le feu de la passion se mit à couler lentement dans ses veines, malgré elle, elle s'aperçut que ses lèvres s'entrouvraient, que ses mains caressaient à leur tour, ardentes, impatientes. Elle avait attendu ce moment tellement longtemps...

— Prends-moi, Rafael, serre-moi fort... gémit-elle.

Elle fut incapable de retenir ce qu'il voulait lui arracher. Inondée de plaisir, elle ne put lui refuser cet ultime triomphe.

Mais peut-être cette revanche finale avait-elle pour Rafael un goût amer. Vidé de toute énergie, son corps reposait sur le sien avec une immense lassitude, subissant ce qui était sans doute pour lui une terrible défaite. Il abandonna sa tête contre l'épaule de Liona, sans tendresse ; c'était là une posture de vaincu plutôt que de vainqueur. Seul le battement précipité de son cœur contre la poitrine de Liona témoignait de leur éphémère moment de passion.

Il finit par rouler sur le côté, se leva, prit ses vêtements, et quitta la chambre sans un mot. Quelques minutes plus tard, la jeune femme vit avec horreur qu'il glissait sous sa porte quelques billets de banque. Effondrée elle l'entendit quitter la pièce voisine. Le son de ses pas résonna dans le couloir, puis s'évanouit.

Emplie d'une vague de honte et de dégoût, elle enfouit son visage dans ses mains. Elle avait les joues brûlantes. Comment avait-elle pu s'abaisser à lui avouer son amour ? Pourquoi avait-elle un seul instant renoncé à sa fierté ? Rafael avait obtenu d'elle ce qu'il voulait, il était satisfait ; il lui avait ordonné de partir, elle partirait. Elle se reprochait maintenant son attitude le soir de leurs noces ; c'était elle qui avait forgé les premiers maillons d'une longue chaîne de tourments et de cruautés réciproques, de culpabilité. Plus rien désormais ne pouvait être effacé, oublié. Il n'y avait plus d'issue, ni de retour en arrière possible. Peut-être l'amour aurait-il accompli des miracles, pansé les blessures. Mais Rafael ne l'aimait pas. Il était temps de se reprendre, décida-t-elle, et d'essayer de sauver ce qu'elle pouvait de ce désastre qu'était devenue sa vie. Le bateau prenait l'eau de toutes parts.

A dix heures du matin, Liona avait bouclé ses bagages. Elle portait une robe couleur abricot, mais aurait aussi bien pu mettre autre chose. Cela n'importait plus. Rafael avait glissé sous sa porte, avec l'argent, un message laconique lui disant que Tomás se tenait à sa disposition si elle avait besoin de lui. Elle avait décidé de prendre le train à Séville, de ne pas utiliser la Seat. Le jeune garçon pourrait la conduire jusqu'à la gare. Dans son bref message, Rafael ne lui disait pas adieu ; il n'avait même pas pris la peine de signer. Il était clair que leurs étreintes n'avaient modifié en rien sa décision de la voir partir.

Comme une automate la jeune femme vaqua aux préparatifs nécessaires à son départ. En un sens ces petites contingences l'aidèrent à combler le vide immense qu'elle ressentait en elle. Elle appréhendait le moment où elle devrait annoncer son départ à Doña Xaviera et aux autres domestiques, et cherchait dans sa tête les mots pour le dire en espagnol. Mais finalement elle fut dispensée de cette épreuve supplémentaire : Rafael devait avoir mis le personnel au courant, d'une façon ou d'une autre. Ils savaient, et l'observèrent avec un mélange de pitié et de curiosité pendant qu'elle prenait son petit déjeuner, la tête droite.

Il lui restait maintenant à faire ses adieux à tous ceux qui, en quatre mois, lui étaient devenus chers. La Marquise, Don Esteban, Magdalena. Il eût été plus facile de s'en aller sans les prévenir, mais pourquoi céder à la facilité ? Non, il lui fallait faire face avec dignité.

Elle avait prié Tomás d'aller chercher Magdalena en voiture, et de la ramener à l'hacienda après l'heure de la sieste. La jeune femme préférait éviter de se rendre chez elle et de devoir faire des politesses à la famille du jeune homme. Elle ne voulait pas non plus imposer à Magdalena, enceinte de quatre mois, une pénible marche sous le soleil. Après son mariage, la jeune Espagnole avait recommencé à travailler ; non à la fabrique de cigarettes, mais comme comptable pour Rafael, et elle se débrouillait fort bien. Cependant, malgré son entrain et son courage, il n'était pas bon pour elle de s'exposer trop longtemps à l'accablante chaleur de septembre. Elle viendrait donc en voiture, avait décidé sa protectrice.

Puisque Magdalena venait dans l'après-midi, il restait à Liona la fin de la matinée pour se rendre à l'Alkabir. Elle téléphona donc à Doña Encarna, et lui demanda de prévenir la Marquise de sa visite ; elle arriverait aux alentours de dix heures et demie. Elle n'expliqua pas les raisons de cette visite inattendue : c'eût été trop long par téléphone. Elle avait de plus le pressentiment que Rafael n'avait pas touché mot à sa mère de son départ imminent ; sans doute ne s'attendait-il pas à ce qu'elle aille lui dire au revoir.

Tout en se préparant à partir pour l'Alkabir, elle ne pouvait s'empêcher de se demander où était allé Rafael. Avait-il pris sa puissante Lamborghini pour dévorer les kilomètres qui le sépareraient d'elle au plus tôt ? Etait-il parti à l'aube ? Elle ne pouvait le savoir, car le garage n'était pas visible de la maison, et les vitres fermées, pour conserver la fraîcheur, étouffaient tous les bruits de l'extérieur.

Tomás venait de garer la petite Seat devant l'hacienda. En voiture, il faudrait cinq minutes à la jeune femme pour arriver au palais. Elle se mit en route. Le magnifique paysage qui défila devant ses yeux était aujourd'hui teinté de désespoir. A la vue de chaque détail familier, elle éprouvait un coup de cœur. Il lui faudrait s'empresser d'oublier cette terre d'une beauté poignante, qui lui était devenue si chère. Par-delà les vergers soigneusement irrigués de Rafael, le sol était parcheminé, épuisé par l'interminable été. Plus aucune fleur sauvage ne poussait dans les fossés, le long de la route sinueuse. Mais ce dessèchement en lui-même possédait une grâce indescriptible, faite de résistance stoïque et de fierté. Liona tira une grande force de ce paysage grandiose, aride, brûlé de soleil, lacéré par l'homme et les éléments. Chaque saison apportait son cortège de souffrances, et pourtant la terre survivait. Elle aussi, elle survivrait.

Arrivée à l'Alkabir, elle déclina la proposition de Doña Encarna de l'escorter jusqu'aux appartements de la Marquise. La vieille gouvernante semblait s'être ridée et recroquevillée davantage. Encore un visage aimé qu'Isabela de los Reyes allait bientôt perdre, songea tristement Liona. La Marquise ne pouvait guère trouver de réconfort dans son tumultueux passé, elle ne pouvait s'y réfugier ; et quel espoir avait-elle dans l'avenir ?

La jeune femme frappa à la porte, en haut du majestueux escalier qui conduisait aux appartements de celle qui bientôt ne serait plus sa belle-mère. Puis elle entra.

Elle trouva la Marquise assise à son bureau, sur une chaise au dossier droit, terriblement inconfortable. Devant elle étaient étalés des papiers et un grand livre de comptes, qu'elle examinait avec Porfirio Torres.

En voyant entrer Liona, elle referma ses dossiers et pria l'intendant de se retirer, ce qu'il fit après avoir salué la jeune femme d'un ton bourru mais respectueux.

— Cette comptabilité est ennuyeuse, et pourtant nécessaire, observa la vieille dame en repoussant le livre de comptes et en se levant de son bureau.

Elle vint à la rencontre de sa belle-fille, le front plissé par les soucis.

— Je suis navrée de vous déranger, s'excusa la jeune Anglaise. Je sais que ce travail est fastidieux et…

— Il ne s'agit malheureusement pas d'une comptabilité de routine, mais d'un inventaire. Je dois répertorier les noms, dates de naissance et signes particuliers de tous les taureaux de ma propriété, ainsi que tous les renseignements utiles à la vente.

— A la vente ?

— Oui, j'ai décidé de vendre tous les taureaux de

combat. Mais mes vaqueros ne se retrouveront pas pour autant sans travail, car je vais maintenant consacrer mes terres à l'élevage de bétail ordinaire.

La Marquise fit signe à son invitée de s'asseoir sur l'un des canapés, tandis qu'elle-même prenait place dans un fauteuil.

— Cette décision vous surprend peut-être ? poursuivit-elle devant l'étonnement manifeste de la jeune femme. Je suis parvenue à la conclusion que je suis trop âgée maintenant pour élever des taureaux destinés à l'arène. Ce sont en fin de compte des bêtes dangereuses, dont le voisinage n'est pas indiqué pour de jeunes enfants ; je craindrais toujours qu'ils ne passent sous une clôture et aillent dans les champs ! Mais je ne regrette rien, ce n'est pas un grand sacrifice : l'élevage de bétail est intéressant, lui aussi.

Liona resta quelques instants sans comprendre la portée des paroles de la Marquise. Et soudain tout s'éclaira : puisque la question de l'annulation du mariage n'avait pas été abordée, la vieille dame en avait conclu qu'elle et Rafael avaient consommé leur union, et qu'il en résulterait un heureux événement. Si cette union avait bien été consommée, ce n'était pas exactement dans un climat d'amour et de projets d'avenir... La jeune femme ne pouvait différer plus longtemps l'annonce de la mauvaise nouvelle.

— Je n'attends pas d'enfant, Marquise, balbutia-t-elle en rougissant.

— Vraiment ?

La vieille dame parut contrariée, mais cela ne dura pas.

— Cela ne saurait tarder, affirma-t-elle avec conviction. Quand je vous ai vue devenir plus pâle chaque semaine, j'ai pensé... Et il y a les rumeurs : les domestiques sont prompts à colporter de fausses nouvelles. Mais vous avouerez que lorsqu'une jeune mariée perd l'appétit, on peut se demander s'il ne s'agit pas d'un symptôme précis...

Elle s'interrompit, et dévisagea Liona avec une inquiétude grandissante.

— Mais alors dites-moi, si vous n'êtes pas enceinte, c'est que quelque chose ne va pas. Depuis quelque temps vous ne me paraissez pas du tout en bonne santé...

— Il y a effectivement quelque chose qui ne va pas, Marquise.

La jeune femme hésita avant de prononcer la phrase qui allait ruiner tous les espoirs d'Isabela de los Reyes. Puis elle se décida.

— Il n'y aura jamais d'enfant. Je quitte Rafael aujourd'hui même. Je suis venue vous dire adieu. Mon train part de Séville à six heures.

Le visage de la vieille dame se ferma, devint indéchiffrable, comme à chaque fois qu'elle vivait un moment douloureux. Sa mèche blanche oscilla légèrement, et ses doigts d'ivoire serrèrent l'accoudoir du fauteuil. Ce fut tout. Elle ne répondit pas.

— Je suis désolée que cela se termine ainsi, articula Liona avec difficulté.

Un tressaillement imperceptible sur le visage de la vieille dame faillit briser la digue qui contenait à grand-peine le flot de ses émotions. Pour ne pas fondre en larmes, la jeune femme continua.

— Je sais avec quelle impatience vous attendiez la venue de petits-enfants, et je regrette surtout de vous avoir donné malgré moi des raisons d'espérer. Si j'avais su, je vous aurais expliqué depuis longtemps la situation. Mais je n'avais pas eu vent de ces rumeurs. Je croyais que vous attendiez l'annonce d'une annulation, et non... d'un enfant à naître.

— Une annulation ? murmura de très loin la voix fêlée de la vieille dame. Je n'ai jamais attendu une annulation. Je sais à quoi m'en tenir en ce qui concerne

Rafael. Je l'ai souvent observé lorsqu'il vous regarde. Il cache bien ses appétits, mais rien n'échappe à l'œil d'une mère. Je ne suis pas non plus aveugle au point de ne pas avoir senti en vous une nature ardente et passionnée. Vous êtes une femme, et aucune femme ne résiste au charme de Rafael. Il arrive toujours à ses fins. Après Cordoue...

Elle s'interrompit avec tact, et conclut simplement :

— Après deux mois de mariage, je suis certaine qu'il n'y a plus matière à une annulation !

— Effectivement, avoua tristement Liona, les yeux baissés. C'est justement là le plus terrible, pour vous et pour Rafael. Si l'annulation était possible, ou le divorce...

— Le divorce n'existe pas en Espagne, décréta la Marquise en retrouvant son ton péremptoire. Rafael ne pourra jamais se remarier. Je suis certaine que vous lui causez beaucoup de tort en le quittant. Il a besoin d'une femme, il a besoin d'enfants, et vous êtes désormais la seule à pouvoir lui offrir ce bonheur. Sans vous, il deviendra amer, aigri... L'aimez-vous donc si peu que vous soyez prête à gâcher sa vie de la sorte ?

La jeune femme osa regarder la Marquise en face.

— Rafael m'a priée de faire mes bagages. Il m'a ordonné de quitter l'hacienda avant ce soir.

— Voyons, il ne parlait pas sérieusement ! s'indigna Isabela de los Reyes.

— Si, confirma Liona d'une voix blanche. Je suis, hélas, bien placée pour le savoir.

— Il est orgueilleux. Il a sans doute parlé sous l'empire de la colère. On prononce parfois des mots que l'on regrette, et il est difficile de revenir dessus...

La vieille dame s'éclaircit la gorge, troublée par de douloureux souvenirs personnels, et ajouta d'une voix plus assurée :

— Etes-vous assez lâche pour partir à cause de quelques mots malheureux ?

— Il ne s'agit pas seulement d'une dispute verbale, Marquise. Notre mariage est bancal depuis le premier jour. Rafael m'a peut-être... désirée à un moment donné, mais il ne me veut pas pour femme. Il ne m'aime pas, ne m'a jamais aimée, et n'a d'ailleurs jamais prétendu le contraire, dès le départ.

— Comment ai-je pu donner naissance à un fils aussi dur de cœur ?... se lamenta la vieille dame sans se départir de sa dignité.

— Ne le jugez pas, Marquise. Il n'est pas en tort. Je lui ai donné toutes les raisons de me détester, sachez-le, même si je ne puis tout vous expliquer en détail. Si je n'avais pas été d'abord fiancée à Miguel, les choses auraient pu prendre une tournure différente... Mais il est trop tard maintenant, tout est joué, nous ne pouvons revenir en arrière. Croyez-moi, Marquise, Rafael ne changera pas d'avis, et ne reviendra pas sur sa décision. Il s'est passé hier quelque chose de... terrible.

— Je crois que Rafael s'est montré cruel envers vous. Vous essayez de me le cacher, mais si ce n'était pas le cas vous ne partiriez pas aujourd'hui. Ne pouvez-vous lui pardonner ?

— Marquise, vous ne comprenez pas. Rafael n'a pas été... cruel.

Ce mensonge lui étreignait le cœur, mais elle poursuivit néanmoins :

— C'est à lui de me pardonner.

La vieille dame n'en crut pas un mot.

— Rafael est parfois très dur, déclara-t-elle. Mais je suis la seule à blâmer car je l'ai élevé de façon à l'endurcir. Pardonnez-lui ses cruautés, et pardonnez à la mère qui l'a endurci. Ne croyez-vous pas que j'ai souffert, moi aussi, de le priver de son enfance ? Rafael se montre également cruel envers moi, parfois. Lorsque j'ai fait fouetter Tomás, il a refusé de m'adresser la parole pendant plus d'une semaine. J'en ai été très malheureuse, mais j'ai attendu patiemment qu'il daigne à nouveau me parler. C'est ce qu'il a fait. Ne pourriez-vous pas attendre, vous aussi, et lui pardonner le mal qu'il vous a fait ?

— Il n'y a rien à pardonner. Je connais mes torts envers lui.

La conversation devenait extrêmement pénible, douloureuse, aussi Liona plongea-t-elle la main dans son sac pour en ressortir le coffret en cuir qu'elle avait pris soin d'emporter. Elle le plaça sur la table basse, et dit simplement :

— Je vous remercie de me les avoir prêtés. J'ai sincèrement eu beaucoup de plaisir à les porter.

Une expression intriguée se peignit sur le visage de la Marquise. Elle ne semblait pas reconnaître le coffret.

— Ce sont les rubis, expliqua Liona. Je vous rendrai la bague plus tard, si vous n'y voyez pas d'inconvénient : j'aimerais la garder un peu plus longtemps.

— Mais ces bijoux sont à vous, ma chère enfant, puisque Rafael vous les a donnés. Ils ne m'ont jamais appartenu.

Ce fut au tour de la jeune femme d'être médusée.

— Cette parure revient traditionnellement à l'épouse du fils aîné de la famille, expliqua la vieille dame. Rafael ne vous a donc rien dit à ce sujet ? Je ne me suis jamais mariée, je ne les ai même jamais portés, car j'aime respecter les traditions familiales. La dernière personne à les avoir portés était ma mère ; ils ont naturellement été transmis à Rafael, qui pouvait en disposer librement. Il a certainement dû aller les chercher à Séville, dans le coffre de la banque qui contient tous les bijoux de famille.

Encore un malentendu ! songea tristement Liona, abattue par cette découverte. Mais cela ne changeait plus grand-chose. Elle aurait seulement dû remercier Rafael de ce magnifique cadeau, si elle avait su... Un maillon de plus dans la chaîne des culpabilités !

— Dans ce cas, décida-t-elle, je les laisserai à l'hacienda, avec un mot d'explication.

— Comme vous voulez, mais je suis convaincue que Rafael voudrait que vous les emportiez.

La Marquise ferma un moment les yeux. Ses paupières veinées de bleu attestaient de son immense lassitude.

— Dans cette famille, nous n'en aurons plus besoin, de toute façon, conclut-elle tristement.

Liona sentit son cœur se serrer. Elle comprenait le chagrin empreint de fatalisme de la vieille dame. Il n'y aurait plus de fils, plus d'épouses pour perpétuer les traditions de los Reyes. Mais ce dont Isabela souffrait le plus n'était pas la perspective de voir son nom s'éteindre, mais plutôt de ne pas avoir de petits-enfants. Les paroles de consolation que prononça alors la jeune femme lui échappèrent spontanément, sans qu'elle ait eu le temps d'y réfléchir.

— Vous avez déjà un petit-enfant, Marquise. Un beau garçon.

Les yeux de la vieille dame se rouvrirent subitement, tout son corps se raidit.

— Qui vous l'a appris ? questionna-t-elle avec colère.

Liona comprit qu'elle venait de commettre une erreur tactique. Elle croyait apprendre à la Marquise une bonne nouvelle, mais celle-ci était déjà au courant. Tant pis, il fallait continuer dans cette voie.

— Personne ne me l'a dit, Marquise, répondit-elle bravement. J'ai vu cet enfant à Séville, par hasard.

— Et vous croyez m'aider en me rappelant maintenant ce cruel souvenir ? demanda la Marquise avec hauteur, le regard noir. Je connais l'existence de ce garçon, et je n'ai aucun désir de le voir. Un enfant qui n'aurait jamais dû naître ne peut m'apporter aucun réconfort. Quant à sa mère… un jour je lui ai envoyé de l'argent : elle m'a retourné par courrier les billets déchirés en morceaux. C'est une insupportable créature, d'une grossièreté inouïe, et je souhaite ne jamais la rencontrer !

— Vous l'avez pourtant vue à Madrid, observa la jeune Anglaise.

— Elle m'a ostensiblement tourné le dos ! C'est une... traînée !

— Vous savez bien que non. Et elle n'a jamais cessé d'aimer Miguel : elle lui est fidèle depuis des années.

— Allons donc, ne croyez pas tout ce que vous raconte Rafael. Il présente cette femme comme un modèle de vertu, alors que manifestement ce n'est pas une sainte.

— L'étiez-vous ? osa rétorquer Liona.

La Marquise la foudroya du regard, essaya de lui faire baisser les yeux. Mais la jeune femme ne céda pas. Et à son grand étonnement, ce fut Isabela de los Reyes qui finit par courber la tête. Son refus de s'amadouer demeura pourtant catégorique.

— La moralité de cette femme ne m'intéresse pas, de toute façon. Veuillez ne plus me parler d'elle, ni de l'enfant.

Liona sentit son courage lui manquer. Pourtant, maintenant qu'elle avait abordé ce sujet délicat avec la vieille dame, ne valait-il pas mieux continuer, tout tenter ?

— Vous avez accusé Rafael de dureté, Marquise. Mais vous, êtes-vous insensible au point de refuser de connaître cet enfant ? Vous m'avez demandé de pardonner, et vous, vous ne seriez pas prête à pardonner ? Quarante ans, Marquise, n'est-ce pas assez pour oublier ?

Isabela de los Reyes accusa le coup, comme frappée en plein cœur. Un tumulte d'émotions diverses passa dans ses yeux las ; pour la première fois Liona la voyait déchirée, bouleversée, en proie à un grand tourment.

— Comment osez-vous me rappeler le passé ? Qui a

bien pu vous parler de cela ? Ce n'est tout de même pas
Rafael... ni Miguel ! Je ne vous permets pas de faire
allusion à cette tragédie. Juan Montañes lui-même
n'avait pas le droit de m'en parler !

— Il appartenait pourtant au clan des Montañes.
Tous les hommes de sa famille ont aujourd'hui disparu,
sauf un, un petit garçon. Au nom de quoi devrait-il
payer pour un viol commis par son arrière-grand-père ?

La Marquise se tordit les mains.

— Vous ne pouvez pas comprendre... Que savez-
vous des nuits d'horreurs, de terreur, d'humiliations ?
Le viol est une chose odieuse, hideuse. Mon corps en
porte encore les cicatrices. Et j'avais seize ans, j'étais
innocente. Vous ne comprenez pas, sinon vous n'ose-
riez pas me rappeler ce drame.

— Je ne prétends pas pouvoir comprendre, Marquise, personne ne le peut. Mais le fait d'en parler doit-
il vous écarteler davantage ? Vous avez vécu avec Juan
Montañes pendant des années, alors qu'il était un
vestige vivant du passé ; Miguel l'était aussi : il avait la
blondeur des hommes Montañes. Cet enfant, lui, a les
yeux sombres et les cheveux bruns de Rafael, des los
Reyes. Il vous ressemble.

— Je ne veux rien savoir de lui, supplia la Marquise
d'une voix étranglée, en enfouissant son visage entre
ses mains parcheminées. Je veux avoir des petits-
enfants, mais je ne veux pas de cet enfant. Son arrière-
grand-père était un homme indigne, ignoble ; il vient
encore hanter mes cauchemars. J'ai plusieurs fois
souhaité sa mort...

Devant le terrible spectacle de cette détresse, la
jeune femme ne pouvait plus reculer. Il fallait extraire
le mal, sortir des sables mouvants dans lesquels elles
s'enlisaient toutes deux.

— Enterrez le passé, Marquise, implora-t-elle. Si
vous acceptez d'oublier, je... je vous promets de

pardonner, moi aussi. Si Rafael me demande un jour de revenir, je lui reviendrai. S'il ne me fait pas signe...

Elle s'interrompit, car elle savait qu'elle mentait : si cela ne tenait qu'à elle, elle lui reviendrait à n'importe quelle condition. Mais la Marquise n'en savait rien.

Il y eut un long silence. Liona crut la partie perdue, car la vieille dame ne répondait pas. Enfin Isabela de los Reyes redressa la tête. Elle avait retrouvé son calme ; son visage austère, grave, ne présentait plus aucun signe d'émotion. La tempête était passée.

— Amenez-moi l'enfant cet après-midi, ordonna-t-elle d'une voix blanche. Après l'heure de la sieste.

— Et sa mère ? avança la jeune femme, sachant que l'enfant ne viendrait pas sans elle.

— Faites-la venir aussi, si vous le désirez, accepta la Marquise.

Puis elle ferma de nouveau les yeux. Liona comprit qu'elle devait se retirer.

Cet après-midi, après la sieste... Comment pouvait-elle agencer ces retrouvailles ? Tout en longeant les couloirs déserts de l'Alkabir pour se diriger vers la sortie du palais, la jeune femme comprit combien le succès de son entreprise était aléatoire. Elle n'avait jamais fait officiellement la connaissance de Concepción ; or la danseuse serait peut-être aussi difficile à convaincre que la Marquise, puisqu'elle bondissait toutes griffes dehors à la seule évocation de son nom. La journaliste possédait de plus un bagage très limité en espagnol, ce qui ne faciliterait pas sa mission hautement diplomatique. Et où pouvait-elle trouver Concepción dans la journée ? Le cabaret n'était certainement pas ouvert... Rafael, lui savait où habitait sa cousine, et aurait sans doute su la convaincre. Mais en tout état de cause il n'était pas là pour résoudre ce problème. Pourtant le temps pressait... La Marquise pouvait fort bien changer d'avis du jour au lendemain, surtout si elle avait un cauchemar pendant la nuit...

Don Esteban ! songea soudain Liona. Oui, il saurait
peut-être où trouver Concepción, et accepterait même
de servir d'interprète. Aiguillonnée par cet espoir, la
jeune femme pressa le pas en obliquant vers la chapelle. Elle avait de toute façon prévu d'aller voir le
vieux prêtre.

Celui-ci se montra d'abord pessimiste, puis alarmé,
lorsqu'il fut mis au courant des propos échangés entre
la Marquise et la jeune femme. Il connaissait effectivement l'adresse de Concepción et était en bons termes
avec elle ; il lui avait rendu visite à plusieurs reprises
depuis la naissance de l'enfant de Miguel, même s'il
n'allait pas la voir fréquemment. Il accepta d'accompagner Liona, mais ne cacha pas son scepticisme quant à
l'issue de cette délicate démarche.

— Concepción a sa fierté, elle aussi, observa-t-il
d'un ton laconique, tout en suivant la jeune Anglaise
vers l'endroit où elle avait garé la Seat. Ah, l'orgueil !
Je me demande parfois si ce n'est pas le plus grand des
péchés ! L'orgueil des los Reyes et celui des Montañes
constituent un mélange explosif, surtout chez un
homme comme votre époux qui a hérité des deux. C'est
un miracle qu'il se soit décidé à vous demander en
mariage !

Liona observa l'aumônier à la dérobée. Ignorait-il
que ce mariage avait eu lieu à l'instigation de la
Marquise, et que Rafael n'en avait pas pris l'initiative ?
Sans doute... Après tout, les tractations avaient dû se
dérouler entre la mère et le fils, qui n'avaient pas jugé
utile d'en informer le prêtre. Mais c'était là un détail
sans importance, songea-t-elle : il lui restait un autre
point à divulguer, autrement plus difficile.

— Mon père, je vais quitter Rafael, annonça-t-elle
sans oser le regarder dans les yeux. C'est la raison pour
laquelle j'ai rendu visite à la Marquise aujourd'hui. Je
voulais lui dire adieu.

Et, tandis qu'ils roulaient vers Séville, elle lui répéta

ce qu'elle avait confié à Isabela de los Reyes concernant ses relations avec son mari. Don Esteban resta songeur, et se dispensa de tout commentaire ; il se contenta de guider la jeune femme vers le vieux quartier de Triana.

Après avoir garé la voiture à une centaine de mètres de la demeure de Concepción, ils mirent au point, chemin faisant, la stratégie à adopter pour convaincre la danseuse. Ce serait le prêtre qui se chargerait de lui parler.

— Vous saurez la persuader, j'en suis certaine, affirma Liona avec confiance. Je crains de m'être montrée un peu brutale envers la Marquise ; je m'en suis beaucoup voulu sur le moment. Elle a eu très mal, mais... l'opération a réussi !

— Pour ce qui est de Concepción, en revanche, je ne pense pas que la méthode chirurgicale soit la plus radicale. Je peux seulement faire appel à sa compassion à l'égard d'une vieille femme têtue... Mais elle a tellement souffert de la rigidité d'Isabela que cela risque d'échouer.

— A-t-elle entendu parler des méfaits commis par son grand-père ?

— Pour l'essentiel, oui, comme tout le monde, c'est-à-dire pas grand-chose : les atrocités ont été passées sous silence, car personne n'en parlait dans la famille.

Ils étaient arrivés devant une humble maison passée à la chaux, modeste mais accueillante avec ses pots de géraniums et son balcon ouvragé. Des voisins curieux sortirent sur le pas de leur porte, mais ne pouvaient entendre leur conversation.

— Alors dites-lui toute la vérité, sans lui faire grâce d'aucun détail, enjoignit Liona. Elle comprendra mieux ainsi l'obstination de la Marquise.

Don Esteban parut extrêmement choqué par cette suggestion.

— Je ne puis lui dire davantage que ce que je vous ai

déjà révélé, objecta-t-il. Or elle sait déjà ces choses...
Même Rafael ne connaît pas tous les détails de cette
sordide affaire, sinon il aurait fait preuve de plus
d'indulgence vis-à-vis de sa mère.

— Mais c'est pour une bonne cause ! implora Liona.

— Même pour une bonne cause, je ne peux répéter
ce qui m'a été confié dans le secret du confessionnal.
J'ai promis à la Marquise de garder le silence.

— Alors répétez au moins à Concepción ce que je
vais vous dire, décréta la jeune femme avec autorité. Je
ne confesse rien, je me contente de vous transmettre ce
que m'a confié la Marquise, et je n'ai pas promis de
garder le silence. Je ne vous demande pas non plus de
n'en rien dire à personne. Le grand-père de Concepción était le plus cruel de la famille des Montañes, le
plus barbare, le plus odieux, le plus infâme. C'était un
monstre, sa conduite a été inqualifiable ! Le corps de la
Marquise porte encore les marques de ses mauvais
traitements, de ses sévices. Elle n'avait que seize ans à
l'époque, et encore aujourd'hui elle se réveille dans son
lit en proie à d'horribles cauchemars, glacée d'effroi et
de sueur ! Si Concepción n'est pas sensible à un tel récit
d'horreur, je rajouterai quelques détails, quitte à les
inventer !

— Ce ne sera pas nécessaire, s'empressa de conclure
le vieux prêtre.

Liona avait gagné, il allait se servir de l'arme qu'elle
venait de mettre entre ses mains.

— Peut-être serait-il préférable que vous nous attendiez dans la voiture, conclut-il. Certaines révélations se
passent de témoins.

— Vous avez sans doute raison. Et quand vous lui
aurez parlé, pourquoi ne pas l'inviter à déjeuner avec
nous ? Puisque de toute façon nous n'aurons pas le
temps de faire la sieste...

*
**

La rencontre eut donc lieu, dans les appartements de la Marquise. Au début l'atmosphère était un peu tendue, mais la présence d'un bambin de six ans aide toujours à rompre la glace, d'autant que le petit Rafael ne s'embarrassait d'aucune timidité. Liona sut qu'elle avait gagné son pari lorsqu'elle vit s'adoucir légèrement les traits de la vieille dame à la vue du garçonnet. Il ressemblait trop à son oncle pour ne pas émouvoir le cœur de sa grand-mère, et réveiller en elle le souvenir des jours heureux.

Bien sûr, elle ne se dégela pas immédiatement, même si au fond elle était attendrie. Concepción, encore bouleversée par les récentes révélations de Don Esteban, restait sur la réserve. La Marquise la traita avec une indifférence polie pendant la première heure des retrouvailles. Au moment du thé de l'après-midi, grâce aux gentils efforts du vieux prêtre et à la turbulence naturelle de l'enfant, les adultes parvinrent à alimenter la conversation et à discuter à bâtons rompus. Liona connaissait assez d'espagnol pour pouvoir suivre, mais elle ne participa guère ; elle se sentait maintenant très fatiguée et se replongeait dans ses propres soucis. Un coup d'œil à sa montre lui indiqua qu'il était grand temps qu'elle s'en aille, aussi balbutia-t-elle quelques excuses.

— Nous pouvons partir aussi, *mamá?* intervint le jeune Rafael.

Il avait fini d'inspecter l'appartement, et venait de s'arrêter devant la fenêtre, fasciné par la vue et le ruban argenté de la rivière qui coulait au fond de la vallée.

— Partir ? releva la Marquise. J'espérais que ta mère t'autoriserait à dîner ici. Elle est invitée elle aussi, naturellement.

La vieille dame avait ajouté cette dernière phrase avec condescendance. Liona fut prise d'une envie subite de secouer son incorrigible belle-mère, mais elle savait néanmoins que la réconciliation était en bonne voie.

— Mon fils a envie de bouger, répliqua la danseuse, piquée au vif.

Elle était sur le point de décliner l'invitation de la Marquise ; Don Esteban s'empressa de redresser la situation, avec sa diplomatie habituelle.

— Nous pouvons glisser un petit mot à la cuisinière pour avoir droit à des attentions spéciales, avança-t-il avec un sourire gourmand. La tarte à l'abricot est de loin mon dessert favori, mais le gâteau au chocolat est lui aussi délicieux...

— Du gâteau ! s'exclama l'enfant. Oh, *mamá,* s'il te plaît, on peut rester dîner ?

Les yeux ronds de convoitise, il vint se blottir tendrement contre sa mère.

— Tu voulais rentrer, tout à l'heure, lui rappela-t-elle sévèrement.

— Je voulais partir, mais pas rentrer à la maison. Je veux voir les taureaux, comme ceux que mon...

Il s'interrompit soudain, hésitant et gêné, et implora sa mère du regard, en quête d'un conseil.

— Tu peux parler de ton père dans cette maison, le rassura-t-elle après un moment de silence.

La Marquise réitéra bientôt son invitation à dîner, et cette fois Concepción accepta. L'innocente allusion du garçon à son père les avait rapprochées. Don Esteban déclara qu'il resterait également pour le repas du soir, et tout le monde en fut soulagé.

— Je peux aller voir les taureaux ? insista le petit Rafael, tenace.

La vieille dame lui sourit.

— Bien sûr, tu pourras aller les voir, mais plus tard, juste avant ton départ. Pour l'instant ils sont dans les champs, et au village il n'y a que des chevaux à voir.

Puis elle ajouta en riant doucement :

— Mais quand tu les auras regardés de près, tu ne les

aimeras peut-être plus ! Il n'y a pas de honte à cela, tu
sais : beaucoup de gens ont peur des taureaux.

Liona profita de cette trêve pour s'éclipser après
avoir pris discrètement congé. Elle n'en pouvait plus de
fatigue et d'émotion.

16

Don Esteban rattrapa la jeune Anglaise dans l'une des pièces vides qui séparaient les appartements de la Marquise du reste de l'Alkabir.

— Croyiez-vous pouvoir vous échapper sans me faire personnellement vos adieux ? questionna-t-il, un peu essoufflé par l'effort qu'il venait de fournir.

— Oh, mon père, je ne cherchais pas à m'esquiver, s'excusa-t-elle, légèrement honteuse. Mais je dois partir : il est près de cinq heures, et Magdalena m'attend à l'hacienda. Je lui ai téléphoné pour la prévenir de mon retard, mais je ne puis rester plus longtemps sinon je n'aurai pas le temps de la voir avant de prendre mon train.

— Elle peut vous accompagner jusqu'à la gare, observa l'aumônier. Allons, accordez-moi quelques minutes. Est-ce trop demander ?

La jeune femme s'efforça de calmer sa nervosité.

— Non, vous le savez bien. Où pouvons-nous nous asseoir ? Dans la chapelle ?

— Ce n'est pas la peine d'aller si loin : il y a un banc dans la chambre voisine, nous pourrons y parler tranquillement.

Il l'entraîna tout en remarquant :

— D'un point de vue diplomatique, il n'est pas raisonnable que je laisse la Marquise trop longtemps

seule avec ses invités... Quoique, je dois l'avouer, tout
s'est admirablement bien passé aujourd'hui !

Tout en tirant sur les plis de sa soutane pour
s'installer confortablement sur le banc, il dévisagea
attentivement la jeune femme.

— Tout s'est bien passé, sauf en ce qui vous
concerne, mon enfant, enchaîna-t-il. Pourquoi partez-
vous ? Par orgueil ? Oubliez votre amour-propre : l'orgueil mène à la solitude. Vous aimez Rafael, vous me
l'avez dit. Et Rafael vous aime.

Tremblante, elle ne lui offrait que son profil.

— Vous vous trompez, mon père. A moins qu'il ne
vous ait fait cette confidence sous le sceau du secret ?

Elle eut un petit rire amer, douloureux.

— Dans ce cas, vous n'auriez pas le droit de me le
répéter, conclut-elle.

— Je sais qu'il vous aime. Je n'ai pas eu besoin qu'il
me le dise pour le savoir.

— Il en faudrait davantage pour me convaincre, mon
père. S'il a jamais pensé que notre mariage pouvait
durer, il a désormais changé d'avis. La nuit dernière...

Elle se mordit la lèvre avant de poursuivre :

— Il s'est passé beaucoup de choses la nuit dernière.
Rafael a juré de ne jamais me pardonner.

— L'amour peut tout pardonner, affirma le vieux
prêtre avec sagesse.

— Alors c'est un cercle vicieux ! Car s'il ne m'aime
pas, comment pourrait-il me pardonner ?

Don Esteban exhala un profond soupir.

— Vous êtes décidément têtue ! Comment puis-je
vous convaincre ? Je n'ai aucune preuve tangible à
l'appui !

— De toute façon il ne me pardonnera pas aisément
l'affront que je lui ai fait subir. Aujourd'hui encore la
Marquise me disait...

Elle s'interrompit en se remémorant mentalement les
paroles d'Isabela de los Reyes : Rafael n'avait pas

adressé la parole à sa mère pendant toute une semaine, après qu'elle ait fait fouetter Tomás. Or il s'agissait précisément de la semaine où ils s'étaient mariés. « Je viens de parler à ma mère », avait-il affirmé le jour de la cérémonie ; Liona se souvenait exactement de ses paroles. Il lui avait laissé entendre que la Marquise en personne avait eu l'idée de cette union ; pourtant elle ne pouvait rien lui avoir suggéré, puisqu'ils étaient brouillés. Pourquoi Rafael aurait-il menti ? Etait-ce la vieille dame qui avait menti ?

Liona se tourna vers Don Esteban et l'implora du regard.

— Mon père, je vous en supplie, dites-moi la vérité. Est-ce Rafael qui a voulu m'épouser ? Répondez-moi, je vous en prie !

— Oh, je peux vous répondre ! S'il n'avait pas voulu vous épouser, il ne m'aurait pas demandé de prendre toutes les dispositions nécessaires, n'est-ce pas ?

— Cela ne veut rien dire ! s'exclama la jeune femme, désappointée. Il m'a effectivement dit qu'il vous avait chargé des préparatifs. Mais c'était... à la demande de sa mère, et uniquement pour éviter un scandale.

— Le zèle des journalistes a sans doute précipité les événements, c'est un fait. La soudaineté de cette décision m'a surpris, je l'avoue. Mais je n'aurais pas dû m'en étonner outre mesure.

Liona essaya de comprendre ces paroles sibyllines.

— Me laissez-vous entendre que Rafael avait pris des dispositions *avant* les révélations de la presse ? s'enquit-elle nerveusement.

— Il y a des choses qui doivent rester secrètes. Pourquoi ne pas formuler votre question autrement ? En me demandant par exemple si j'aurais eu le temps de régler toutes les formalités indispensables à votre union en étant prévenu le jour même ?

— Je vous le demande !

— La réponse est non. Le plus difficile a été

d'assurer la présence de la Marquise à la cérémonie. Il
m'a fallu beaucoup de patience pour négocier ! Rafael
était furieux qu'elle ait fait fouetter Tomás, et elle ne
voulait pas s'abaisser à lui présenter des excuses. Mais
vous imaginez sa réaction si la cérémonie avait été
célébrée à son insu !

La jeune femme sentit un fol espoir naître en elle, et
lui mettre un peu de baume au cœur. A en croire Don
Esteban, l'initiative du mariage revenait à Rafael, et à
lui seul. Il l'avait même envisagé avant le jour de la
cérémonie, contrairement aux apparences ; avant le
scandale de la presse. Une terrible pensée lui traversa
alors l'esprit : Rafael avait-il été également l'instigateur
de tous les événements qui avaient conduit à cette
solution hâtive ?

— Ce n'est tout de même pas lui qui aurait mis les
journalistes sur la voie ? interrogea-t-elle.

— Non, je ne le pense pas. Rafael est un homme
d'honneur. Mais il arrive parfois qu'un homme d'honneur soit amené à tirer parti d'une situation peu
honorable en soi, s'il est assez désespéré pour l'envisa-
ger comme unique recours.

— Comme unique recours... répéta Liona à voix
basse.

Oui, c'était à peine croyable, et pourtant c'était sans
doute la vérité. Elle se rappelait maintenant que Rafael
était allé jusqu'à lui demander de dîner avec lui, après
son retour de Madrid ; elle avait catégoriquement
refusé. Elle lui avait également signifié sans ambiguïté
qu'elle ne souhaitait plus le revoir après son départ
d'Espagne. Don Esteban avait-il raison ? Rafael avait-il
saisi la menace de scandale comme unique recours ?

— Rafael est rentré de Madrid deux jours plus tôt
que prévu, remarqua-t-elle. Savez-vous pourquoi ?

Le vieux prêtre secoua la tête en signe de négation,
mais il avait aux lèvres un sourire angélique, radieux,
proche de la béatitude.

— Non, il ne m'a pas donné ses raisons. Pourtant il avait à régler d'importantes affaires à Madrid, par conséquent la raison de son retour inopiné doit avoir été tout aussi importante... C'est très curieux, en effet, car lorsque je lui ai parlé au téléphone, la veille de son retour, il ne m'a pas dit qu'il comptait rentrer plus tôt. Il a pourtant dû partir aussitôt après notre coup de fil, le soir même, et conduire toute la nuit.

— Don Esteban ! s'indigna Liona.

Elle le regarda en face, pour le confondre, et vit briller dans ses yeux une petite lueur malicieuse.

— Vous lui avez parlé de mon intention de quitter l'Alkabir, n'est-ce pas ? accusa-t-elle.

— J'y ai fait allusion par hasard, oui, avoua le vieux prêtre. Naturellement je l'appelais seulement pour bavarder un peu avec lui : nous n'avions pas communiqué depuis trois jours. Il a d'ailleurs paru contrarié que je ne lui aie pas téléphoné plus tôt — pour bavarder, bien entendu. Franchement j'avais essayé de le joindre, mais il était à chaque fois en réunion.

— Il y a aussi les bijoux... murmura Liona, en quête d'indices supplémentaires de la « préméditation » de Rafael.

Elle avait accepté de l'épouser un vendredi, à trois heures de l'après-midi ; à six heures il lui passait la bague au doigt, et le complément de la parure de rubis l'attendait à l'hacienda, dans la chambre qui lui était destinée. Et cependant...

— A quelle heure ferment les banques, à Séville ? s'enquit-elle brusquement.

— A deux heures de l'après-midi. Pourquoi cette question ?

— Je me demandais quand Rafael aurait eu le temps d'aller faire ouvrir son coffre.

— Ça, je ne peux pas le deviner ! A moins qu'il y soit allé le jour où il a fait d'autres petites emplettes en ville... Il m'a parlé du mal qu'il a eu à choisir certaines babioles toutes féminines, mais je crois qu'il était assez content de la boîte à musique en jade. Je peux vous le dire, car il ne s'agissait pas d'une confession, vous pensez bien ! Nous avons eu cette conversation frivole plusieurs semaines avant votre mariage — sinon, les nouveaux meubles n'auraient pas pu être livrés à temps.

Cette fois, Liona écarquilla les yeux de surprise. Tout, dans sa chambre si joliment décorée, avait été choisi par Rafael, à son intention. Il avait vraiment voulu, décidé de l'épouser. Ce projet mûrissait dans sa tête depuis plusieurs semaines avant la cérémonie, et non pas depuis quelques heures seulement.

Mais le bonheur de la jeune femme fut de courte durée. Ces révélations ne changeaient rien : Rafael n'avait-il pas projeté de l'épouser uniquement pour satisfaire son désir ? Il s'était juré de la posséder un jour, et le lui avait dit le soir de leur désastreux et mémorable retour de Cordoue. Il avait tenu parole, avait patiemment tissé sa toile autour d'elle, dans l'attente du moment propice. Car sa fierté l'avait empêché de demander simplement quelque chose qui lui aurait été refusé.

Cela ne signifiait toutefois pas qu'il l'aimait.

— Donnez-lui une chance, mon enfant, enjoignit doucement Don Esteban en l'arrachant à ses pensées moroses. Faites exprès de manquer votre train, car il n'ira pas vous chercher à Séville. Il est bien trop orgueilleux pour vous montrer sa détresse, d'autant qu'il est convaincu que vous le haïssez. J'ai eu beau essayer de le persuader du contraire... Lorsque je vous ai unis pour la vie, je croyais pourtant que ce mariage serait paradisiaque : il est peu fréquent qu'un homme tombe amoureux sous un arbre de paradis !

— Comment ? Rafael vous a dit... ?

— Oh, pardonnez-moi cet égarement, se repentit Don Esteban.

Mais il n'avait pas l'air contrit le moins du monde.

— Merci... oh, *merci !* s'écria Liona.

Les yeux embués de larmes longtemps contenues, elle étreignit spontanément le vieil homme contre son cœur, puis quitta l'Alkabir en courant.

La jeune femme savait ce qu'il lui restait à faire : rentrer à l'hacienda et attendre. Mais c'était sans compter sur la loyauté de Tomás et l'intransigeance de Magdalena. Rien n'est jamais aussi simple qu'on le croit.

Les deux jeunes gens l'attendaient devant la maison, inquiets à mesure que l'heure passait. Liona arrêta la voiture dans l'allée et courut vers eux. Elle leur annonça rapidement qu'elle ne partait pas, et qu'elle attendait le retour de son époux.

Tomás et Magdalena échangèrent des regards embarrassés, puis la jeune fille expliqua en anglais :

— Dans ce cas Don Rafael ne rentrera pas, Doña Liona.

— Que voulez-vous dire ?

— Il a demandé à Tomás de lui confirmer votre départ, et ne reviendra pas avant.

— Alors c'est bien simple : si Tomás doit le contacter, il doit savoir où il se trouve. Il doit me le dire.

— Il ne vous le dira pas, Doña Liona, répliqua Magdalena, gênée mais ferme.

— Il doit m'obéir ! s'indigna la jeune Anglaise.

Mais elle réfléchit, et se reprit :

— Bon, il a promis de se taire, je suppose. Tant pis ! Tomás peut joindre Rafael, lui dire que je suis déjà partie, et ainsi il rentrera.

— Tomás ne lui mentira pas, s'entêta la jeune fille. Don Rafael s'est montré très bon envers lui et... envers nous.

— Je suis touchée par votre loyauté envers mon mari, mais…

— Il ne voudra pas, *señora,* décréta Magdalena à regret, mais d'un ton catégorique. Nous avons notre fierté.

Liona faillit se mettre en colère, puis se calma. Les deux jeunes gens avaient un sens aigu de l'honneur, ce qui était tout à leur avantage. Elle ne pouvait honnêtement leur en vouloir.

— Bon, eh bien dans ce cas il ne me reste plus qu'à patienter, conclut-elle en essayant de faire contre mauvaise fortune bon cœur. Don Rafael finira bien par rentrer.

Le regard de Magdalena s'emplit de tristesse et de compassion.

— L'attente risque d'être longue, Doña Liona, l'informa-t-elle d'une voix douce. Don Rafael a demandé à Tomás de lui réserver une chambre à l'hôtel, si cela s'avérait nécessaire. Il a été très clair : il refuse de vous voir, quelles que soient les raisons que vous invoquiez.

Face à tant d'obstination prévenante, Liona fut à deux doigts de fondre en larmes. Mais son amour-propre l'en empêcha. Il était pourtant tellement frustrant d'être si prêt du but et d'échouer ! Et même si elle pouvait joindre Rafael, la partie serait loin d'être gagnée… A supposer que Tomás accepte de lui faire parvenir une lettre ou un message, comment pouvait-elle le convaincre de son amour, surtout par écrit ? Non, elle devait lui parler elle-même, plaider sa cause auprès de lui. Sinon, enferré dans son orgueil, il risquait de ne pas céder.

Elle ferma les yeux, tenta de mettre un peu d'ordre dans ses pensées. Que de confusion ! Où avait-il bien pu aller ? Il pouvait être n'importe où, à Séville, à Madrid… ou plus loin encore, s'il avait pris l'avion !

— Magdalena, quand mon mari est parti, s'éloignait-il dans la direction de… la gare, ou de l'aéroport ?

— Mais il n'a pas pris la Lamborghini, Doña Liona.

— Est-ce Tomás qui l'a conduit quelque part ?

— Non, Doña Liona. Don Rafael est parti sur Satan.

— Sur Satan ! Pourquoi ne pas me l'avoir dit plus tôt !

Elle se remit à espérer : Rafael ne pouvait être loin.

— Je ne vous l'ai pas dit parce que vous ne me l'aviez pas demandé, *señora,* observa la jeune fille. De toute façon vous ne le trouverez pas ; la propriété est immense et...

Mais Liona n'avait nul besoin d'indices supplémentaires. Elle savait.

— Dites à Tomás de sortir la jeep, ordonna-t-elle, tout excitée.

— Tomás ne vous emmènera nulle part, Doña Liona. Il se contentera de suivre vos directions mais...

— C'est tout ce que je lui demande. Il a reçu l'ordre de Don Rafael de se tenir à ma disposition toute la journée, or il se trouve que j'ai besoin de lui maintenant. Je ne lui demande pas de désobéir à mon mari, seulement de suivre mes instructions. Il doit m'emmener dans le verger qui se trouve à côté de la prairie où ne pousse aucun arbre fruitier. Cette prairie est unique, Tomás ne peut pas se tromper.

La jeune femme avait parlé avec une joyeuse détermination ; mais devant l'hésitation de Magdalena, elle ajouta en la regardant droit dans les yeux :

— J'aime Rafael, Magdalena, tout comme vous aimez Tomás.

Quelques instants plus tard elle se retrouva à l'avant de la jeep conduite par le jeune homme, secouée par les cahots des chemins creux ; mais cette fois il faisait jour, les oranges mûrissantes semblaient autant de petits soleils couchants, boules de feu dans leur écrin de verdure sombre. Luttant contre la fatigue des dernières vingt-quatre heures, Liona s'abandonnait à ses souvenirs, ravivés comme à chaque fois par le parfum épicé des agrumes.

Arriverait-elle à convaincre Rafael ? Elle lui avait trop souvent laissé croire qu'elle aimait Miguel, et c'était pour cette raison qu'il avait fini par s'éloigner d'elle, par la fuir. Il était parti parce qu'il avait cru que les caresses et les mots d'amour de sa femme s'adressaient en réalité à son frère. Il n'avait pu le supporter. Ne lui avait-elle pas affirmé qu'en fermant les yeux elle croyait tenir Miguel dans ses bras ?

Et maintenant, comment pourrait-il croire qu'elle aussi était tombée amoureuse de lui sous l'arbre de paradis, comme elle avait fini par se l'avouer ? Comment pourrait-il croire qu'elle l'avait aimé à Cordoue, qu'elle l'aimait le jour de leurs noces ? Elle se l'était elle-même soigneusement caché, avait enfoui au plus profond de son être toutes ces émotions. Elle ne pouvait donc apporter à son époux des preuves de cet amour : il ne retiendrait que les moments où elle avait cherché à le blesser, à l'humilier. Et si elle essayait l'arme des cajoleries, de la séduction, il la rejetterait certainement.

Elle ne pouvait non plus arguer de son amour pour elle, ni des ruses qu'il avait mises en œuvre pour lui faire accepter l'idée d'un mariage, parce qu'elle ne voulait pas trahir Don Esteban, et que Rafael avait pris grand soin de les lui cacher. Elle ne pouvait porter ce coup fatal à sa dignité. Non, il lui faudrait attendre le moment où il serait prêt à tout lui dire. Et en attendant ce jour, elle était prête, elle, à faire le premier pas. « L'orgueil est une route solitaire », avait dit Don Esteban.

— C'est bon, Tomás, je peux continuer à pied.

Ils venaient de traverser un verger, et Liona apercevait déjà les contours d'une grande prairie. Elle ne voyait pas encore l'arbre de paradis, mais elle le savait là, tout près.

Le jeune homme freina, mit le moteur de la jeep au point mort pour permettre à sa passagère de descendre. Mais il posait sur elle un regard gêné, sceptique, et ne redémarra pas tout de suite.

— Merci, Tomás, vous pouvez rentrer !

Elle attendit que la voiture eût disparu au détour d'un chemin pour marcher en direction du champ. Celui-ci était encore assez loin, car elle n'avait pas voulu signaler son arrivée par un bruit de moteur, et avait demandé à Tomás de la déposer à une certaine distance. Elle regretta de n'avoir pas pensé à troquer ses souliers à talons contre des sandales, plus pratiques pour fouler les hautes herbes, et soupira en s'apercevant que sa robe abricot était maculée de petites traces de doigts, à la suite du goûter partagé avec le petit-fils de la Marquise. Mais si Rafael se montrait disposé à l'écouter, il y aurait un jour beaucoup de traces de doigts poissés de confiture sur ses jupes et ses robes...

L'arbre de paradis entra bientôt dans son champ de vision, lorsqu'elle eut traversé la haie qui séparait les vergers de la prairie. La terre devint sèche, car elle n'était pas irriguée, et les herbages dorés, brûlés de soleil, se couchaient en craquant sous ses pas. Liona se résolut à enlever ses souliers, et les porta à la main. Elle vit enfin Satan, attaché à un arbre près du ruisseau ; le bel étalon, dont les flancs sombres luisaient au soleil, hennit doucement à son approche, comme s'il la reconnaissait, puis se remit à brouter les hautes herbes, choisissant celles dont le vert était le plus tendre, le long du cours d'eau, à l'ombre du feuillage.

Rafael, en revanche, ne remarqua pas son approche silencieuse. Couché sous le grand arbre, face contre terre, il avait les bras en croix et serrait entre ses doigts une poignée d'herbe. Il ne bougeait pas, mais son immobilité trahissait une souffrance intérieure plutôt que le repos. Prise de remords, la jeune femme dut se retenir pour ne pas courir vers lui et lui crier son amour. Il ne la croirait pas, elle le savait.

Arrivée à quelques mètres de lui, elle se laissa tomber dans l'herbe. Quand elle vit son dos se raidir, elle sut qu'il l'avait entendue.

— Bonjour, Rafael.

Il ne bougea pas.

— Lorsque j'ai vu que vous aviez pris Satan, j'ai deviné où vous étiez, enchaîna-t-elle.

Elle s'assit en tailleur, les coudes appuyés sur les genoux, les mains croisées sous le menton.

Rafael finit par se retourner et s'asseoir à son tour. Son visage était un masque de colère et d'arrogance, ses lèvres étaient blanches, cruelles.

— Comment êtes-vous arrivée jusqu'ici ?

— J'ai appris à conduire la jeep, mentit-elle effrontément.

Il serait trop long d'entrer dans les détails, de parler du rôle de Tomás. Elle aurait le temps, plus tard, de lui raconter cette longue journée riche en péripéties.

— Je l'ai laissée un peu plus loin, ajouta-t-elle. Je voulais vous faire une surprise.

— Je vous ai clairement signifié que je ne voulais plus vous revoir, marmonna-t-il.

— Je ne suis pas venue vous tourmenter, ni chercher à vous séduire. J'ai simplement des choses à vous dire.

— Vous auriez pu me les dire par lettre.

— Non, ces choses-là ne s'expriment pas par écrit. Du reste, je ressemble beaucoup à mon frère sur ce plan, je ne peux jamais me décider à écrire. J'avais besoin de vous voir, de vous parler, j'ai pensé que ce serait plus facile ainsi. Vous savez, Rafael, j'ai beaucoup d'amour-propre, et cette démarche m'est pénible, alors j'espère que vous accepterez de m'écouter. Si ensuite vous m'opposez un « non » catégorique, je comprendrai. Mais acceptez au moins de m'entendre : je ne me serai pas abaissée en vain.

Il lui jeta un regard hostile, sans broncher. Puis il finit par hocher sèchement la tête.

— Allez-y, parlez. Mais ce que vous avez de si urgent à m'apprendre aurait pu être dit cette nuit, non ?

— Vous ne comprenez pas, je n'étais pas en mesure, hier, de vous dire ces choses. Je ne les ai comprises que ce matin...

Elle sentit son visage s'empourprer. Si seulement il l'aidait un peu ! Mais elle comprit qu'il n'allait lui tendre aucune perche.

— J'ai fini par ouvrir les yeux, et j'ai découvert que... cette nuit, je ne pensais plus du tout à Miguel, mais à vous.

— Vous voudriez me faire croire cela ? railla-t-il avec amertume.

Une lueur de défiance s'alluma dans son regard sombre, où couvait un feu brûlant.

— Et ne me dites pas que vous êtes subitement tombée amoureuse de moi, ajouta-t-il d'un ton caustique, car je ne vous croirais pas non plus.

— Je n'ai jamais prétendu être tombée amoureuse de vous, se défendit-elle courageusement. J'ai seulement dit que j'avais pensé à *vous* pendant que nous faisions l'amour, et que c'était *vous* que j'avais désiré, que...

— Ainsi ma petite corrida a eu sur vous l'effet escompté ? se moqua-t-il.

Elle reçut ce soufflet, mais ne se laissa pas désarçonner.

— Oui, peut-être, mentit-elle de nouveau. Je sais seulement que cette nuit je n'ai pas pensé une seule seconde à Miguel. J'ai pensé que cela vous intéresserait de le savoir.

— Cela vous rassure de savoir que c'est votre mari qui vous a fait perdre votre innocence, en tout bien tout honneur ?

— Oh Rafael, je vous en prie, ne soyez pas cynique !

protesta-t-elle en rougissant de plus belle. Vous m'avez promis de m'écouter.

— Je vous écoute.

— J'ai eu beaucoup de torts, j'en suis consciente : Cordoue... notre nuit de noces... et surtout hier soir. Je me suis fait d'amers reproches. Je ne voulais pas vous pousser à ce combat suicidaire, je n'avais même pas envisagé que vous...

— Vous m'avez pourtant accusé de lâcheté. Que vouliez-vous obtenir de moi ?

— Je l'ignore, avoua-t-elle. L'esprit a parfois des voies tortueuses. Je voulais peut-être vous provoquer, déclencher une dispute pour enfin y voir clair. J'étais rongée par l'incertitude, par ce flottement de notre vie commune entre la menace d'une annulation de mariage et le point mort que nous imposions à nos relations...

— Si vous aviez demandé l'annulation au cours du mois dernier, je vous l'aurais volontiers accordée, décréta-t-il froidement.

— J'y ai songé, sans pouvoir m'y résoudre. J'aurais dû alors quitter l'Espagne, l'hacienda... l'Alkabir. J'ai appris à aimer ce pays, je ne voudrais vivre nulle part ailleurs.

« Sauf auprès de toi », ajouta-t-elle en son for intérieur, avant de reprendre :

— Je me suis également attachée à votre mère. Elle est à mes yeux une belle-mère idéale.

— C'est un critère un peu mince pour vous guider dans le choix d'un conjoint, observa-t-il d'un ton sarcastique.

— Ce choix nous a été imposé à tous deux de par les circonstances, et je souhaite maintenant en tirer parti le mieux possible. C'est peut-être égoïste de ma part, mais je ne veux pas gâcher ma vie à cause d'erreurs passées. Je suis jeune, j'ai vingt-deux ans. Pour vous c'est différent, vous avez l'habitude des routes solitaires. Cela vous est sans doute égal de ne pas pouvoir divorcer ni vous remarier. Vous m'avez affirmé ne pas avoir besoin d'une épouse. Mais je veux vivre auprès d'un homme, avoir des enfants, et ce rêve ne se réalisera jamais parce que je ne peux pas divorcer ; et je ne veux pas me contenter de liaisons passagères. Après ce que je vous ai donné la nuit dernière, vous comprendrez que je dis vrai : j'aurais pu avoir des aventures, je n'en ai pas eu.

— Poursuivez, ordonna-t-il après un moment de silence, comme s'il commençait à l'écouter avec intérêt.

— Je souhaite avoir une vie de famille, et puisque nous sommes mari et femme par la force des choses...

— Essayez-vous de me dire que le mariage n'est pour vous qu'un moyen légal de procréer ? railla-t-il. Quelle charmante perspective !

— Non, ce n'est pas exactement cela... Je veux vous faire comprendre que je pourrais, je crois, apprendre à vous aimer. Je ne puis vous l'affirmer mais... c'est une probabilité. Vous possédez toutes les qualités que j'apprécie chez un homme.

— Le courage, par exemple !

— Oui, le courage... et bien d'autres. J'en suis venue à vous admirer au cours des deux derniers mois, à vous apprécier. Je vous ai dit des choses affreuses le soir de nos noces. Je mentais. Je crois que j'avais déjà cessé d'aimer Miguel.

— Pourquoi m'auriez-vous dit ces choses si vous ne l'aimiez plus ?

— Parce que... je ne vous aimais pas encore. Je cherchais uniquement à vous repousser, à vous empêcher de consommer notre mariage pour pouvoir me donner à l'homme que j'aimerais. Mais depuis la nuit dernière, tout a changé. Je n'ai plus à me garder pour un autre.

Il se tut un long moment, et tourna la tête, lui offrant seulement son profil. Comme elle aurait voulu s'approcher de lui, caresser ses cheveux en bataille ! Mais c'était encore prématuré, elle risquait de tout gâcher.

— Je vous ai donné ce que je possédais de plus précieux, Rafael : mon innocence. Vous ne me devez rien en échange, naturellement, mais vous représentez désormais ma seule chance d'être heureuse dans la vie. Vous ne m'aimez pas, je le sais, mais accordez-moi cette chance de bonheur. Je vous en supplie...

Il se retourna vers elle, appuyé sur un coude.

— Ne me suppliez pas, je n'aime pas voir une femme à genoux, surtout si elle se trouve être *ma* femme.

Elle baissa la tête, pour ne pas lui laisser voir la petite flamme d'espoir qui s'était allumée dans ses yeux.

— Bien sûr, poursuivit-elle doucement, il vous faudra m'apprendre à vous aimer. Cela prendra peut-être du temps. Si je m'entraînais à dire « Je vous aime, Rafael » ? Vous voyez, une fois prononcés, ces mots deviennent presque vrais...

— Je ne veux plus vous entendre me dire ces mots tant que vous ne les penserez pas sincèrement. Choisissez-en d'autres en attendant, pour vous habituer. Ainsi quand je les entendrai de nouveau, je saurai que vous ne mentez pas. Et à ce moment-là j'aurai peut-être décidé si je peux y répondre.

Liona retint son souffle, un chant s'éleva dans son cœur.

— Je serais tellement heureuse, si vous pouviez, un jour...

— Je suis désolé pour... ce matin, dit-il d'une voix étranglée.

— Pas moi, murmura doucement la jeune femme.

— Liona...

La main de Rafael franchit l'espace qui les séparait, et vint se poser sur le genou de Liona pour ensuite remonter, avec une extrême lenteur, une extrême délicatesse, le long de sa jambe. Le frisson qu'ils éprouvèrent tous deux n'était pas feint.

Elle s'allongea sur l'herbe à côté de lui, lui rendit timidement ses caresses. Il était encore trop tôt pour laisser exploser la passion amoureuse qui la dévorait. Les ombres allongées de l'arbre de paradis les recouvraient comme un dais.

— Je... je t'adore, Rafael, chuchota-t-elle en laissant ses doigts explorer tendrement la nuque de son époux. Tu me permets de te le dire? Ces mots m'aident à... faire semblant.

— Et si je faisais semblant, moi aussi, cela t'aiderait? murmura Rafael avant d'effleurer sa bouche. *Mi amante, mi amada, mi adorada...*

Ils ne sentirent pas se lever, au-dessus de leurs corps étroitement enlacés, une légère brise de septembre, caressante, impalpable. Une feuille se détacha de l'arbre de paradis. Sans doute était-ce un heureux présage.

LE PETIT LEXIQUE

Afición	Passion pour la tauromachie
Aficionado	Amateur de tauromachie
(el) Automóvil	(la) Voiture
Barrera	Rambarde, Barrière
Banderillas	Banderilles
Banderilleros	Toreros qui posent les banderilles
Buenos dias	Bonjour
Buenas noches	Bonsoir
Burriciego	Taureau aveugle
Condesa	Contesse
Corrida	Corrida, course de taureaux
Dueña	Gouvernante
¡ Es muy malo!	C'est très mal!
Fiera	Orgueilleuse
¡ Inferno!	Diable!
¡ Madre de dios!	Sainte Mère!
¡ Malditos!	Les maudits!
Mamá	Maman
Marqués Marquesa	Marquis Marquise
Matador (de toros)	Torero chargé de la mise à mort
¡ Miren!	Regarde!
Mi amada, mi amante,	Ma chérie, mon amour
Muchas gracias	Merci beaucoup
Niños	Jeunes garçons
Novillado	Jeune torero (novice)
No hablo español	Je ne parle pas l'espagnol
¡ Ole!	Exclamation d'encouragement
Parador	Hôtel luxueux
Pasodoble	Musique de caractère espagnol
¡ Perdición!	Malheur!
Peseta(s)	Pésète(s), monnaie espagnole.
¡ Por dios!	Mon Dieu!
Pueblo	Village, bourgade
Querida, querido	Chérie, chéri
¡ Qué maldito!	Maudit!
Señor; Señora; Señorita	Monsieur; Madame; Mademoiselle
Sevillanas	Danses de Séville
Sorteo	Tirage au sort
Una carta de . . .	Un mot de la part de . . .
Vaca	Vache
Vaquero	Garçon vacher

LE SAVIEZ-VOUS?

L'Andalousie, région méridionale de l'Espagne, est un pays au charme rural coloré, avec ses terres inondées de soleil, ses petits villages aux maisons blanches, ses champs d'orangers et d'oliviers. Cordoue et Séville, les deux grandes cités andalouses, longtemps sous la domination des Maures, regorgent de palais et jardins de toute beauté dans le style mauresque. . .La Grande Mosquée, l'Alcazar, la Giralda, autant de noms qui font écho aux rythmes passionnés du flamenco!

L'Espagne est aussi le pays de la tauromachie par excellence—un véritable art du combat dont le faste n'a d'égal que l'enthousiasme populaire pour cette tradition presque sacrée! Manolete, Dominguin, El Cordobes, des matadors renommés, ont fait la gloire de leur pays. . .

Rien d'étonnant si notre héroïne tombe sous le charme de ce pays si passionnant et de Raphaël!

Egalement, ce mois-ci . . .

Qu'importe qu'il soit un espion, qu'il ait un passé dangereux à révéler ! ... Joy se faisait une joie de devoir travailler aux côtés de James Mac Caithness pour l'aider, dans le secret le plus absolu, à rédiger ses mémoires !

Mais dès qu'elle rencontre cet homme obscur et complexe, Joy se sent mal à l'aise, menacée. Elle est déjà sur le point d'abandonner le projet qui lui a été confié !

Pourquoi James la torturait-il ainsi ? Pourquoi redoutait-elle ses sarcasmes quand tout l'attirait violemment vers cet homme fascinant ?

HARLEQUIN SEDUCTION

Egalement, ce mois-ci . . .

UN MONDE SANS SAISONS

Elle souffrait encore des paroles que lui avait lancées Ben tant d'années auparavant, lors de leur nuit de noces.

Même avec le recul du temps, le souvenir de Ben Craig son mari, lui était encore douloureux. Un terrible quiproquo les avait séparés. Depuis, Tasha s'était réfugiée derrière un personnage fabriqué : celui de mannequin vedette à qui rien ne résiste. Elle pensait avoir grandi...

Mais les vieilles blessures soigneusement cachées au fond de son cœur, ressurgissaient dans la solitude de la nuit...

Déjà paru...

UN MUR DE SOLITUDE

Le nouveau travail de Denise était idéal—
le projet de recherche dans les Bahamas serait
passionnant. Un nouvel environnement
l'aiderait sans doute à oublier le passé.

En outre, travailler avec Jake Barstow était
sans aucun doute une chance inespérée!

Pourtant, l'enthousiasme de Denise allait
bientôt céder la place à l'affolement. Le succès
du projet était menacé et ses relations avec
Jake devenaient de plus en plus tendues.

Elle n'avait pas le choix—elle devait dire la
vérité à Jake, même si cela devait lui coûter
son respect, et son amour...

LE FORUM DES LECTRICES

Chère lectrice,

Vous venez de lire un de nos premiers romans de la collection Harlequin Séduction. J'espère qu'il vous a plu et que vous êtes prête à en lire bien d'autres!

Mais je suis impatiente de recevoir vos commentaires, vos idées, vos suggestions. Je serais heureuse de pouvoir même les publier chaque mois, sur cette page, avec votre approbation, bien sûr.

Pour vous faciliter la tâche et pour m'aider aussi à établir un contact avec vous, lectrices d'Harlequin Séduction, veuillez répondre au questionnaire—cela ne prend que quelques minutes—et renvoyez-le moi dès que possible.

N'hésitez pas à m'écrire aussi personnellement et devenez une amie de notre ''forum des lectrices''!

D'avance, un grand merci pour votre collaboration!

Mondoulet

Dominique Mondoulet
Editrice

Voici quelques questions pour vous servir de guide . . .

Que pensez-vous des romans Harlequin Séduction?
Sont-ils assez longs □, pas assez longs □, trop longs □?

L'illustration de la couverture vous plaît-elle? Dites-nous
pourquoi: _____
_____
_____

Quels sont les titres de romans Harlequin Séduction que vous
avez déjà lus? _____
_____

Avez-vous aimé ces romans? Dites-nous pourquoi:
_____
_____
_____
_____

Que pensez-vous du degré de sensualité des histoires? Sont-elles
assez sensuelles □, pas assez sensuelles □, trop sensuelles □?

Si vous lisez déjà les romans Harlequin, quelles différences
trouvez-vous entre Harlequin Séduction et les autres romans
Harlequin? _____
_____
_____

Nous aimerions bien connaître votre âge.

□ 15 à 20 ans   □ 30 à 45 ans
□ 20 à 30 ans   □ Plus de 45 ans

Et merci de votre collaboration!

Si votre lettre est susceptible d'intéresser d'autres lectrices,
accepteriez-vous qu'on la publie? Si oui, écrivez clairement vos
nom et adresse ci-dessous:

NOM _____
ADRESSE _____
VILLE _____ PROVINCE _____ CODE POSTAL _____

Et adressez votre lettre à:
Dominique Mondoulet
Service des Lectrices Harlequin
649 Ontario Street
STRATFORD, ONTARIO N5A 6W2

A PARAITRE

HARLEQUIN SEDUCTION vous réserve des histoires d'amour aux intrigues encore plus captivantes! En voici quelques titres évocateurs:

Abra Taylor   UN REVE BLEU PACIFIQUE

Willa Lambert   EN DECOUVRANT L'AMOUR

LE MONDE D'HARLEQUIN

Un monde d'évasion

. . . quand l'hiver s'éternise
et que vous rêvez du soleil des tropiques
lisez Harlequin!

Un monde d'aventure

. . . parce que vous voulez de l'action
des intrigues passionnantes qui vous captivent
lisez Harlequin!

Un monde de tendresse

. . . si vous aimez les héroïnes attachantes
et que vous partagez leurs sentiments,
leurs émotions
lisez Harlequin!

◈ HARLEQUIN SEDUCTION

De grandes histoires d'amour
de passion et de sensualité
dans un univers de rêve
vécues par des femmes d'aujourd'hui!

Vos commentaires sont les bienvenus!

N'hésitez pas à nous écrire, à
l'adresse suivante:

Service des Lectrices Harlequin
649 Ontario Street
STRATFORD, ONTARIO N5A 6W2